Jet

Biblioteca de

CINDY BONNER

PLAZA & JANES

Jet

CINDY BONNER

Lily y los bandidos

Traducción de
Luis Murillo Fort

PLAZA & JANES EDITORES, S. A.

Título original: *Looking After Lily*
Diseño de la portada: Albert Milà
Ilustración de la portada: Stefano Vitale

Primera edición: julio, 1996

Enric Granados, 86-88. 08008 Barcelona

Printed in Spain – Impreso en España

ISBN: 84-01-46304-1 (col. Jet)
ISBN: 84-01-47632-1 (vol. 304/2)
Depósito legal: B. 26.870 - 1996

Fotocomposición: Comptex & Ass., S. L.

Impreso en Romanyà Valls, S. A.
Verdaguer, 1. Capellades (Barcelona)

L 476321

Para Susan Rogers Cooper,
por todo su aliento y amistad. Y por su lealtad.

1

El día que salí del juzgado, sólo pensaba en marcharme a toda prisa del condado de Bastrop, y cuanto antes mejor. No bien fui absuelto del asesinato de Willie Griffin, decidí poner pies en polvorosa.

Bien, de hecho no fue tan sencillo. Para empezar, yo cojeaba a causa del balazo que había recibido en el muslo de la Colt con empuñadura de nácar de Tom Bishop. Tenía también varias heridas, producto de la escopeta de dos cañones del señor Milton, que me dolían cuando hacía humedad. No poder andar con normalidad me ponía frenético. Era muy joven, caray, para caminar como los viejos (había cumplido veinte años el último día de mayo pasado). Además, estaba a punto de dejar a mi hermano pequeño en aquella pocilga de cárcel.

Nuestro abogado no confiaba demasiado en que Shot saliera absuelto de los cargos de robo y atraco a mano armada, pero al menos no se enfrentaba a una acusación de homicidio, como yo. Sin embargo, lo que más que dolía es que había sido enviado a prisión por acudir en mi ayuda. De todas formas sabía que Shot podía cuidar de sí mismo. Era intrépido, fuerte como un toro y no tenía pendiente ningún cargo por homicidio. Eso era lo más importante.

Todo habría sido muy distinto si Shot hubiera estado con nosotros en las calles de McDade el día en que el señor Milton y Tom Bishop mataron a nuestros hermanos mayores, Az y Jack. Shot habría sido juzgado por asesinar a Willie Griffin, al igual que yo y nuestros amigos Bob y Charlie. Sin embargo, no pudieron probar nada, pues había habido demasiados tiros como para determinar claramente quién había disparado la bala que acabó con Griffin. Por otra parte, Willie era amigo nuestro, y si lo maté yo, desde luego no lo hice adrede.

Ni que decir tiene que si mi hermano pequeño hubiera estado allí aquel día, todo habría resultado muy diferente porque siempre ha sido un tirador de primera. Recuerdo que Shot abatió un halcón de un solo disparo con el viejo pistolón de papá cuando apenas teníamos siete y seis años. El viejo nos puso el culo como un tomate por coger el arma sin permiso. A raíz de aquello le pusimos el mote.[1] En realidad se llama Marion Simon, por la parte de mamá, pero nos pareció que llamarle Shot era más natural y apropiado. Estoy convencido de que si él hubiera estado en McDade la Navidad pasada, Tom Bishop y el señor Milton no habrían escapado con vida.

En todo esto pensaba yo cuando salí del juzgado. Me sentía fatal por dejar a Shot en la estacada ya que él había acudido en mi ayuda y por ello fue arrestado. Pero yo también estaba un poco molesto con él por no habernos acompañado al pueblo aquel día. En fin, no estaba dispuesto a permanecer allí el

1. Forma abreviada de *crack shot*, «tirador de primera». *(N. del T.)*

tiempo suficiente para asistir a su juicio. Aún había mucha gente que me consideraba más criminal que un zorro rabioso; podían organizar un linchamiento si se les cruzaban los cables. Sin embargo, la mala conciencia me impulsó a entrar de nuevo en la cárcel para despedirme de mi hermano, a fin de cuentas, el único que me quedaba.

Shot no pensaba dejarme marchar con un simple adiós. De pie junto a los barrotes, sin sombrero y con la misma ropa gastada que llevaba puesta desde que me detuvieron a finales de diciembre, aunque un poco más limpio para estar presentable en el juicio, lo saludé con la mano. Le expliqué que me habían absuelto y le dije que me había enterado de lo suyo por los periódicos.

Había dado ya media vuelta para salir de nuevo al sol cuando él dijo:

—Oye, dime adónde piensas ir. Me reuniré contigo cuando salga de aquí.

—Al oeste —respondí, y me encaminé lentamente hacia la salida. Lo cierto era que no había nada planeado; sólo quería irme del pueblo.

En presencia del carcelero y los otros presos, dijo:

—Llévate a Lily contigo. Cúidala, Woody. Hazlo por mí.

Bueno, a punto estuve de agarrarle y pegarle un puñetazo por pedirme una cosa semejante de aquella manera. Para empezar, «Woody» era como Jack solía llamarme, y lo cierto es que me sorprendió oírselo decir a Shot. Además, él debía saber que yo no tenía tiempo para hacer de niñera, y menos si la cría a quien debía cuidar estaba embarazada.

—Iré a buscarla si Wash Jones no consigue que te absuelvan —aseguré, fingiendo que el pobre tenía alguna posibilidad en el juicio.

Me miró y meneó la cabeza.

—Ella no tiene adónde ir. Además, Wash me ha dicho que la cosa no pinta demasiado bien. —Puso aquella cara de perro apaleado que se le daba tan bien—. No tiene a nadie, Woody. Llévala contigo. Me debes ese favor.

—¡Maldita sea! —exclamé, poniéndome de un salto frente a los barrotes—. Pero ¿por qué demonios me lo pides a mí?

—¿Y a quién si no? Ya escribí a tía Violet, y respondió que en su casa no cabía ni uno más. Su hermano está enfermo, y toda su familia ha ido a vivir con ella. No se me ocurre nadie más a quien recurrir. —Torció el gesto—. Además, me lo debes. No podrías caminar si yo no te hubiera sacado el plomo de esa pierna. Y seguramente habrías muerto. —Introdujo el brazo por entre los barrotes y me apuntó con el dedo—. Sabes que es verdad, Woody. Hazme ese favor. Llévala contigo.

Tenía razón, claro. No podía negar que le debía la vida. De modo que acepté, y nos estrechamos la mano; pero no le di mi palabra de que lo haría.

Tras salir de la cárcel, me dirigí hacia la casa de huéspedes de Elm Street donde trabajaba Lily, sin dejar de maldecir a la muchacha, a Shot y sobre todo a mi suerte.

Lily había renunciado a su familia y su educación por Shot. Incluso había intentado, de forma poco entusiasta, colar una pistola en la celda para que pudiéramos amenazar a los guardianes y así escapar de aquella pocilga. Con lo listo que era Shot para casi todo y lo poco que conocía a aquella muchacha de ojos tan grandes. Se negó a aceptar el arma, asegurando que sólo nos acarrearía más problemas y que quería vivir para ver crecer a su hijo.

Parecía que se le habían aflojado varios tornillos, y así se lo dije. En aquel momento yo era el primer candidato a ser ahorcado por el asesinato de Willie Griffin, pues Bob Stevens y Charlie Goodman habían conseguido la absolución, y la pequeña pistola de Lily me parecía la única esperanza posible.

«Lo entenderás —me dijo Shot aquel día— si te enamoras alguna vez.»

Así pues, sobre todo esto cavilaba cuando salí de aquel inhóspito lugar. Si por mí hubiera sido, me habría marchado a toda prisa de Bastrop. Pero me dije que si debía la vida a mi hermano, caray, también se la debía a esa chica, porque Lily sí había estado en McDade aquel día, y fue precisamente ella quien me sacó sangrando de aquella zanja y me llevó a casa de Jack, donde Shot me esperaba con su navaja y un cuenco de cataplasmas para curarme. Además, Wash Jones la llamó como testigo de la defensa, y gracias a su testimonio surgieron las primeras dudas acerca de que yo hubiera sido el autor de la muerte de Willie.

Recorrí renqueando las seis manzanas hasta Elm Street, giré a la izquierda y al doblar la esquina me encontré ante la casa de huéspedes.

Lily estaba en la cocina preparando la cena para quienes allí se alojaban. Cubriéndose las manos con el delantal, levantaba del hornillo una humeante cazuela de carne con patatas cuando entré por la puerta trasera. Al verme, Lily dio un respingo y a punto estuvo de dejar caer la cazuela al suelo. La barriga le abultaba bajo el delantal, y como a fin de cuentas lo que se gestaba allí dentro era mi sobrino o sobrina, le arrimé rápidamente un banco para que depositase encima la cazuela; era lo menos que podía hacer.

—Me has dado un susto de muerte —dijo—. ¿Te han soltado?

Asentí con la cabeza y me quedé mirando la cazuela de salpicón. Al oler su aroma la boca se me hizo agua.

—¿Tienes hambre? —preguntó, advirtiendo la dirección de mi mirada—. Si quieres te pongo un poco sin que nadie se entere.

Hundí las manos en los bolsillos del pantalón y descansé el peso de mi cuerpo en el otro pie. La pierna me dolía después de haber recorrido las seis manzanas. Además, había pasado medio año en la cárcel y aún no me había habituado a la libertad.

—Shot me ha pedido que te lleve conmigo.

Ella estaba bajando un plato de la alacena —en realidad un platillo—, y sirvió en él una buena cucharada de salpicón.

—¿Adónde irás? —Me pasó el plato y una cuchara.

Me encogí de hombros.

—No lo sé. A cualquier parte.

Engullí la comida, y debo reconocer que no con demasiada urbanidad. Shot no había mentido al decir que la muchacha cocinaba bien. Empecé a pensar que tal vez no sería mala compañía, al menos hasta que me hubiera purgado del rancho que en los últimos meses me había visto obligado a tragar en la cárcel.

—A San Antonio quizá —añadí con la boca llena.

—Eso está muy lejos. No puedo ir tan lejos. El juicio de Marion comenzará muy pronto.

Se limpió las manos en el delantal y compuso un gesto de preocupación. Luego, como si la mente se le hubiera puesto en marcha otra vez, abrió la caja de fuego del hornillo y, protegiéndose la mano con el delantal, sacó unos apetitosos bollos. La ayudé de nuevo, y me dio un bollo para mojar en la salsa.

—No tienes por qué venir conmigo —dije, introduciéndome el bollo entero en la boca—. A mí me da igual.

Me lanzó una mirada interrogante, como si no hubiera entendido mis últimas palabras, lo cual no me extrañó teniendo en cuenta que yo tenía la boca muy ocupada. De pronto se abrió la puerta de la cocina, y una mujer alta con un manojo de llaves prendido a la cintura se nos quedó mirando.

—¿Está lista la cena? —preguntó la mujer, que se irguió al ver que yo estaba comiendo. Quise esconder el platillo detrás de la espalda, disimular que estaba masticando.

—Sí, señora, ya casi está —respondió Lily, nerviosa.

—¿Quién es este pelagatos, Lily? —inquirió bruscamente la mujer, observándome con expresión ceñuda.

—No se preocupe por él, señora Dillard. —Lily me señaló con la mano enharinada—. Es mi cuñado.

La mujer me miró aún más malhumorada y dijo a Lily:

—Aquí se cobra pensión, de modo que tendrá que pagar. Y si te pillo dando de comer gratis a la gente, sean parientes o no, tendré que despedirte. ¿Está claro?

—Sí, señora —dijo Lily, y me pareció que se encogió unos quince centímetros, un lujo que difícilmente podía permitise, pues no estaba del todo crecida (había cumplido los dieciséis hacía un par de meses) y estaba tan rechoncha que habría podido servir de apoyabrazos.

La patrona salió de la cocina, y pude reanudar

mi enérgica masticación. Lily estaba colocando los bollos en una escudilla envuelta en un paño.

—Está bueno —dije, sintiendo que le debía algo por haberla puesto en un aprieto.

Aún resonaba en mi mente lo que me había llamado: su «cuñado». Me sentí un poco ridículo. Era verdad, por descontado, pues Shot se había casado con Lily en Austin después de la Navidad, lo que la convertía a ella en parte de mi familia y a mí en su cuñado. Y pensando en ello me di cuenta de que Lily era mi único pariente que no estaba entre rejas o comiendo barro, al menos en aquellos alrededores.

—¿Tienes dinero? —preguntó, concentrada en su tarea.

—No. —Me chupé los dedos y dejé el platillo en la pileta—. La paga no es muy buena en la cárcel.

—¿Cómo vas a llegar a San Antonio? —dijo, alzando la vista hacia mí.

—Esperaba que pudieras prestarme algo —dije.

Me lavé las manos en el agua de fregar los platos y me las sequé en la camisa, pues no había ningún trapo de cocina, salvo el que estaba debajo de los bollos.

Lily se quedó mirándome. Me pareció que toda su cara eran ojos, como si la chica fuera medio zarigüeya o medio autillo. Me ponía nervioso que me mirara tan fijamente.

—¿Buscarás trabajo cuando llegues a San Antonio? —dijo.

—Supongo que sí.

—¿No has pensado qué vas a hacer?

—Aparte de ir allí, no.

Me pasé el dorso de la mano por la boca. En la cárcel me había dejado crecer el bigote, y noté que unas migas habían quedado adheridas a él. Las sacudí al suelo y luego pensé que quizá no debería haberlo hecho. Intenté pulverizarlas con el pie. Creo que Lily ni siquiera lo advirtió.

Pasó las puntas del paño por encima del montón de bollos que había en la escudilla.

—¿Y la finca de tu padre? —dijo.

—Ya no puedo redimir la hipoteca.

—Te equivocas. Fui a pagar los impuestos.

—¿Te dijo Shot que lo hicieras?

—No se lo consulté. Me pareció que ya tenía suficientes problemas.

Meneé la cabeza.

—No pienso ni acercarme a McDade. Ve tú si quieres.

—Yo tampoco estoy dispuesta a volver allí. —Dejó de toquetear la escudilla y se apoyó en la mesa como si estuviera cansada o reflexionando—. Marion habló un día de arrendarla...

—¿A quién? —dije casi riendo—. No creo que haya nadie que quiera hacer negocios conmigo.

—Tienes un abogado, ¿no? Es un modo de conseguir dinero. A lo mejor él la arrienda a alguien y te entrega lo que obtenga. Marion dijo que alguna forma tenía que haber. Así, cuando acabe el juicio, podremos reunirnos contigo en San Antonio.

—¿Podremos? —La miré y no pude evitar una sonrisa—. No te hagas ilusiones. Lo tienen bien cogido, ya lo sabes. Cuentan con testigos que asegurarán haber visto a Shot disparar en Austin y salir del almacén de Billingsley con la caja fuerte. Le declararán culpable. La cuestión es cuánto tiempo le caerá por ello.

Quizá no debí ser tan brusco. Pensándolo bien, creo que fue un error. Sin embargo, no tenía mucha práctica en hablar con mujeres; además, no me parecía bien que siguiera engañándose. Se había trasladado a Bastrop en febrero, y ya estábamos en junio; durante ese tiempo había visitado a Shot siempre que se lo habían permitido para hablar de qué harían cuando terminara el juicio, como si fueran a estar juntos para siempre. Y Shot dejaba que creyera que así sería. Sospecho que le sabía mal decirle claramente: «Tendré que estar una temporada en Huntsville, cariño, y luego ya haremos todo eso que tienes planeado.»

El caso es que se lo espeté allí, en la cocina, y casi se derrumbó. Lloraba a lágrima viva, y entonces lamenté haber abierto la boca. No se me daba muy bien consolar a nadie y tampoco entonces conseguí gran cosa. Bueno, sí, la agarré de los hombros y a distancia, perplejo en cierto modo ante aquella profusión de agua.

La señora Dillard volvió a entrar y, al ver a Lily desgañitándose y a mí sujetándola como quien lee el periódico, meneó la cabeza y nos miró malhumorada.

—Pero bueno, ¿todavía estás aquí? —dijo, dirigiéndose a mí, y no supe qué hacer.

—La cena está lista —anuncié—. Lily y yo tenemos que irnos. ¿Podría usted entregarle la paga ahora?

Lily empezó a sacudir la cabeza y se aferró a las mangas de mi camisa. Farfulló una especie de protesta que no logré entender. En cualquier caso, no era momento de dejarle escoger. La conduje hacia la puerta trasera, y se quedó fuera. Entonces me di la vuelta y me enfrenté a los achicados ojos de la señora Dillard. Hundí las manos en los bolsillos y esperé a que me entregara la paga de Lily.

—Ahora lo entiendo —dijo, señalándome—. Tú eres Haywood Beatty, ¿verdad?

—Sí, señora. Que me aspen si no lo soy.

—Me habían dicho que iban a soltarte, pero no lo creí.

—Me han absuelto. Y ahora, ¿me da la paga de Lily?

Me lanzó una mirada asesina que le devolví. Entonces se acercó a la alacena, alcanzó con la mano una lata y abrió la tapa. Contenía un montón de dinero en metálico, y me esforcé por desviar la vista. No muchos meses atrás, habría tenido la tentación de arrebatar la lata a aquella cicatera mujer y salir corriendo, o bien habría memorizado el lugar exacto de la alacena donde la guardaba y habría regresado una noche sin luna. Pero los seis meses que había pasado oliendo la pestilencia de unos cuerpos ávidos de sol y sudando la cuerda del ahorcado me habían domesticado hasta cierto punto.

—Si hubiera sabido que en mi casa había un asesino bribón, habría avisado enseguida al sheriff para que te metiera en chirona, donde deberías estar.

Esbocé una sonrisa. Me mordí la lengua para no decir una tontería y tendí la mano para que aquella bruja depositara los seis dólares en mi palma. Habría sido mejor darle un mamporro y robarle la lata del dinero.

—Muchísimas gracias —dije, e hice ademán de tocarme el ala del sombrero antes de darme cuenta de que no lo llevaba puesto. Lo había perdido en alguna calle de McDade, junto con las almas de mis hermanos Jack y Azberry.

Lily me esperaba fuera, sentada en el patio sobre un tocón de pino, con los ojos secos. A sus pies descansaba una bolsa de mano.

—¿Cuánto te ha dado? —preguntó, levantándose.

Vi la puerta abierta de un alpende contiguo al

cobertizo de los carruajes donde supuse había dormido aquellos meses. Abrí la mano.

—Seis dólares.

—Me debía ocho.

Me dispuse a volver sobre mis pasos en busca de los dos dólares que faltaban. Lily me cogió del codo, y me sorprendí al darme cuenta de que me habían tocado muy pocas chicas en mi vida. Me resultó raro tener una especie de hermana.

—No importa —dijo ella—. No te preocupes. Esa mujer me ha amargado la vida. Además, aquí dentro tengo ciento sesenta. —Palpó su hatillo, y asentí con la cabeza.

Echamos a andar hacia el camino vecinal, y debo admitir que me alegré de que escogiera aquel itinerario, pues no me apetecía dejarme ver. Aunque aquello no era McDade, los juicios despertaban gran curiosidad en la región, y la sala había estado repleta de gente los cinco días que duró mi proceso. Me dije que si aquella chismosa de Dillard me había reconocido, no sería ni mucho menos la única. Así pues, me sentía más cómodo dando un rodeo al pueblo.

—Bueno —dije, aflojando el paso. Pese a mi cojera, Lily se rezagaba continuamente—. Dos dólares son dos dólares. Con tus cientos sesenta centavos, aún hemos salido ganando cuarenta.

Me miró de reojo y rió, una risa que me sonó a gloria. En mi vida había visto a nadie pasar tan fácilmente del llanto a la carcajada. Tuvo que detenerse de tanta gracia que le hacia, vaya usted a saber el qué.

Me pasé la mano por el labio, pensando que quizá tenía un poco de salsa pegada al bigote. Ella no paraba de reír.

—Bueno, ¿qué? —dije, un poco molesto.

—Yo he dicho ciento sesenta, y tú has pensado... —Rió otra vez y tardó un momento en serenarse lo suficiente para hablar—. Me refería a ciento sesenta dólares, Haywood, no centavos.

—Oh —dije, poco amigo de ser blanco de una burla.

Y entonces comprendí qué me decía. La miré y esbocé una sonrisa, que se agrandó cuando me percaté de adónde me llevaba y qué encontraríamos al llegar. *Mollie*, la bonita yegua de Shot, aguardaba en una casilla dentro de la caballeriza de la casa de huéspedes.

2

Mientras Lily estaba en la cárcel despidiéndose de Shot, cabalgué hasta el despacho de Wash Jones, mi abogado y también de mi hermano. En realidad, Wash Jones había tenido su primer contacto profesional con mi familia cuando papá fue llevado a los tribunales por disparar contra la vaca de un vecino que siempre cruzaba nuestra cerca para comerse el maíz. Jones había defendido a Jack una vez, a Az tres veces, y ahora a Shot y a mí. Puede decirse que era la persona que mejor me conocía.

Quería darle las gracias por todo antes de abandonar definitivamente el pueblo. El viejo Wash me había sacado de la cárcel en cuanto le había sido posible, y yo lo sabía. Incluso había argumentado ante el juez que la fianza de siete mil quinientos dólares que me había fijado violaba la Octava Enmienda a la Constitución, referente al exceso de caución. El caso es que el juez tuvo en cuenta sus objeciones porque la suma fue reducida a mil quinientos dólares. Yo no conocía a nadie que tuviese tanto dinero. Estelle, la viuda de Jack, me había escrito para comunicarme que intentaría reunir esa cantidad, pero no sé qué ocurrió después. La última noticia que tuve de ella fue que se había mudado a casa de una tía soltera suya que vivía en el condado de Henderson. Supongo que la casa de Rockdale se hallaba demasiado cerca de McDade y de cosas que Estelle prefería no recordar.

De modo que llegué al despacho del señor Jones y, tras darle las gracias una vez más y hablar un rato sobre el proceso de Shot, que se celebraría al cabo de dos semanas, le expliqué que Lily había pagado los impuestos pendientes de la vieja finca situada junto a los Knobs.

—O sea que la tierra nos pertenece otra vez; a Shot, a Marion quiero decir, y a mí. He pensado que usted podría encargarse de venderla y quedarse lo que crea conveniente en pago por sus servicios.

No había comentado nada de eso a Shot, pero estaba seguro de que se mostraría conforme. No se me ocurría otra manera de liquidar nuestra deuda con el señor Jones. Necesitaríamos el dinero que llevaba en el bolsillo, lo poco que Lily me había dado, para llegar a San Antonio.

Wash Jones no era un petimetre. Solía vestir un traje de calle confeccionado en casa y con los bordes gastados. Llevaba una petaca de tabaco en el bolsillo de su chaleco en lugar de los cigarrillos turcos que había lucido el abogado del estado; el alzacuello, desabrochado, le subía hasta las orejas.

—¿Has decidido ya adónde irás? —preguntó, apartándose del escritorio. Las ruedas de la butaca necesitaban ser engrasadas. Al oírlas chirriar se me erizó el vello.

—Había pensado en San Antonio —respondí, y Jones asintió.

—¿Tienes algún pariente allí?

Negué con la cabeza.

—Tal vez podría probar suerte en el negocio de la ganadería.

—¿Comprar o vender?

—Arrear.

—Oh. —Frunció el entrecejo—. En ese caso, pórtate bien.

—Descuide.

Me levanté para salir, y él siguió mirándome unos segundos más.

—Tengo un hermano en el condado de Parker que posee unas tierras de labranza que no puede atender. Le duele mucho la espalda, y ya no puede trabajar tan deprisa como antes. Necesita un buen hombre que le ayude; lo digo por si alguna vez te interesa.

Le di las gracias, y nos estrechamos la mano. Sacó la petaca del bolsillo y me ofreció papel y tabaco, lo que le agradecí muchísimo. Me encaminaba ya hacia la caballeriza cuando caí en la cuenta de que Wash Jones me había llamado «buen hombre».

Vamos a ver, me habían llamado muchas cosas en mi vida: asesino, ladrón, cobarde, forajido, incluso bandido, una palabra que yo nunca aplicaría a un hombre blanco, no señor. Pero era la primera vez que alguien decía que era un buen hombre, al menos que yo supiera. Y aunque no me entusiasmaba la idea de estar destripando terrones detrás de un arado toda la vida, el hecho de que Wash Jones me considerara un buen hombre me ayudó a esquivar las miradas de odio que me lanzaban por la calle y las dos o tres observaciones insultantes que alguien masculló a mi paso.

Compré un carro pequeño con una rueda de repuesto y una mula decrépita llamada *Sassy*. Adquirí también todas las provisiones que supuse necesitaríamos para los más de ciento veinte kilómetros de viaje hasta San Antonio. Acababa de liar y encender un cigarrillo —cuya primera calada me produjo un mareo de que no disfrutaba desde hacía casi seis meses—, cuando Lily salió de la cárcel enjugándose las lágrimas.

No hizo comentario alguno sobre el carro o la mula, ni sobre el hecho de que hubiera atado a *Mollie* a la parte posterior. No dedicó una sola mirada a la caja de provisiones ni me dirigió la palabra. Tenía la cara hinchada, encendida, y me pareció que estaba al borde de la desesperación. Tendió la mano como si fuera la reina de Saba para que la ayudara a subir al pescante. Como ya he dicho, no se me daba muy bien consolar a nadie, y menos a una mujer, de modo que hice caso omiso de la mano que me ofrecía, la cogí por la cintura y la subí a la carreta. Pesaba más de lo que suponía, y tuve que darle un empujón en el trasero una vez que sus pies salvaron la barandilla. Se tambaleó, pero recuperó el equilibrio antes de que sucediera una tragedia, como que hubiera caído al suelo malogrando la criatura que llevaba en el vientre. Shot jamás me habría perdonado un accidente de esa clase.

Eché un último vistazo a la cárcel, contento de alejarme de allí, pero molesto con Shot por haberme endilgado tanta responsabilidad. Luego me acomodé junto a Lily y tomé las riendas. Golpeé con ellas la grupa de la mula y emprendimos la marcha.

—¿No piensas despedirte? —preguntó ella, volviéndose para contemplar el edificio de ladrillo rojo de la cárcel.

—Ya lo he hecho. —Chasqueé las riendas otra vez y entre dientes dije—: Arre, mula.

Por más que la apremiaba, aquella vieja mula de *Sassy* parecía resuelta a tomarse el viaje como un paseo. Si hay algo que detesto en este mundo, es una mula puñetera.

Llegamos al viejo camino de San Antonio, a un kilómetro del pueblo. Lily había empezado a lloriquear otra vez, aunque por fortuna lo hacía suavemente. Es la única cosa buena que recuerdo de aquellas primeras horas de trayecto. Yo me esforzaba por no mirarla, y ella por apartarse.

Era un carro pequeño, pero no necesitábamos más. En cuanto llegásemos a San Antonio, buscaría trabajo donde fuera y quizá también una buena familia dispuesta a alojar a Lily hasta que naciera el bebé. Luego, ya veríamos. Tendría que informar a Shot del paradero de Lily; no me veía convertido en padre de familia.

Pasamos la noche en una hondonada junto al río Cedar. Encendí una hoguera, y Lily preparó café y gachas de maíz con lo que yo había comprado. Disponíamos también de unas latas de queso, que estaba rancio. La harina tenía gorgojo. Ella no hizo caso ni se quejó, pero tuve la impresión de que estaba pálida cuando trepó a la parte posterior del carro para dormir. Me acosté junto a la lumbre. El sudor y los mosquitos no me dejaron pegar ojo en toda la noche.

A la mañana siguiente cogí la escopeta de un solo cañón que había adquirido por diez dólares y la caja de perdigones y conseguí un poco de carne fresca. Maté el primer animal que se me puso a tiro, un conejo que pasaba dando brincos por un pequeño cementerio que se extendía más allá del río. Tuve que traspasar una cerca para disparar, pero nadie me vio.

Lily frió la carne de conejo en la única sartén que teníamos. No comió mucho. Me había olvidado de comprar sal, de modo que nos detuvimos en una tienda de St. Mary para comprar un paquete. Enseguida dejamos atrás el condado de Bastrop, y he de decir que me sentí liberado.

Apenas cruzamos palabra durante el trayecto, salvo cuando yo le preguntaba si deseaba que nos detuviéramos. Lily se sonrojaba y decía que no. Luego, cuando yo necesitaba bajar, se escabullía a toda prisa tras la arboleda más apartada. En ocasiones, cuando la vegetación era escasa, recorría un buen trecho antes de encontrar un sitio donde acuclillarse y hacer sus necesidades. Nunca he conocido una persona capaz de aguantarse tan bien las ganas de orinar.

La segunda noche llovió, y Lily durmió bajo la carreta, lo que no impidió que se mojara. Al siguiente día la marcha fue más dificultosa, pues a cada momento el carro se atascaba en el camino enfangado. Tuve que desatar a *Mollie* y colocarla en la parte delantera para que ayudara a aquella mula terca.

—¡No llegaremos nunca! —exclamó Lily que, jadeando, empujaba el carro mientras yo arrancaba el lodo de los radios de la rueda con un palo. Sus palabras y su tono me hicieron sentir que me echaba la culpa de la lluvia y el barro.

La miré y dije:

—Si no fuera por ti, yo ya habría llegado. —Y clavé el palo en el barrizal.

Si ella no me hubiera enojado, nunca lo habría dicho, aunque de hecho era cierto. De haber viajado solo, habría ensillado a *Mollie* y no habría comprado ni el carro ni provisiones. Habría vivido de la tierra y en un par de días habría estado en San Antonio.

—¡Pues déjame aquí! —espetó ella—. ¡Vete y déjame en paz! ¡No te necesito para nada! —Y dio otro empujón al carro.

Con el rostro encendido de rabia, aticé a *Sassy* con un cabo de cuerda en sus ya despellejadas ancas, y de repente la mula echó a andar. *Mollie* hizo otro tanto, y Lily cayó de bruces en el lodo detrás del carro. Pensé que seguramente rompería a llorar otra vez, en cambio, se puso en pie de un salto, apretó los puños y fulminándome con la mirada, y con la nariz, la barbilla y la pechera de su vestido manchadas de barro, exclamó:

—¡No pienso dar un paso más contigo! ¡Vete tú! ¡Me las arreglaré sola!

Se recogió las faldas empapadas y echó a andar por el barro levantando mucho los pies, dirigiéndose hacia el este, como si quisiera marcharse por donde habíamos venido. La imagen resultaba cómica, sobre todo por la barriga, que le sobresalía como si se hubiera tragado una semilla de melón gigante. Sin embargo no reí, sino que me enfurecí aún más.

—Trae el culo para acá —ordené, haciendo rechinar los dientes. Pensé que se me notaría la rabia, pero ella no se arredró y continuó chapoteando por el camino. Entonces anudé las riendas a la rueda izquierda, pese a que *Sassy* volvía a estar de barro hasta los jarretes, y seguí a Lily. Cuando la hube alcanzado, la agarré del brazo y le di un tirón—. Que dejes el trasero quieto...

—¡No digas más palabrotas! —Se soltó de una sacudida—. Eso no te lo consiento.

Se apartó de mí con tal brusquedad que cayó de rodillas en el barro. Tendí las manos para ayudarla, y las golpeó, lo que me causó mucho dolor porque las tenía húmedas y entumecidas.

—¡Levanta de ahí! ¡Vamos, levanta! —dije.

Ella continuó forcejando y luego se quedó sentada en el barro, con el pelo pegado a la cara y fulminándome con la mirada. Me recordó una hembra de mapache que encontré una vez cuando iba de caza; había dejado a sus crías en la rama de un árbol, justo encima de mi cabeza. Aquel animal me hizo retroceder con sólo enseñarme los colmillos, y lo mismo había conseguido Lily mirándome de aquella manera. Me enderecé y di un paso atrás.

—No he dicho ninguna palabrota —murmuré—. «Trasero» no es una indecencia.

Inspiró hondo.

—Primero has dicho «culo». —Casi musitó la última palabra.

—Sí, pero luego de dicho «trasero».

—Y según tú, no es una indecencia, ¿verdad?

Estaba recobrando el aliento, y su mirada no era tan fiera.

—El tuyo no está muy decente ahora mismo —dije, y me aventuré a tenderle la mano.

Esta vez la cogió y permitió que la ayudara a ponerse en pie. Sus ojos estudiaron la escena: el barro, yo, el carro empantanado, *Mollie* y la mula. Los dos animales estaban tranquilos, apartando moscas con la cola y agitando las orejas.

—Prometí a Marion que iría contigo —dijo con tono desesperado—. Me obligó a jurarlo.

—Y yo le aseguré que cuidaría de ti.

—No soporto a la gente que dice marranadas.

—En cambio no te molesta estar hasta las orejas de barro.

Creí que se echaría a llorar otra vez. Entonces emitió un ruido que pareció casi una carcajada, aunque no llegó a sonreír. Se apartó el cabello de la cara con el dorso de la muñeca y me miró. Fue absolutamente conmovedor... o casi.

Me agaché y dije:

—Sube a mi espalda.

—Estoy muy cansada. Y no creo que pueda, porque tengo los pies hundidos en el barro.

—Inténtalo.

Apoyándose en mi hombro, sacó un pie del lodo y lo introdujo en el hueco que yo había formado con el brazo. La icé sobre mi espalda. Subida a caballo no pesaba tanto, y yo podía moverme entre el barro con las botas mejor que ella con sus zapatos. La llevé hasta el carro y la deposité en el asiento.

—Conduce tú —dije—, y yo empujaré. Arrea fuerte a la mula; es una mala puta. —Miré a Lily de reojo—. Una mala pécora, quiero decir. —Y refunfuñando me dirigí a la parte posterior del carro.

3

Una vez en San Antonio, empleamos parte del dinero en pagar una habitación y un baño en una vieja posada. Los dos estábamos hartos de lavarnos en riachuelos. Me apetecía mucho ponerme en remojo, porque entre el sudor y el polvo del camino habían empezado a salirme costras en el cuello. Lily, por su parte, no estaba más limpia que yo, ni mucho menos.

El dueño de la posada respondía al nombre de Markin. Era cargado de espaldas, duro de oído, tenía el pelo cano y usaba unos tirantes anchos de cuero que parecían del ejército. Estaba flaco como un palo, y pensé que debía necesitar unos tirantes tan gruesos para evitar que se le cayeran los pantalones. Markin asomó medio cuerpo sobre el mostrador de madera y abocinó la mano tras la oreja cuando le pregunté si le quedaba alguna habitación libre. Luego asintió y dio la vuelta al libro de registro.

—Firme aquí —dijo a voz en grito, como si el sordo fuera yo.

Escribí mi nombre completo —Nathaniel Haywood Beatty— y miré a Lily, que se hallaba en la sala de estar, observando todo, palpando las paredes de piedra. Me incliné para garabatear su nombre detrás del mío, por lo que el hombre dedujo que estábamos casados.

Nos acompañó a una habitación pequeñísima situada bajo la larga escalera. Había una ventana, una mesa, una lámpara y una cama pequeña.

—Normalmente cobro setenta y cinco centavos a la semana por una habitación así —vociferó Markin—, pero como la cerradura falla y hay un sitio que rezuma humedad...

El hombre señaló el suelo, semicubierto por una alfombra hecha jirones, en medio de la cual había una mancha oscura, donde Lily introdujo la puntera de su zapato.

—Debajo de los cimientos hay un manantial —explicó Markin—. Bueno, así se está mucho más fresquito. Ah, y la ventana tampoco abre. —Miró de soslayo—. ¿Qué le parece cincuenta a la semana?

—No estamos casados —dije. Lily seguía remojando el pie en la alfombra. «Qué callada está», pensé—. Es mi cuñada.

—Vaya, vaya. —Markin se frotó el cerdoso mentón—. Conque su hermana, ¿eh?

—No. Cuñada.

Lily nos observó, y Markin, tras examinarla un instante, se volvió hacia mí.

—No tengo nada más, a menos que esté dispuesto a alojarse en el cuarto de los solteros. También son cincuenta.

El «cuarto de los solteros», como Markin lo llamaba, estaba dos puertas más allá. Era una habitación alargada con tres camas, una de las cuales me tocó compartir con un individuo de Arkansas que apestaba al aceite de oso con que se untaba el pelo. Por fortuna cada cual disponía de su propia almohada. Puse la nariz hacia la pared y al cabo de un rato conseguí dormir un poco.

Por la mañana me dirigí a la oficina de telégrafos y envié un telegrama a Wash Jones para que comunicara a Shot nuestro paradero. Cuando regresé, Lily había conseguido que el señor Markin le ofreciera trabajo. Me la encontré junto al pozo lavando sábanas en un perol grande.

—Dice que me pagará dos dólares a la semana y la comida —explicó muy ufana—. Es casi el doble de lo que me daba la señora Dillard.

—¿Y no será muy duro para ti? —pregunté, echando un vistazo al ruinoso edificio. El sitio era peor de lo que había previsto para ella.

—De momento, no. Podré trabajar hasta septiembre. —Se ruborizó y removió el agua recién hervida con un tenedor de dos dientes. El pelo se le pegaba a la frente como una tira de papel matamoscas—. ¿Qué piensas hacer tú?

Me fastidió que considerara que podía preguntarme aquello a bocajarro y con un tono que daba a entender que yo no era capaz de conseguir un empleo fijo. En mi opinión, aquello no le incumbía en absoluto, pero después de la trifulca que habíamos tenido, procuraba contener mi lengua.

Me rasqué la cabeza y miré alrededor. En un corral del patio había una vaca de color mosqueado con las ubres repletas de leche.

—Para empezar me gustaría comprarme un sombrero —dije.

Mirándome de soslayo, colgó el tenedor del asa del perol y buscó en el bolsillo de su delantal. Entonces sacó una especie de monedero negro, hurgó en él y extrajo unos cuantos dólares que me tendió.

—Pues cómprate uno.

Me resultaba extraño aceptar dinero de su mano, como si ella fuese la banca y yo el mendigo.

—Tal vez sería mejor que lo guardara yo. Es probable que haya por aquí individuos deshonestos —dije.

Tras observarme un instante, fijó la mirada en el monedero, que por fin me entregó, diciendo:

—No lo pierdas. Es todo lo que tenemos.

Asentí con la cabeza y hundí los dedos en la bolsita, que contenía más de cien dólares.

—¿De dónde has sacado tú tanto dinero? —pregunté alzando la cabeza.

—Me lo dio Marion antes de que lo metieran en la cárcel.

—¿Y cómo lo consiguió él?

Se encogió de hombros, inquieta:

—Nunca me lo dijo.

Asentí una vez más, figurándome que su mirada respondía a mi pregunta. El dinero había pertenecido a otro y Shot se lo había apropiado. Podía suponer cómo, pues yo había pasado por esa misma situación; apuntar a alguien a la nariz y exigir el dinero con la otra mano.

—Conmigo estará seguro —afirmé y le devolví el monedero dejando dentro únicamente tres dólares.

Encontré un sombrero marrón de fieltro con una cinta de serpiente, y en la misma mercería adquirí un Colt 45 de empuñadura negra. Siempre me había gustado el 45 por el modo en que se acoplaba a la mano y la cadera, y ése era bastante parecido al revólver que había entregado al sheriff Jenkins cuando me arrestó, o lo más parecido que podía conseguir por doce dólares. El empleado de la tienda incluyó en el precio la cartuchera y una caja de munición.

No podía lucir el revólver en el pueblo, pero lo necesitaría cuando empezase a trabajar como vaquero, para lo que hacía falta un revólver en el cinto y un par de espuelas en los talones (otra cosa que el sheriff Jenkins me había arrebatado). Después de la excursión por el barro, mis botas estaban en pésimo estado, pero decidí que ya pensaría en ello mientras aplacaba la horrible sed que se había asentado en mi garganta en los últimos seis meses.

El salón de Red era el más cercano a la tienda, y entré por la puerta como si fuera el dueño del lugar. El cantinero, un tipo simpático, llamado Pollack, me informó de que unos ganaderos se presentarían en el establecimiento antes del anochecer.

—Es aquí donde contratan al personal —dijo y me preparó un cóctel que casi hizo que se me salieran los ojos de las órbitas. Bebí dos más como aquél mientras charlábamos.

Efectivamente, al poco rato entraron dos vaqueros jóvenes, y entablé conversación con ellos. El local estaba casi vacío a esa hora. Aquel par de chicos, que trabajaban en Diamond M, se habían acercado al pueblo a buscar provisiones.

—En otoño emplearemos a mucha gente nueva —aseguró uno de ellos.

Les invité a una ronda. Hilbert Sullivan, el más locuaz, me explicó que su capataz estaba organizando un nuevo cuartel general en el noroeste del estado y que comenzarían a mover los primeros rebaños en octubre. Añadió que si yo podía aguantar hasta el uno de septiembre, podría trabajar con ellos.

Tras otra ronda de aquel fuerte brebaje, los chicos de Diamond M se dispusieron a marchar.

—¿Cómo podré encontraros? —pregunté, y Sullivan me dio unas palmaditas en la espalda.

—Todavía no nos vamos, hombre. Sólo nos marchamos de este bar. —Y me invitó a acompañarlos.

Aquellos chicos eran auténticos vaqueros, sí señor, con sus polainas de cuero, sus vistosas pañoletas al cuello y sus espuelas de grandes rodajas. Me sentía como un pobre labriego mientras visitábamos los otros bares del pueblo. Y siempre me tocaba pagar la consumición, pues aquella pareja se escabullía por la puerta en cuanto me despistaba. Además, el alcohol se me subió enseguida a la cabeza, dado que no bebía desde hacía tiempo. Supongo que no presté la debida atención; había mucho que ver.

En uno de los locales había una mesa de petimetres que apostaban fuerte al póquer, y no fui yo el único que se fijó en la cantidad de dinero que cambiaba de manos. Aquello me recordó a Jack, el mejor jugador de cartas que había conocido en mi vida, acostumbrado a iniciar una partida con dos dólares y acabarla unas horas después con doscientos en el bolsillo. No era un tahúr ni un tramposo; simplemente tenía la capacidad de recordar todo cuanto había salido en la mesa y saber quién podía tirarse un farol y quién no. Por lo demás practicaba mucho, siempre nos pulía todo lo que llevábamos en los bolsillos. Cuando se trataba de póquer cerrado, Jack sólo sabía ganar. Lo peor de todo era que ninguno de nosotros aprendió nunca la lección, no hasta el final, después de que Jack se casara con Estelle y jurara que no volvería a jugar en su vida.

En otro salón vi a un individuo que tomaba un trago mientras un mono sentado en su hombro comía cacahuetes. El espectáculo era digno de ver. El mono rompía la cáscara con sus afilados dientes y luego procedía a sacar la semilla con los dedos, igual que un ser humano. Después de dar un mordisco, sonreía de oreja a oreja, de modo que uno pensaba que el bicho era simpático. Pero si intentabas acariciarlo, empezaba a gruñir hasta que comprendías que era mejor apartarse. Diez minutos después de estar contemplando al mono, alcé la vista y observé que Sullivan y su colega se habían esfumado otra vez.

Los encontré en un baile donde una banda tocaba a todo volumen. Había oscurecido para entonces, y llevaba encima tantos cócteles de menta con brandy que ni siquiera me molestaba la pierna. Pagué a una chica treinta y cinco centavos por dos bailes. La banda interpretó *Cotton-Eyed Joe* y *Billy in the Lowground*. Las muchachas se balanceaban, tintineaban las espuelas, y las botas y los zapatos levantaban una nube de polvo que se elevaba hasta el techo. Hubiera continuado bailando de no ser porque el violinista enloqueció de repente, quizá a causa del alcohol, y asestó un golpe al cantante con el estuche de su instrumento. De inmediato toda la banda se enzarzó en una reyerta. Invité a mi pareja a salir conmigo del baile, pero se negó. Supongo que su trabajo consistía en permanecer allí toda la noche, con gresca o sin ella.

Creo que lo que he explicado basta para comprender que no era muy versado en mujeres, pero una puta era otro cantar. Una puta no es exactamente una chica, o al menos no del todo, y se parece más a un buen trago de whisky o una pistola de cachas negras que uno ha comprado. De manera que en cuanto los muchachos y yo dejamos el baile, nos dirigimos a un sitio que conocía Sullivan y que, según dijo, se llamaba Annabel's; no había rótulos por ninguna parte.

Con todo el alcohol que había ingerido, me sentía bastante fogoso. Qué diablos, los tres estábamos fogosos. Cogimos las tres primeras chicas que se acercaron y fuimos directos a los cuartuchos. La mía no era una belleza, pero tenía lo que hay que tener, y en su cama no había piojos. Le di unos revolcones hasta que me corrí, lo que no tardó en suceder. A fin de cuentas hacía seis meses, tal vez más; ni siquiera recordaba cuándo había sido la última vez.

—¿Has encontrado trabajo? —me preguntó Lily a la mañana siguiente, mientras yo sorbía el café e intentaba que los sesos no se me salieran por las orejas.

—Tal vez —respondí al acordarme de los chicos de Diamond M, pero olvidando que no había averiguado cómo contactar con ellos.

Más tarde conté mi dinero, bueno, nuestro dinero; el dinero. Nos quedaban cuarenta y tres dólares con treinta y tres centavos, más los tres dólares que había dejado en el monedero de Lily.

4

El tipo del Red's Saloon me explicó cómo llegar a Diamond M, que se hallaba a casi un día de viaje desde el pueblo. *Mollie* se portó muy bien, ya que lo único que había hecho en los últimos meses era engordar y dejar crecer una larga cola. En otras circunstancias no habría querido una yegua por cabalgadura, pero *Mollie* era una yegua muy varonil, estéril para más señas, pues habíamos intentado varias veces sin éxito cruzarla con *Ben*, el semental gris que yo había perdido en el tiroteo de McDade. Por ser varonil además de estéril, *Mollie* era proclive a tener rabietas, y el único capaz de dominarla había sido Shot. *Mollie* empezó a sacudir la cabeza y trató de tirarme cuando la aguijoneé con mis flamantes y relucientes espuelas. Lo cierto es que añoré al viejo *Ben* en aquel viaje a Diamond M.

Encontré a Sullivan en el barracón del rancho, y me presentó al capataz, un hombre llamado Castaneda. Aunque no estaba seguro de si me gustaría trabajar para un mejicano, le dije que necesitaba un empleo.

—Lo que sea. Podría incluso reparar esa chimenea —dije al darme cuenta de que el enlucido de la chimenea del barracón estaba desconchado y tenía grietas.

Mi padre, antes de aficionarse al licor, se había dedicado a reparar chimeneas durante los meses de invierno, y yo había aprendido un poco. El secreto de una chimenea estaba en el humero, solía decir él, y así lo probaba la que se alzaba ante mí. En cuanto llegara el frío, el humo empezaría a filtrarse por las grietas y agujeros del cañón como si éste fuera un cedazo.

Nos encontrábamos junto al corral de caballos, alrededor de cuya cerca una verdadera manada daba vueltas en círculo. Castaneda observó la chimenea cuando la señalé con la cabeza y soltó un bufido.

—¿Qué tal eres con la cuerda? —preguntó, y como su acento no me pareció mejicano, lo tomé por mestizo, condición que a mis ojos le hacía sumar puntos.

—Muy bueno —respondí, y él hizo señas a uno de los jornaleros para que trajese una cuerda. Al momento se acercó un tipo pecoso y flacucho con un aro de seis metros, y deduje que el trabajo incluía leer el pensamiento.

Castaneda señaló a un bayo para que yo lo lazara, de modo que me encaramé a la baranda del corral procurando no forzar mi pierna mala. No quería que una herida antigua frustara mis perspectivas de trabajo.

Preparé un lazo, lo volteé por encima de mi cabeza y lo lancé. Todos los caballos de corral se apartaron de inmediato, y la cuerda aterrizó en el polvo.

—Es para calentar un poco —dije, cobrando la cuerda como si buscara peces en un arroyo. Varios muchachos rieron disimuladamente, y Castaneda escupió al suelo.

Probé de nuevo, pero los caballos me habían tomado ya la medida, de manera que volví a errar. Lancé cinco veces seguidas. Las orejas me ardían de vergüenza bajo el sombrero nuevo. Finalmente Castaneda dio el juego por terminado.

—En mi cuadrilla no caben los novatos, Bailey —dijo sin malicia.

—Beatty —corregí.

Pareció no haberme oído. Señaló mi pierna coja con la cabeza mientras me encaminaba hacia *Mollie*.

—¿Te tiró un caballo? —preguntó, lanzando otro escupitajo. No mascaba tabaco; sólo parecía tener exceso de saliva.

—¿Cómo? —dije, volviendo la cabeza.

—La pierna.

—Ah. —Flexioné la rodilla mala—. Esto. —Entonces se me ocurrió una idea y sonreí—. Un caballo cimarrón intentó restregarme contra una cerca la primavera pasada, cuando amansaba unos potros broncos para el señor Holman de Giddings, condado de Lee.

—¿Curly Holman? —dijo Castaneda. Me pareció que empezaba a simpatizar conmigo.

—¿Le conoce?

Confiaba en que no y crucé los dedos. El viejo Holman, en cambio, sin duda se acordaba de mí, aunque no por amansar sus potros. Az, Shot, yo y un par más le habíamos robado, hacía unos cuantos veranos, varias reses cuernicortas.

—He oído hablar de él. —Castaneda me observó detenidamente un buen rato, y me pregunté qué estaría pensando—. ¿Estás huyendo de algo, por casualidad?

—No —contesté y luego añadí en voz baja—: señor.

En realidad Castaneda no era mucho mayor que yo; contaría unos veinticinco años. Y al fin y al cabo era mejicano; a medias. Tenía los ojos más claros que jamás había visto en una persona tan morena. Traté de mirárselos fijamente sin pestañear.

Miró de soslayo a Sullivan, que supongo se había acercado a mí para decirme: «Mala suerte, chico.» Castaneda parpadeó a causa del polvo que el viento había levantado y escupió.

—Si quieres trabajar, Bailey, quédate por aquí hasta mañana —dijo—. Van a traer veinte ponis indómitos; a dos dólares por cabeza. Ya buscaré a otro que lance la cuerda.

Y se marchó a grandes trancos.

Sullivan se aproximó y me dio palmadas en la espalda. Me volví para mirarlo y pregunté:

—¿Significa eso que me ofrece el empleo?

—Una mierda de trabajo, al menos de momento. Espero que tu culo resista. —Echó a reír y me atizó con un cabo de brida en el trasero.

—Resistirá —afirmé confiado, observando cómo Castaneda y sus hombres se dirigían a un corral de vacas.

Por poco no resistió. Al término de la primera semana, apenas si podía caminar. Me dolían el cuello, los brazos, la espalda y los hombros de tanto caer al suelo. Cada noche iba al barracón después de cenar y me quedaba dormido antes de apoyar la cabeza en la silla de montar de Shot, que utilizaba como almohada. Tenía las rodillas y los nudillos pelados, la nariz rota y, para colmo, seguro que un par de costillas fracturadas. En una de las caídas me golpeé la cabeza contra el suelo y me salió un chichón del tamaño de una manzana; apenas podía calarme el sombrero, y como tuve que forzar el ala para hacerlo, no volvió a ajustarme bien nunca más. Con lo que me gustaba aquella cinta de serpiente.

Nunca me había resultado tan duro conseguir cuarenta dólares y tardé casi un mes entero en terminar con la reata de ponis. Finalmente abandoné Diamond M, y fue una delicia tener a *Mollie* entre las piernas camino de San Antonio. Castaneda me había dicho que estaríamos en contacto; al final resultó un mejicano bastante simpático.

Dejé a *Mollie* en la cuadra de la posada, le puse un poco de agua y le llené el comedero. De repente, viéndola mascar el heno, me sorprendió que Lily no estuviera por allí. Apenas me había acordado de ella durante aquellas semanas y ni siquiera se me había ocurrido informarle de mi paradero. Rodeé la parte de los anexos y el retrete, crucé el patio del pozo, y apareció corriendo por la puerta de la cocina con una cuchara de palo en la mano y el cabello recogido con horquillas. Me pareció que el vientre le había crecido unos quince centímetros. No podía evitar mirárselo fijamente, aunque sabía que no estaba bien. Lily andaba como los patos, como si tuviera pies planos. Deduje que el señor Markin le había asignado un trabajo en la cocina porque olía a cebolla, ajo y humo de leña.

—Creía que habías muerto —dijo sin vacilar—. No sé si golpearte con la cuchara o festejarlo. ¿Qué pasó? ¿Dónde has estado?

La miré ceñudo. Su interés por conocer con detalle todos mis movimientos me resultaba extraño.

—Encontré trabajo —dije, apartándola hacia un lado mientras me encaminaba hacia la puerta.

Ella me siguió y, retirándose un mechón de la cara, preguntó:

—¿Es un buen trabajo? He estado muy preocupada.

—¿Por qué? Sabías que estaba buscando empleo.

—Pero no que estarías fuera veintinueve días.

Con el cuerpo dolorido, salvé de un salto los tres peldaños que conducían a la cocina. Sólo pensaba en tomar un baño de agua fría. En la desordenada cocina, junto a la larga mesa, encontré al señor Markin, que, tras saludarme con la cabeza y una sonrisa, siguió cortando un pimiento amarillo.

Lily dijo a mis espaldas:

—Pues estuve a punto de regresar a Bastrop, pero recibí una carta de Marion.

—¿Tiene alguna tina con agua? —pregunté a Markin, y deposité sobre la mesa los cinco centavos que cobraba por el baño.

Markin hizo ademán de levantarse, pero Lily dijo:

—Ya lo prepararé yo —y fue hacia el cobertizo.

El señor Markin me devolvió la moneda.

—Para ti, gratis —dijo en voz tan alta que la gente que pasaba por la calle debió de oírle. Sonrió, enseñando los dientes bajo el bigote gris—. Agradézcaselo a su hermana.

—Cuñada —corregí—. Es la mujer de mi hermano.

Markin asintió sin renunciar a su asquerosa sonrisa y me guiñó el ojo, diciendo:

—Bueno, lo que sea.

El guiño me desconcertó al principio, luego me enfureció. Me quedé mirándolo como un tonto, pensando que ojalá fuera Jack o alguien con más agallas. Jack habría aterrorizado al viejo Markin con una sola mirada, y Az tenía unos puños de hierro; nadie se atrevía a irritarlo. Yo, en cambio, me quedé como un pasmarote, más rojo que un tomate y más mudo que una piedra, mientras Markin reanudaba su tarea sonriendo de oreja a oreja como si supiera un gran secreto. Al final, reaccioné y me dirigí al cuarto de la bañera.

Era una habitación sombría; en realidad era un alpende añadido al edificio principal. El sol se colaba por la cubierta de cinc y por entre las tablillas de las paredes, a propósito para que el vapor no estropeara el cobertizo. El piso era de tierra, y la espita se encontraba a aproximadamente un metro de la tina. Lily estaba bombeando el agua en un balde y echándola en la tina.

—¿La quieres caliente? —preguntó. El sudor le brillaba en las comisuras de los labios y las sienes.

—No. Dame eso.

Cogí el balde y arrojé el agua en la tina de acero, donde apenas había un par de centímetros. Agarré el extremo de la tina, la arrastré hasta la espita y empecé a bombear.

—¿Has dicho a ese viejo verde que soy tu marido?

Se le demudó el rostro, la boca formó una «O».

—Claro que no. Qué cosas dices.

—Pues ni se te ocurra hacerlo. —Bombeé con más fuerza al sentirme repentinamente sucio—. En estas cosas, lo mejor es decir la verdad.

—Nunca le he dicho nada semejante. No me atrevería. —Y con tono más cortante añadió—: ¿Y qué te hace pensar que yo habría querido hacerlo? Tú no eres como Shot, pese al parentesco. Él no se habría marchado veintinueve días sin decir palabra, como tú.

Dio media vuelta y echó a andar con cara de redicha. Sus modales ampulosos y sus poco halagadores comentarios me irritaron aún más. Dejé la bomba, introduje la mano en el bolsillo y arrojé al suelo un puñado de monedas que no rodaron por la dura capa de tierra, sino que tintinearon un poco y se quedaron allí, reflejando algunas de ellas unos escuetos rayos de sol. Olvidando sus contoneos, Lily volvió sobre sus pasos y miró atentamente el dinero mientras se colocaba un mechón de pelo tras la oreja.

—Eso es parte de los cuarenta dólares que gané. He gastado un poco en unas polainas que necesitaré el otoño que viene, cuando me vaya a conducir ganado. Esto bastará para instalarte en un sitio más decente.

Me pareció que contenía la respiración. Luego me miró a la cara y preguntó:

—¿Has conseguido trabajo como vaquero?

—Así es. —Se trataba de una mentira optimista. A fin de cuentas, Castaneda me había dicho que nos mantendríamos en contacto—. Y estaré ausente más de veintinueve días, de modo que si no soportas estar sola es mejor que lo digas enseguida. Puedes emplear el dinero en regresar a Bastrop, si quieres, o ir a donde te apetezca. No me importa. Por mí como si truena.

Me miró de hito en hito hasta que su ojos comenzaron a empañarse.

—No tiene sentido volver a Bastrop —dijo—. Él ya no está. —Rebuscó bajo su delantal—. Iba a enseñarte la carta.

Sacó de entre sus faldas una hoja de papel doblada y extendió el brazo. Después recorrió los tres pasos que nos separaban.

Me aproximé a una de las grietas de la pared a fin de ver mejor el papel. Shot no había tenido nunca una letra fácil de descifrar. La carta rezaba:

Qerida Lily:

Espero que estés sana y salba en San Anton. No se como decirte esto de una manera más suabe, o sea que te lo digo y ya está. Me han caido dos años, pero podría haber sido peor. Me podrían haber caído cinco como dijo John Olive cuando me arrestó. Tú tranquila. Te haré saber cómo puedes escrivirme en cuanto lo sepa yo. Tú no te separes de Woody.

El cuidará de ti y procurará que mi hijo empieze con buen pie en esta vida tan dura. Ojalá tuviera mejores noticias pero no las tengo. Te amo y pienso en ti a cada momento. No me olbides.

MARION.

Me quedé de piedra, aunque la condena era menor de lo que yo había esperado, o creído esperar. La cifra me cayó encima como una losa; no podía creer que hubieran impuesto a Shot dos años de castigo cuando yo había salido libre, aunque en aquellos momentos no me sintiera muy libre que digamos. Debía ocuparme de aquella mujer, complacer sus deseos, y yo no era la persona adecuada para una tarea así. Caray, si ni siquiera le había mandado recado de que estaba en Diamond M.

Doblé la carta y se la devolví. Lily se la guardó de nuevo en la falda, y supongo que me notó muy desanimado.

—Ahora te traigo más jabón —dijo—. Esta pastilla está casi terminada.

La vi marchar, y antes de que alcanzara la puerta dije:

—Te buscaré algún sitio antes de irme a trabajar.

Se dio la vuelta.

—Aquí estoy bien. No quiero ser una carga para ti.

—No eres ninguna carga —dije. Por su mirada deduje que sabía distinguir una mentira, de modo que agaché la cabeza y me rasqué los callos y las escamas que tenía en la palma de la mano—. Es que no estoy acostumbrado a rendir cuentas a nadie sobre adónde voy o dejo de ir.

—Marion no ha hecho bien atándote a mí. A partir de ahora, que cada cual siga su camino.

Alcé la vista. Lily estaba observándome. Esbozó una sonrisa, se recogió la falda y subió por los peldaños que llevaban a la cocina.

5

Así pues, acordamos que cada uno seguiría su camino. Lo malo era que en aquel momento yo no tenía adónde ir. Aun suponiendo que en otoño me contrataran para trabajar en Diamond M, lo que daba por hecho, la incógnita era cómo ocupar lo que quedaba de julio y todo el mes de agosto. Pero aquellos cuarenta dólares me habían costado sudores, de modo que por el momento no me urgía buscar un empleo.

Curé mis partes doloridas a base de dormir un par de días seguidos y apenas vi a Lily, salvo a la hora de la comida, que ella cocinaba y servía. Evité a Markin y sus sonrisitas todo cuanto me fue posible, y no me preocupé demasiado de la promesa que había hecho a Shot. Tal como yo lo recordaba, no había sido una promesa formal, pues no le había dado mi palabra. Si a Lily le gustaba mi compañía tan poco como a mí la suya, ¿por qué forzar las cosas? Así lo veía yo. Antes de marcharme del pueblo me aseguraría de que ella tuviera dinero suficiente para pagar una nodriza que la ayudara a cuidar del niño; claro que sí, no pensaba desentenderme de todas mis obligaciones.

Ahora bien, comprendo que alguien pudiera considerarme un desgraciado por pensar en abandonar a Lily tan pronto surgiera la ocasión, pero esa persona tal vez ignorara la clase de vida que había llevado yo hasta entonces y la educación que había recibido.

Verán ustedes, mi madre murió el mismo día que nació Shot, de modo que aparte de un par de tías a quienes apenas visitábamos, me había criado entre hombres y muchachos. ¿Qué sabía yo de las necesidades femeninas? Además, cuando papá decidió que prefería beber whisky a empujar un arado, los cuatro chicos tuvimos que aprender a valernos por nosotros mismos, robando al principio alguna que otra bala de algodón a un agricultor despistado o unas reses no vigiladas a algún ranchero confiado para más tarde asaltar diligencias y comercios varios. Y aun cuando las muertes de Az y Jack las últimas Navidades y estar encerrado en la cárcel de Bastrop me habían hecho ver las cosas de otra manera, seguía creyendo que Lily se las apañaría mejor sin mí. Resolví dejarla.

A los tres días, en cuanto me recuperé un poco, comencé a frecuentar el local de Annabel y jugar a cartas en el Red's Saloon. Casi siempre perdía, aunque conseguí ganar una leontina de oro a un chico de San Augustine que se dirigía a las minas de plata de Terlingua.

Me compré ropa nueva y unas botas de piel de toro, y en cuestión de dos semanas me pulí treinta y un dólares de los cuarenta. Así pues, no me quedó más remedio que buscar trabajo. Lo cierto es que el dinero no solía durarme demasiado. Gasté tres de los nueve dólares que me quedaban en adquirir una buena cuerda, me puse la ropa y las botas nuevas y las polainas ribeteadas, y partí en busca de alguien que necesitara un buen vaquero.

Recordé que de camino a Diamond M había pasado cerca de un par de pequeños ranchos, y decidí probar suerte en uno de ellos antes de arriesgarme tontamente desplazándome a sitios que no conocía.

Cuando ensillé a *Mollie* aquella mañana, la yegua se negó a abandonar su casilla. La espoleé con furia y le aticé en las ancas; nada, no había manera de hacerla salir. Entonces se me ocurrió mirarle los cascos.

Allí estaba el problema. Una de las herraduras había quedado reducida a su mínima expresión, y otra tenía un clavo suelto. Busqué una herramienta en el cobertizo de Markin y arranqué a *Mollie* las herraduras deterioradas. Creí que iba a darme un beso de lo contenta que se puso.

Así, con seis dólares en el bolsillo, visité al herrero más cercano. El letrero de la entrada rezaba «Poe Terry». Me cobró veinticinco centavos por herradura, como indicaba el rótulo, que además añadía: «CERCADOS, REPUESTOS PARA CARRO, CACHARROS DE COCINA Y METALES EN GENERAL.»

Poe Terry tenía espaldas y cuello de herrero y era bizco, de modo que cuando hablaba daba la impresión de estar mirándote la cara y la de alguien situado detrás de ti.

Mientras se ocupaba de *Mollie*, practiqué con la soga nueva en un poste de la verja que había fuera. Para entablar conversación, dije:

—Supongo que no sabrá de ninguna cuadrilla que esté buscando vaqueros, ¿verdad?

Poe Terry me miró de arriba abajo, o quizá estaba examinando el poste que yo intentaba enlazar; resultaba difícil saberlo. Soltó la pata de *Mollie* y preguntó:

—¿Sabes alguna cosa de herrería?

Bien, en tiempos había herrado algún que otro caballo. No era precisamente un experto, pero me figuré que con un poco de práctica conseguiría trabajar tan rápido como Terry. Después de todo, un empleo era un empleo, y necesitaba uno enseguida, al menos hasta que Castaneda me lanzara un cable.

—Pues ya que lo dice, conozco un poquito el oficio.

Terry me llevó a la trastienda, donde almacenaba cacharros de cocina y pertrechos agrícolas. Había estado forjando volutas para cercas, veletas de hierro e incluso sillas y mesas para porches.

—Los tiempos cambian, y hay que ponerse al día —dijo—. Necesito un hombre que se ocupe de la herrería para que yo pueda disponer de tiempo para trabajar en esto. —Luego me condujo de nuevo a donde estaba *Mollie* y le señaló el casco izquierdo—. Yo ya he salvado una. Veamos qué sabes hacer tú.

Limpié el barro de la pezuña, recorté la ranilla, pulí el casco y cogí una de las herraduras que colgaban de la pared. La forja estaba muy caliente. Accioné el fuelle para ponerla al rojo y aproximé el hierro hasta que estuvo lo bastante blando para desbastarlo. Luego martilleé la herradura para ajustarla a la pezuña de *Mollie*, introduje los clavos y los remaché. Sudando a mares, terminé la tarea, y el viejo Terry asintió con la cabeza.

—Servirás —afirmó y me arrojó un mandil y unos guantes de cuero—. Seis dólares a la semana. Libras los domingos. Va incluido el herraje de tu yegua.

De modo que me convertí en herrero, y aunque no era lo que había previsto, se trataba de un trabajo honrado; caluroso, pero honrado. Me propuse aguantar allí hasta septiembre, cuando empezaría a trabajar en Diamond M.

Al principio acababa la jornada con el cuello, los hombros y los brazos doloridos, pero llegado el mes de agosto dejé de tener agujetas. Era capaz de herrar dos caballos en una hora, y el señor Terry permanecía cada vez más en la trastienda con su hojalata y su hierro forjado.

No estaba enriqueciéndome, pero disponía de dinero suficiente para poder ir cada sábado, que era el día de pago, al local de Annabel. En una ocasión me gasté cinco dólares para pasar una hora con una chica del piso superior, aunque luego resultó mucho menos dulce que Darcy Jean o Leona, que cobraban dos y medio. En cualquier caso, primero recibía una baño gratis, de modo que siempre me ahorraba un dinero.

A mediados de agosto volví a toparme en ese mismo local con Hillie Sullivan. Al salir me dijo:

—Hasta dentro de dos semanas.

Por tanto, di por sentado que Castaneda pensaba contratarme otra vez. Entonces recordé que no había hecho nada para buscar una nodriza para Lily.

Se había puesto gorda como un henil. Cuando yo volvía cada tarde de trabajar, la encontraba pálida y fatigada después de haber pasado el día cocinando, lavando y planchando para el señor Markin. Normalmente hablábamos un par de minutos después de cenar. Me contaba que había recibido carta de Shot, o que ella le había escrito. Por lo visto, él comenzaba a acostumbrarse —aunque eso no me cabía en la cabeza— a la vida en prisión.

—¿Hay alguna novedad? —inquirió una noche a finales de mes—. Así le explicaré a tu hermano en qué andas metido. Ya le he contado que trabajas de herrero. Me pregunta por ti en cada carta.

Reflexioné un momento. Difícilmente podía decir a Lily que dedicaba el tiempo libre a ir de putas, aunque probablemente eso habría divertido mucho a Shot. Y no quería que él se enterara de que muy pronto me contratarían para conducir ganado y dejaría que su esposa se las apañara sola, aunque de todos modos ella debía de haberle informado ya.

—No tengo ninguna novedad —respondí, y me miró decepcionada. Cuando se marchaba, recordé el pedazo de papel que guardaba en el bolsillo desde el sábado anterior—. Espera —dije mientras lo buscaba—. Tengo el nombre de una comadrona para ti. —Saqué el papel arrugado.

Se ruborizó hasta las orejas, me arrebató el papel de las manos y lo leyó:

—¿Dónde has conseguido esto?

—Me lo dijo el señor Terry —mentí. No podía admitir que había sido Darcy Jean quien me había hablado de la mujer—. Asegura que tiene mucha experiencia. Vive en Olmos Creek, conque no queda muy lejos de aquí.

Lily volvió a doblar el papel, más meticulosamente que yo, y levantó la cara. Había recuperado su color natural.

—He pensado —añadí— que te convendría conocer a alguien. Como me iré del pueblo, creí que...

—Gracias —dijo guardándose el papelito en el bolsillo del delantal—. ¿Te llevarás a *Mollie*?

La pregunta me pilló por sorpresa. *Mollie* me había acompañado a todas partes. Qué diablos, ni siquiera recordaba que era la montura de Shot.

—Eso pensaba hacer —dije.

—Eso pensé yo que harías —dijo, y echó a andar hacia su habitación bajo la escalera.

—¿Es que no te parece bien? —pregunté, siguiéndola—. Bueno, tú no la necesitas, ¿verdad?

—No. Llévatela. Supongo que Marion querría que te la llevaras.

Tiró del picaporte y entró en su dormitorio.

Avancé hacia la habitación que yo compartía con todo desconocido que pasaba por allí y luego volví a mirar hacia la de Lily. ¿Por qué diantres había sacado a relucir lo de *Mollie*? Para hacerme sentir culpable; fue la única respuesta que se me ocurrió.

El asunto me tuvo preocupado un par de días. Tumbado en la cama por las noches, sudando a causa de aquel calor bochornoso y oyendo los ronquidos de mi compañero de dormitorio, llegué a la conclusión de que Lily no deseaba que me marchara para cuidar ganado, fuese de Diamond M o de cualquier otro rancho. Ella prefería que cumpliera la promesa que había formulado a Shot, aunque en realidad no hubiera sido una promesa auténtica, sincera. De hecho Lily me había dicho que podía ir a donde se me antojase, pero estaba aprendiendo que no se puede confiar en la palabra de una mujer.

De modo que la cuestión de *Mollie* me fastidió toda la noche. Y cuando no cavilaba sobre ello, el vecino me molestaba con sus ronquidos. En las últimas semanas había compartido habitación con diversos compañeros: uno de Ohio que vendía alambre de espino, un peón de un circo que recalaba en el pueblo, y por pocos días un granjero de Texas venido a menos que huía de sus acreedores. Con ninguno de ellos entablé amistad, y ninguno me torturó con sus gruñidos como ese pelagatos de Tennessee.

Parecía un animal salvaje y olía igual. De nada servía lamentarse. Papá también roncaba, y Az lo hacía cuando había bebido más de la cuenta; a ellos podía darles la vuelta o taparles la boca hasta que paraban. Cuando se lo mencioné al de Tennessee, el tipo se rió de mí y, tras apoyar la mano en el extremo de su puñal de cachas de hueso, me aconsejó que metiera la cabeza debajo de la almohada si tanto me molestaba. Y eso solía hacer yo, tanto por el olor como por el ruido.

Sin embargo fue la ausencia de ronquidos lo que me despertó de repente la noche anterior a mi partida hacia Uvalde y Diamond M. Me di la vuelta medio dormido y encontré la habitación, por primera vez, en silencio, lo que me alertó. Enseguida oí ruidos procedentes del vestíbulo.

Al principio creí que se trataba de una tormenta de verano y que la madera del piso superior crujía con el viento. Sin embargo advertí que la tela claveteada en la ventana rota no se movía en absoluto. Entonces oí una nueva tanda de ruidos. No eran voces, pero sí sonidos más o menos humanos. Me levanté.

Como estaba sudoroso debido al calor que hacía en la habitación, me quité los calzones empapados y me puse los pantalones. A continuación cogí una vela y salí descalzo del dormitorio. Agucé el oído.

La habitación del fondo estaba desocupada desde que el manantial que fluía bajo la habitación de Lily comenzó a rezumar por la pared. Pasé de largo y me detuve.

Súbitamente, supe de dónde provenían los sonidos y qué los producía. Comprendí también adónde había ido mi compañero de cama y adónde debía dirigirme yo. Asimismo adiviné qué encontraría allí.

Y todas estas ideas brotaron en mi mente con tal rapidez que ni siquiera se me ocurrió coger el revólver. Recorrí a toda prisa el pasillo, abrí la puerta de la habitación de Lily y, pese a que había intuido qué estaba sucediendo dentro, lo que vi me dejó pasmado.

A la mísera luz de mi vela, reconocí enseguida al tipo de Tennessee. Estaba boca abajo sobre la cama de Lily, de la cual apenas si se veía una pierna blanca que asomaba bajo el hombre. El culo desnudo de aquel sujeto saltaba y saltaba encima de ella.

Me invadió una sensación de asco, y retrocedí pensando que aquello no me incumbía y que tal vez Shot estaba al corriente de lo que su esposa hacía con otros hombres. De pronto el de Tennessee se volvió un momento para mirar hacia donde yo me encontraba. Cuando vi que se acercaba a mí, ya era demasiado tarde para cerrar la puerta. Dejé caer la vela y ésta se apagó.

—Tiene un cuchillo —advirtió Lily con voz aguda y trémula, casi irreconocible.

No bien hube asimilado sus palabras, vi un destello de plata que se aproximaba a mí como un rayo y entonces recordé el puñal de cachas de hueso y hoja larga que él llevaba al cinto.

Por suerte, yo tenía la vista acostumbrada a la oscuridad. Me moví con suma rapidez y esquivé el golpe. Era un cuchillo de caza de unos veinte centímetros de largo y afilado por los dos cantos. Trató de descargar de nuevo su hoja contra mí, pero erró porque tuvo que sujetarse los pantalones. Me aparté pegándome a la pared y choqué contra el escritorio, que produjo un ruido sordo al arrastrar por el suelo.

Me atacó de nuevo y me desgarró el codo. Aquello me dolió como las llamas del infierno y me convenció de que aquel individuo se proponía matarme y, a menos que yo actuara enseguida, no le resultaría difícil.

Lily gemía débilmente. Tropecé con una cosa oscura que había en el rincón y me tambaleé. El de Tennessee se hallaba muy cerca; olía su aliento fétido. Sepulté la cabeza en su tripa y lo hice caer de espaldas. El cuchillo me rasguñó ligeramente la espalda. Le propiné un puñetazo en la ingle, con ambas manos y de abajo arriba, un truco que había aprendido de Az, quien lo había practicado conmigo un montón de veces, de modo que yo sabía por experiencia cuánto dolía eso. El de Tennessee gruñó y se dejó caer sobre mí. Pesaba como si fuera de hierro.

Empezamos a forcejear en el suelo, sobre el sitio que rezumaba humedad, trabándonos sobre la empapada alfombra. Conseguí zafarme y tanteé en busca de la mano con que empuñaba el cuchillo. Sentía una fuerza renovada en mí, quizá a causa del miedo.

Lo aparté de una patada. El sujeto se golpeó contra la cama y Lily lanzó un grito. Se abalanzó sobre mí otra vez, y vi centellear el cuchillo a la tenue luz que entraba por la solitaria ventana.

Lo agarré de la muñeca. Estaba sudoroso y resbaladizo. Yo también. Me aferré a él clavándole las uñas, tratando de hacerle perder el sentido del tacto. Finalmente, el puñal cayó al suelo y quedó sobre la alfombra. El corazón me latía con tal fuerza que no oía nada más.

Pero el tipo no se rindió; se había empeñado en matarme. Cuando intentó apoderarse del cuchillo, me eché sobre él y logré asirme a sus hombros. Ya tenía el puñal bajo su mentón cuando se hizo la luz. Lily había encendido una vela y allí estaba, sobre la cama, temblando y sosteniendo con las dos manos aquella especie de pimentero que había tratado de colar a Shot en la cárcel de Bastrop. Yo ni siquiera me había enterado de que Lily conservaba aquel artefacto.

Entonces comprendí la verdad al ver su rostro surcado de lágrimas y sudor, el cardenal que le hinchaba el pómulo y el camisón hecho jirones. Había violado a aquella muchacha preñada e indefensa. El cañón de la pequeña pistola apuntaba a la barriga del de Tennessee, que yo había dejado expuesta al retorcerle un brazo hacia atrás. Lily estaba amartillando el arma, mirando como una loca, con los ojos desorbitados.

—¡No dispares! —exclamé.

Un escalofrío me recorrió la espalda. Luego sobrevino la quietud, la calma. Noté que la sangre empapaba mis pantalones y me limpié la que tenía en la mano. Debajo del cuerpo del hombre había un charco negro que se extendía por el suelo. Di un paso atrás, y mi pie descalzo imprimió una huella de sangre en la alfombra.

Me acerqué a la puerta y cerré despacio.

—Tenemos que sacarlo de aquí —dije.

Lily se llevó una mano temblorosa a la garganta y asintió con la cabeza.

—No estoy dispuesto a volver a la cárcel —aseguré para dejar claro que no deseaba informar a la justicia de lo sucedido.

Lily permanecía sentada, callada como un fantasma. La pequeña pistola yacía olvidada sobre su regazo.

Me acuclillé y, agarrando el cadáver por las axilas, lo arrastré sobre la alfombra para envolverlo con ella. No le cubría por completo, pero si tenía que seguir sangrando era mejor que lo hiciera allí.

Miré a Lily, que continuaba con la vista fija, como en trance.

—Ve a buscar un cubo, una bayeta y unos trapos —dije—. Y no hagas ruido. —Asintió con la mirada clavada en el suelo. No se movió—. Hemos de darnos prisa.

Entonces me miró, trémula, con las pupilas dilatadas. Pensé que tendría que abofetearla para que recobrara el sentido. De pronto se incorporó, y la pistola rodó sin ruido sobre la cama. Sujetándose el vientre como una criatura desvalida, se puso en pie. Tenía el camisón desgarrado por el canesú y las costuras. Cuando pasó junto al muerto, la tomé del brazo.

—Ponte algo encima, por si alguien te ve. —Señalé el vestido que colgaba de un clavo—. Póntelo de cualquier manera. Trae una bayeta, un cubo, trapos...

—Ya te he oído —atajó. Su voz no era normal; su mirada tampoco.

—Vigila que no haya nadie levantado. Debo sacarlo de aquí.

La ayudé a pasarse el vestido por la cabeza. Ofrecía un aspecto lastimoso; el cabello pegado a la cara y aquel cardenal en la mejilla. Pero no podía acompañarla y dejar todo aquello manchado de sangre.

Salió de la habitación descalza. Cuando la vi pasar junto a la escalera, cerré la puerta. Se había llevado la vela, de modo que me encontré repentinamente envuelto en una cegadora oscuridad. Permanecí junto a la puerta, escudriñando aquel bulto negro en mitad del suelo.

Lo había matado, desde luego, y con mis propias manos. No había sido muy distinto a rajar el cuello a un jabalí. El hecho de no sentir remordimientos me hizo pensar que no estaba bien de la cabeza; quizá tenía instinto homicida. Tal vez había matado a Willie Griffin en McDade el diciembre pasado. Aquel día también estaba furioso y quería cobrarme una vida —la de quien fuera— a cambio de las de mis hermanos.

Me arrodillé junto al de Tennessee recordando que apenas me había dejado dormir las últimas noches. Retiré la alfombra y le registré los bolsillos.

Había monedas y billetes, un reloj y una tableta pequeña de tabaco. Abrí el envoltorio de papel encerado, me metí la tableta en la boca y el dinero en el bolsillo. Volví a guardar el reloj en el suyo.

6

Me costó muchísimo arrastrar el cadáver envuelto en la alfombra por el pasillo hasta la cocina. La cabeza, que quedaba descubierta, rebotó en cada uno de los peldaños del porche posterior. Lo remolqué por el patio y crucé el huerto seguido por Lily, que barría el suelo con una escoba.

Fui al establo y saqué a *Sassy* de su casilla. Lily sujetó a la mula mientras yo izaba el cuerpo sobre su lomo. Utilicé mi cuerda nueva para atarlo al animal, y el muy tonto no pareció inmutarse por llevar un cadáver como carga. En cambio *Mollie*, que conocía el olor de la muerte, rehuyó la silla y relinchó, como si fuera ella la que cargaba el cuerpo. Lily le llenó el morral para calmarla.

Cuando hube terminado, descansé un segundo para recobrar el aliento.

—Déjame acompañarte —susurró Lily.

—No puede ser. Has de volver a la casa y asegurarte de que no ha quedado ninguna huella. Coge tus cosas. Nos marcharemos en cuanto regrese.

—Podríamos partir ahora mismo. No necesito llevarme nada.

La escasa luz del farol del establo apenas iluminaba su rostro. Le puse la mano en el hombro.

—No. Quédate y arréglalo todo. Despertaríamos sospechas si nos marchásemos en plena noche. Debemos actuar como si no hubiera ocurrido nada. Volveré enseguida.

No muy convencida, Lily me vio montar. Me pasó el cabestro de *Sassy*, y lo aseguré a la silla de *Mollie*.

No era la primera vez que cargaba un cadáver. Lo había hecho por Jeff Fitzpatrick cuando mató a aquel ayudante del sheriff del condado de Lee. Transporté el cuerpo, un tal Bose Heffington, hasta unos cedros al este de McDade porque no me parecía correcto dejar un muerto a la intemperie; pagué por ello más tarde con las vidas de mis hermanos. A la mañana siguiente Jeff subió a un tren que estaba a punto de partir. Aquella misma noche, que era Nochebuena, la chusma fue a por mí como quien caza un mapache, pues me habían visto llevarme el cadáver; me acusaron de haberlo asesinado. En realidad, el tipo de Tennessee que roncaba, apestaba y violaba chicas preñadas era el primer hombre que mataba. Me lo había cargado con mis propias manos y con su cuchillo. No acababa de creerlo.

Conduje a *Mollie* a pie por el oscuro camino vecinal y seguí el curso del río hasta un lugar que había visto una vez, un recodo escondido entre matorrales con una poza más profunda. Busqué una piedra lo bastante grande para hundir al muerto... al menos durante un tiempo, el suficiente para poder huir hacia el sur, a México, adonde debía haber ido en cuanto abandoné Bastrop.

Me senté para quitarme las botas y empleé mi flamante cuerda para atarle la piedra de tal modo que sus piernas y brazos la enlazaran como si fuera un amante. Vadeé el río hasta que la corriente comenzó a arrastrarlo. Me quedé varios minutos observando, esperando verlo salir a la superficie. Lo imaginaba sobre el lecho de lodo y guijarros, con el pelo alborotado por la corriente, los ojos abiertos y la cabeza ladeada.

Me despojé de los pantalones ensangrentados, los envolví en la pequeña alfombra e hice un paquete que lancé al río. El corte del codo me escocía. Mi pie descalzo tocó una cosa sólida y esponjosa que parecía un brazo o una pierna. Sofoqué un grito. Debía de ser fruto de mi imaginación, me dije, pues el hombre iba río abajo. Era imposible que hubiera salido ya a flote. De todas formas vadeé hasta la orilla a toda prisa.

Las bestias necesitaban beber y dejé que saciaran su sed mientras me ponía los pantalones de recambio que había llevado conmigo, los agujereados que había usado durante mi estancia en la cárcel. Después emprendí la marcha hacia la posada a lomos de *Mollie*, cuyo corazón me martilleaba la cara interna del muslo, y la mula sin carga detrás de mí.

Cuando llegué a la posada faltaba poco para que amaneciera; aún reinaba la oscuridad. Casi tropecé con Lily, que estaba acurrucada en un rincón del porche trasero.

—¿Qué haces aquí? —pregunté, recuperándome del susto.

—He dispuesto todo, como me habías dicho.

Señaló un bulto oscuro que yacía a sus pies; su bolsa de mano, y un montón de cosas que debían ser mías.

—Muy bien. Ahora entra y prepara el desayuno como de costumbre.

Al pasar a su lado, Lily se aferró a mí, clavándome las uñas en el brazo.

—Habías dicho que nos marcharíamos en cuanto llegaras.

—Lo he pensado mejor. Quiero que el señor Markin nos vea. —La conduje hacia la puerta—. El señor Terry me debe cuatro días. Iré a cobrar y cuando vuelva diré que has recibido una carta de tu gente, que te reclama por un asunto de familia, y que hemos de partir cuanto antes.

La obligué a entrar y se alejó. Cargué nuestras pertenencias en el carro y enganché a *Sassy*. No le causaría ningún daño estar un rato enjaezada, por mucho que tardásemos en salir. Mi plan parecía tan razonable como cualquiera de los que habría urdido Jack. El hecho es que el modo en que se me había ocurrido, así, de pronto, me hizo reflexionar un buen rato junto a la puerta del establo. No sabía mucho de rezos, carecía de experiencia en esas cuestiones, pero me pareció que algo o alguien velaba por nosotros.

—¿Jack? —murmuré—. ¿Eres tú?

Al oír el eco de mi voz en la quietud del amanecer, pensé que era una necedad. Jack no había sido un tipo angelical que digamos, y como yo no creía en aparecidos, supuse que el sangriento episodio con el de Tennessee me había hecho concebir aquellos vanos pensamientos.

Cuando entré en la cocina, Lily parecía flotar en medio de la estancia y miraba fijamente el hornillo como si hubiera olvidado para qué servía. Había encendido un quinqué, que iluminaba lo suficiente para que se le viera el cardenal del pómulo. Era evidente que lo había causado la manotada de un hombre, y no se me ocurría qué excusa podíamos ofrecer al señor Markin. Cuando le toqué el morado con el pulgar, Lily tomó aire.

—¿Has recogido también las cosas de ese tipo? —pregunté. Negó con la cabeza, asustada—. Habrá que hacerlo. De lo contrario a Markin le extrañará que se haya marchado sin llevarse sus pertenencias. ¿Dónde hay papel para escribir?

Señaló hacia la sala de estar, donde, detrás del mostrador de recepción, se hallaba el escritorio de Markin. Lily acercó el quinqué. Me senté, mojé la pluma en el tintero, arranqué una hoja de papel de carta y escribí: «Me he ido a buscar plata a Terlinwah.» Tardé un poco, pues ignoraba cómo se escribía el nombre del pueblo; luego supuse que el tipo de Tennessee tampoco lo sabría.

Doblé la nota sin esperar a que la tinta se secara.

—La dejaremos encima de su cama junto con los cincuenta centavos que debe por la habitación. Así Markin no sospechará nada. Hay mucha gente que se va a buscar plata.

Empecé a explicarle lo de la leontina que había ganado a un individuo como aquél, pero como Lily me miraba con cara de alelada, decidí dejarlo por el momento.

Los aposentos de Markin se encontraban encima del salón. Oímos sus pasos y Lily y yo miramos al techo. Cerré el escritorio procurando hacer el menor ruido posible.

—Ahora, haz lo que te he dicho. —Le entregué la nota y unas monedas—. Recoge sus pertenencias y deja esto encima de la cama. Yo entretendré un rato al viejo.

Lily se llevó el quinqué a las habitaciones situadas bajo la escalera y yo me dirigí a la cocina, como si hubiera ido a tomar un café. El día apuntaba ya por las ventanas.

Sobre el hornillo descansaba el hervidor, sin agua. Había una bolsa grande de café sobre la alacena, y pensé en moler unos granos para aparentar que estaba ocupado, pero enseguida comprendí que a Markin le resultaría más sospechoso verme afanado con el hornillo que sentado a la mesa esperando. Me restregué los ojos, me alboroté el pelo, bostecé. Tenía las tripas revueltas.

Markin entró en la cocina y me miró pestañeando a la luz de su vela.

—¿Qué haces aquí sentado a oscuras? —espetó.

—Acabo de levantarme —gruñí—. He llamado a la puerta de Lily para avisarle que tengo hambre.

—Ella necesita descansar —dijo, como si estuviera regañándome por apremiar a Lily.

Depositó la vela sobre la mesa y alcanzó el fanal que colgaba encima del hornillo. Al prender la mecha, la cocina adquirió un tono amarillento.

—Supongo que estás esperando el café —voceó.

—Y una loncha de tocino —vociferé a mi vez.

Me lanzó una mirada agria, y pensé que había acertado al aparentar estar de mal humor. Di un par de bufidos de impaciencia y miré hacia el lugar por donde aparecería Lily de un momento a otro. Deseaba acabar cuanto antes con todo aquello, pues no me apetecía en absoluto charlar a solas con Markin.

—Tu hermana se ocupará del tocino —dijo, poniendo como siempre más énfasis del necesario en la palabra «hermana». Yo ya no lo corregía—. Pero puedo preparar café como cualquier mujer.

Echó unos granos en el molinillo y comenzó a dar vueltas a la manivela. El ruido me hizo saltar del asiento.

Pensé que sería mejor que me quedara a desayunar con los demás huéspedes, como si nada hubiera ocurrido aquella mañana. De pronto el pánico se apoderó de mí como me había sucedido en el río; sentí ganas de vomitar, de salir corriendo para respirar aire fresco. ¿Por qué tardaba tanto? ¿Tanto equipaje llevaba un pelagatos de Tennessee?

Me miré las manos mientras Markin hablaba del tiempo y de cuánto deseaba que llegara el otoño. Un hililllo de sangre me había bajado hasta la muñeca. Me lo limpié con saliva y entonces advertí que tenía la camisa manchada y pegada al codo que el tipo me había rasguñado con el cuchillo. Escondí el brazo debajo de la mesa para evitar que el posadero lo viera.

Oí unos pasos que se aproximaban, y enseguida apareció Lily en el umbral de la cocina. Tenía el rostro como la cera; de miedo, pensé al principio, hasta que me percaté de que se había untado algo en la cara —crema o pomada— para disimular el cardenal de la mejilla. Lily me miró primero a mí y luego a Markin, con los ojos muy abiertos y enrojecidos. Se demoró un instante junto a la jamba. En la mano izquierda sostenía el grasiento maletín del hombre de Tennessee.

—He recibido carta de mi padre —farfulló—. Mi hermana pequeña está gravemente enferma. Debo regresar a casa enseguida.

La miré con el entrecejo fruncido y meneé la cabeza tratando de indicarle que era demasiado pronto. De todas formas, ya lo había dicho, y Markin lo había oído. Éste se apartó del hornillo donde la cafetera empezaba a humear, se acercó a ella, y al ver que iba a consolarla Lily se echó a llorar. Las lágrimas fluyeron rápidas y brillantes, estropeando su maquillaje blanco. Dejó caer el maletín a sus pies.

—Pobrecilla —dijo el señor Markin, extrayendo un pañuelo del bolsillo de su chaqueta—. Qué terrible noticia.

Entonces me miró reprochándome que permaneciera allí sentado. Me puse en pie y consulté el reloj que descansaba sobre el aparador. Al viejo no pareció extrañarle que Lily hubiera recibido una carta a las cinco y media de la mañana.

Lily estaba sollozando en el pañuelo de Markin, y aunque yo sabía que sus lloros no eran fingidos, me pareció que no podía hacerlo mejor, ya que su desdicha abrumaba tanto al posadero que éste no reparó en que la historia carecía de sentido.

Me incliné para coger el maletín y rodeando con un brazo los hombros de Lily, la conduje hacia la puerta de la cocina.

—Entonces tendremos que marcharnos —anuncié—. Nos aguardan cuatro largos días de viaje hasta McDade.

Me aseguré de que Markin se enterara de nuestro destino por si el de Tennessee salía a flote antes de ser arrastrado río abajo por la corriente. McDade se hallaba en dirección opuesta a México.

Markin agarró el saco de café de la alacena.

—Toma —me dijo—. Lo necesitaréis en el viaje. Y coged pienso para las bestias; hay de sobras en un rincón del establo.

Yo sabía dónde estaba, pues ya había cargado un poco en el carro; de todas formas le di las gracias.

Lily cogió el café y yo fui a abrirle con rapidez la puerta.

—Menudo corte llevas en el codo —observó el posadero.

Intentó tocármelo, pero me zafé. Lily y yo intercambiamos miradas.

—Me lo hice ayer en la herrería con un caballete repleto de varillas de hierro. Supongo que la herida se abrió mientras dormía.

Sonreí, me cambié el maletín de mano, sosteniéndolo con el brazo lesionado para que no pensara que la herida era tan fea como parecía; de hecho me escocía mucho.

Markin guardó silencio, algo poco habitual en él. Salimos a la puerta y bajamos por los cuatro peldaños del porche.

—¿Volveréis? —vociferó cuando nos disponíamos a cruzar el patio.

—En cuanto podamos —respondí con tono muy jovial.

Tenía la impresión de que empezaba a sospechar. Tal vez había reconocido el maletín, o se preguntaba dónde estaba el resto de nuestras pertenencias. Quizá yo había hablado más de la cuenta respecto al corte en el brazo. Pensé que tendríamos suerte si no nos seguía hasta el establo, donde vería que ya teníamos el carro a punto y cargado.

—¿Cómo demonios vas a recibir una carta a estas horas de la mañana? —susurré a Lily.

—No se me ocurría nada mejor —repuso—. He encontrado esto.

Hurgó en el bolsillo de su falda y sacó el cuchillo del tipo de Tennessee. Estaba limpio y reluciente, como nuevo. Me asombró que lo hubiera limpiado tan bien.

Me apresuré a coger el cuchillo y lo introduje en la cintura de mis pantalones.

7

El tiempo que tardamos en recorrer los seis kilómetros hasta llegar al río nos pareció una eternidad. Al pasar por un puente estiré el cuello para escudriñar el agua, aunque no era el sitio donde había arrojado el cadáver.

El rocío había teñido la hierba de las orillas de un blanco reluciente.

Cuando volví de nuevo la cabeza, Lily había juntado las manos sobre el regazo y miraba al frente. El cardenal de su mejilla parecía oscurecerse por momentos, aun a pesar del ungüento que se había aplicado con tanto esmero.

—De ahora en adelante —carraspeé—, si alguien nos pregunta, eres mi mujer. Eso creía el viejo Markin, y supongo que a Shot no le importará si así estás más segura. De ese modo será mucho más fácil dar explicaciones. —Chasqueé las riendas y la mula echó a andar—. Un hombre tiene derecho a parar los pies a su mujer si es necesario. Quizá pensarán que te habías portado mal, y te he dado un sopapo. Mientras la gente crea que eres mi esposa, nadie formulará preguntas sobre el morado.

Lily se llevó la mano al pómulo y volvió la cabeza. Como permanecía en silencio, me guardé los comentarios, que no eran muy alegres, por cierto.

Yo debería estar camino de Diamond M, no en ese carro que traqueteaba por un sendero que se suponía carretera. Adiós a empezar de cero en San Antonio, adiós a una vida con futuro. Ahí estaba yo otra vez, con las manos ensangrentadas y metido en un lío de mil demonios.

Parecía incapaz de tener las cosas bajo control; en realidad eso nunca me había preocupado, ya que Jack siempre se había encargado de velar por mí. Y no dejaba de preguntarme cómo habría actuado Jack en mi lugar; lo único que se me ocurría era que él jamás se habría visto envuelto en una situación semejante. Jack habría ideado alguna forma de cuidar de Lily sin necesidad de que ella se interpusiera en su camino, tal como yo había planeado al principio. Me sentía demasiado culpable con respecto a Shot porque había sido arrestado por acudir en mi ayuda; porque a él lo habían metido en chirona y a mí me habían dejado en libertad.

El sol calentaba de firme cuando nos detuvimos por primera vez para abrevar las bestias. Lily se apeó enseguida del carro, para perderse entre los arbustos, supuse, pero me equivoqué. Se limitó a seguirme mientras yo procedía a comprobar las ruedas y los arneses y quitaba las anteojeras a *Sassy*. Conduje a la mula y *Mollie* hasta un riachuelo y las estaqué para que no se alejaran. Cuando me volví, Lily estaba tan cerca que casi choqué contra ella.

Lo cierto es que me inquietaba un poco que no se apartara de mí. Se me ocurrió preguntarle si tenía hambre, pero enseguida me di cuenta de que era una pregunta estúpida. Habíamos salido del pueblo con demasiadas prisas para comprar provisiones, exceptuando el café de Markin y el saco de pienso del establo. Supuse que la tripa de Lily debía estar tan vacía como la mía. La miré, y ella me observó con sus ojazos perplejos, trastornados.

—Escribiremos a Shot para informarle de adónde vamos —dije, por si eso le preocupaba— en cuanto lleguemos a un pueblo. De todos modos, él no se moverá de sitio una temporada.

Lily asintió y se apartó un mechón del rostro. Tenía el bozo perlado de sudor.

—Necesito hilo y aguja para coserte el codo.

Me observé la herida, que aún me dolía. La manga de la camisa estaba manchada de sangre seca.

—Creo que está formando costra —dije.

—Se te puede infectar.

La seguí hasta el carro y esperé mientras ella revolvía su bolsa. No me apetecía que me hurgara con una aguja, pero al parecer ella necesitaba hacer algo. Procuré no acobardarme cuando pasó el hilo, pero me resultó imposible. Mascullé unos cuantos tacos que no debió oír porque esta vez no me regañó, y la operación terminó enseguida.

Cuando me disponía a ponerme la camisa, Lily se quedó mirando los viejos orificios de bala que tenía en el brazo, fruto de la escopeta del señor Milton. Shot me había extraído hasta once trocitos de plomo, que habían dejado en mi carne un dibujo en forma de estrella a base de fruncidas abolladuras de un rojo oscuro. El aspecto que ofrecían era feo, aunque nunca me dolían, salvo a veces con la humedad. En esos momentos lo que sí me escocía era el codo que acababa de coserme.

—Deberías ponerte un sombrero —dije—. Te achicharrarás con este sol.

Lily bajó la vista como si estuviera avergonzada por haber salido sin cubrirse la cabeza o quizá por haber mirado demasiado rato mis cicatrices. Me pasé la camisa por la cabeza.

Deshice el nudo de mi alforja y busqué la pañoleta que había usado cuando domaba ponis para Castaneda. La sacudí, la doblé formando un triángulo y se la coloqué en la cabeza. Ella cogió las dos puntas y se las anudó bajo la barbilla. Y les aseguro que con aquel pañuelo y aquellos ojos tristones, podría haber pasado por una joven inmigrante que acababa de desembarcar.

La ayudé a subir a la calesa, conduje a las bestias hasta el carro, y reanudamos la marcha. Habíamos recorrido unos tres kilómetros cuando Lily dijo:

—Gracias.

Yo no sabía muy bien por qué, si por el pañuelo u otra cosa.

—De nada —contesté.

La primera noche dormimos en un solar que se extendía tras un almacén situado al borde del camino. Tuvimos suerte de encontrar ese sitio, pues ambos estábamos muertos de hambre, y no había posibilidad de conseguir comida. El almacén hacía las veces de oficina de correos, y junto a la ventana había un escritorio, con su pluma y su tintero. Sin embargo Lily se negó a escribir una nota a Shot, de modo que devolví a su estante el papel y el sobre que había pensado comprar. Supuse que lo mejor sería esperar a que ella se decidiera.

El guardalmacén nos vendió un poco de comida y me dijo que podía quedarme un viejo gallo amarillo si conseguía agarrarlo. Me asomé a la valla del patio y observé al gallo amarillo, que, desplegando su cola, picoteaba a las otras aves. Se trataba de un pollo grande y, presumiblemente, duro y correoso como el cuero sin curtir, pero mi estómago gruñía, y, qué demonios, era comida gratis.

Me encaramé a la valla y aterricé mal sobre el tobillo de la pierna lastimada, de forma que el dolor me hizo ver las estrellas. Avancé disimuladamente hacia el maldito gallo, que al ver que me acercaba corrió hacia mí con las garras abiertas. Lo dejé inconsciente de un puñetazo, le retorcí el cuello y le arranqué la cabeza de cuajo. El cuerpo se convulsionó, despidiendo sangre como una fuente por el agujero donde había estado el pescuezo.

Lily se encargó de desplumarlo, pero se negó a tocar el cuchillo, de modo que tuve que descuartizar al gallo y preparar la lumbre. Mientras ella freía la carne , recorté la vaina que el de Tennessee había llevado al cinto, lo único que valía la pena conservar de su maletín, junto con una camisa vieja que había desgarrado para protegerme las manos, pues no tenía guantes con que conducir el carro. Adapté la cuchillera al interior de mi bota derecha. Más tarde dormí con ella puesta, y con el Colt y la escopeta a mi lado.

Soñé con mi padre, que aparecía montado en su vieja yegua baya en la dehesa de mi casa, junto a los árboles donde en una ocasión había matado un puma que había masacrado a varios de nuestros puercos. Jack y yo acompañábamos a papá, que nos enseñaba un viejo tocón de cedro que estaba echando brotes. Me alegró ver a Jack.

«Antes de que os deis cuenta, os habrá tomado la delantera», decía papá. Eso fue todo, nada más;

solamente papá, de joven, allá en la dehesa, a lomos de su yegua baya, con Jack y conmigo, los tres juntos. Me desperté de golpe.

Aturdido, me quedé un rato parpadeando al cielo sin luna, preguntándome por qué demonios había aparecido la cara de papá. Casi nunca pensaba en él, y cuando lo hacía me sentía casi aliviado de que ya no estuviera entre nosotros; esa clase de alivio que produce un hormigueo en el espinazo. Mi padre no era de esas personas con que uno se encariña, pero ése fue el sentimiento que experimenté al verlo en el sueño.

Me di la vuelta en mi petate, reflexionando sobre cuán extraño resultaba aquello, cuando de pronto choqué contra ella; de hecho a punto estuve de aplastarla al tratar de acomodarme en el duro suelo. Me incorporé y me froté los ojos. Allí estaba Lily, arropada con la manta del carro y tendida en el suelo a medio metro de mí.

Me disponía a sacudirla para que despertase y volviera a subir al carro cuando decidí que no me importaba donde durmiera. Si prefería exponerse a las caricias de las garrapatas y los escorpiones, no era asunto mío. Tal vez hacía calor en el carro, tal vez la brisa no llegaba más allá de las tablas laterales.

Sin embargo yo sabía que no era ésa la razón por que se había tumbado a mi lado. Estaba asustada, y enseguida acudió a mi mente la imagen del tipo de Tennessee, fláccido en mis brazos, empapándome la mano con su sangre, tibia como los orines.

Retiré mi petate unos tres metros, cogí el Colt y la escopeta y permanecí tendido con los ojos bien abiertos. Pensé un poco en papá, Jack y Az; también en Lily y el sujeto de Tennessee y en que no pude hacer nada para evitar aquello. A pesar de ello, Lily había bajado del carro para dormir cerca de mí, como si creyera que yo tenía madera de vigilante.

En el trayecto desde el almacén hasta Oakville no tuvimos problemas para conseguir comida. Abundaban las codornices en aquella vegetación ya granada del sur. Cada día llenaba el zurrón para nuestra cena. Tenía que cazar a pie porque *Mollie* se había vuelto muy rara. La primera vez que disparé montado en su lomo, se puso de manos y me tiró al suelo. A continuación salió corriendo, y tardé casi dos horas en encontrarla. Supongo que había perdido la costumbre de ir de caza tras aquellos meses de ocio separada de Shot.

En Oakville nos alojamos en un hotel cuyas paredes de madera eran tan nuevas que rezumaban savia. De haber estado solo, me habría ahorrado los dos dólares que costaba la habitación, pero Lily estaba agotada de viajar en carro. Tenía la nariz y las mejillas quemadas por el sol y un aspecto bastante sucio. Como no andábamos sobrados de dinero, ni siquiera sumando la herencia del de Tennessee, para pagar dos habitaciones, nos registramos como el señor y la señora Beatty, lo que no era del todo mentira. Además consideré que a Shot no le habría importado mucho. Le cedí la cama y dormí en el suelo, sobre el delgado petate de mi silla de montar.

Por la noche llovió como suele hacerlo en septiembre, con rayos y truenos que hacían temblar las paredes. Me desperté un instante y, tras agradecer el techo que nos cobijaba, moví un brazo para acomodarme. Lily me oyó.

—¿Haywood?

Su voz sonó tan clara que por un momento creí que se había metido en mi sueño; un sueño muy bonito, por cierto, en que yo conducía ganado por un terreno poblado de árboles, como en McDade. Y aún poseía al viejo *Ben*, tan dócil como siempre. En el sueño también me acompañaba Jack, o alguien que se le parecía mucho.

Lily repitió mi nombre.

—Es una tormenta —murmuré sin abrir los ojos—. Enseguida pasará.

Otro trueno retumbó contra la ventana; debía de estar granizando.

—Quizá se acerca un ciclón —dijo—. Se producen muy a menudo. Surgen de repente y, según cuentan, destrozan las casas y todo cuanto encuentran a su paso.

Era la frase más larga que pronunciaba en tres días. Me di la vuelta y vislumbré su silueta a la luz de los relámpagos. Estaba sentada en la cama, mirando hacia la ventana.

—No creo que se trate de un ciclón. —Me rebullí otra vez, buscando un poco de comodidad en el duro suelo—. Además, se los oye venir antes de que lleguen; suenan como un tren.

Eso la calmó unos instantes, pero cuando estalló el siguiente trueno contuvo el aliento.

—Mi madre decía que los truenos son los tambores de Dios —dijo con voz trémula—. Y que el rayo es la espada con que lucha contra el diablo. ¿Crees en Dios?

En ese momento supe que no conseguiría dormir hasta que pasara la tormenta. ¿Por qué, me pregunté, se volvían las mujeres tan condenadamente caprichosas cuando hacía mal tiempo? Una vez conocí en Caldwell a una puta incapaz de realizar bien su trabajo cuando tronaba, sobre todo a causa de sus gritos y aspavientos.

Bostecé, y los ojos se me cerraron de nuevo.

—No son más que nubes —expliqué. Sólo quería un poco de paz y silencio—. Las nubes se llenan de lluvia y, al soltar el agua, producen el trueno. Así de sencillo.

—Pero ¿y Dios? ¿Tú crees que está ahí arriba?

—¿Cómo diantres puedo saberlo?

—Antes creía en Dios, pero ahora no estoy tan segura. Ocurren demasiadas desgracias para creer que Él esté mirándonos desde arriba como aseguran los curas.

—Tal vez hace cuanto puede, pero no da abasto. O quizá tiene ayudantes que no desempeñan su trabajo. —Cambié otra vez de postura; el suelo me parecía durísimo—. No lo sé. No suelo pensar mucho en Dios.

La lluvia continuaba azotando la ventana, pero con menos fuerza. Los relámpagos no eran tan feroces ni tan seguidos. El sueño casi me había vencido cuando Lily volvió a hablar.

—Le serví una ración doble de budín de melocotón. —Su voz sonó tierna y distante entre el estrépito de los truenos—. Me dijo que nunca había probado unos melocotones tan dulces, que de donde venía no los había como aquéllos. Yo había recogido una cesta esa misma tarde para que los pájaros no los picotearan. Había demasiado budín, y prometí al señor Markin que me encargaría de que no sobrara nada.

No supe qué decir. Recordaba haber comido aquel delicioso budín, pero entonces yo estaba demasiado preocupado por mi partida hacia Diamond M a la mañana siguiente. Ni siquiera había reparado en la presencia de aquel tipo ni en que había repetido postre. Procuré borrar de mi mente la imagen de aquel individuo encima de Lily, y aquel pie blanco que asomaba por debajo de su mole. Fijé la vista en la negra pared.

—No fue culpa tuya —dije.

—Yo sólo quería que no sobrara budín; no debería haberme mostrado amable con él.

La oscuridad fluctuaba ante mis ojos. Sentí nuevamente la sangre de aquel hombre en mi mano y recordé cómo la corriente del río arrastró su cadáver. Tal vez ya había llegado al golfo de México. Me rebullí otra vez y acomodé la cabeza sobre la alforja.

—No quiero que Marion se entere —dijo con aplomo, casi autoritaria. Respiré aliviado—. Dame tu palabra de que no se lo contarás nunca.

—De acuerdo.

No me resultó difícil prometérselo, pues si Shot llegaba a enterarse de lo sucedido, probablemente me echaría la culpa. Se suponía que yo debía cuidar de su esposa y, en cambio, me dedicaba a hacer planes para conducir ganado hasta el norte del estado. «Ojalá estuviera allí ahora —pensé—, incluso lloviendo a cántaros.»

Al rato la oí respirar de forma entrecortada y con un sonido húmedo. Sin duda estaba llorando, sofocando los sollozos para que yo no la oyera, lo que me pareció bien. Carecía de sentido continuar hablando del asunto. A lo hecho, pecho. Nada podía cambiarlo ya.

—Duerme —murmuré.

—Bueno —farfulló.

A la mañana siguiente nos despertó un grupo de vaqueros que arreaban un rebaño de vacas por el centro del pueblo.

8

Tres días después de partir de Oakville, camino del sur por la carretera de Matamoros, Lily tuvo su primera contracción. Lo adiviné porque tendió la mano y me sujetó con fuerza del brazo; la expresión de su rostro me indicó que algo malo pasaba. Ella me explicó qué ocurría.

Nos hallábamos en un paraje desierto sólo poblado por los matorrales que flanqueaban el sendero, en algún punto al este del río Nueces, que la mañana anterior habíamos cruzado con dificultad.

—Santo Dios, chiquilla —exclamé—. No puedes tener el niño aquí. No es un buen momento.

Parecía asustada, y lo cierto es que yo también lo estaba. Asintió con la cabeza y la hice jurar que no tendría más contracciones hasta que llegásemos a un lugar habitado, a ser posible por mujeres. Como no sabía muy bien hacia dónde ir, seguí rumbo al sur.

Durante más de una hora Lily no dijo si volvía a sentir dolores, pero yo notaba que de vez en cuando contenía la respiración, lo que cada vez ocurría con más frecuencia.

Estaba seguro de que no tardaríamos en llegar a San Patricio, puesto que hacía un rato habíamos dejado atrás la señal de diez kilómetros. Había previsto pernoctar en ese pueblo, donde probablemente encontraríamos un médico. Descendimos hacia una hondonada y con dificultad cruzamos el lecho de un arroyo, aunque apenas llevaba agua.

Lily se aferró a mi hombro y dijo:

—Woody...

Nunca había utilizado ese nombre para dirigirse a mí, y supuse que lo había aprendido por las cartas de Shot, que había decidido llamarme así. Atisbé a lo lejos unas reses que pastaban, y pensé que si había vacas, habría personas cerca.

—Creo que tendremos que detenernos —dijo con voz solemne.

Recordé lo que sabía sobre partos; no tardé mucho. Había visto vacas parir y había ayudado a mi padre cuando su vieja yegua tuvo potrillos, pero no sería lo mismo con un ser humano. Pensé que no tendría agallas suficientes. Se me secó la garganta y aguijé a la mula para que avivara el paso.

—Woody —llamó de nuevo, inclinándose hacia atrás y estirando las piernas.

—Ya falta poco —la animé, procurando que no me temblara la voz.

—¡No puedo más! —exclamó. Estaba jadeando y se aferraba al asiento, echándose hacia atrás como si quisiera deslizarse hacia las tablas del suelo del carro—. ¡Para de una vez!

Imaginé a Shot holgazaneando en la prisión de Huntsville mientras yo estaba allí con su esposa a punto de parir. No recordaba haber sentido jamás una impotencia tan angustiosa. Empecé a estremecerme y grité a la mula para que se detuviera.

Acurrucada, sudorosa, Lily resollaba con la boca abierta.

—No sé qué hacer —dije.

—Necesito tumbarme.

Traté de ayudarla a incorporarse para depositarla en la caja del carro. La mula volvió la cabeza y nos miró como si se preguntara por qué nos habíamos detenido. *Mollie* bufó y relinchó. Lily me agarró de los dos brazos y a punto estuvo de tirarme sobre ella.

—Deja que me apee —dije—, y luego tú te acercas al borde, a ver si así puedo llevarte a la parte de atrás.

—Necesito descansar —jadeó—. ¡Madre mía...!

Salté del carro y me situé junto al pescante, al lado de Lily.

—¿Puedes inclinarte hacia mí? —pregunté.

Me miró con los ojos empañados y enrojecidos y negó con la cabeza.

—Me temo que no.

Entonces me pareció oír un sonido semejante a una risa o unos chillidos. Agucé el oído, y me erguí. De entre los arbustos surgió un halcón que sostenía un animal muerto, o casi, en el pico. Lily gimió de nuevo. Permanecí alerta.

Eran risas, no cabía duda. Procedían del otro lado de la cuesta. Saqué la pistola del cinto, desesperado por conseguir ayuda cuanto antes, monté el percutor y disparé una vez al aire.

El tiro resonó como un cañonazo. *Mollie* se puso de manos y tensó la cuerda que la ataba al carro, arrancando la tabla de atrás; las ruedas se bambolearon. Lily permanecía indecisa en el pescante. *Sassy* coceó, relinchó y salió disparada como una flecha. Grité con todas mis fuerzas, pero aquella mula espantada no dejaba de correr. Vi a Lily dar botes en el carro, casi sentí su agonía.

Avancé para atrapar a *Mollie*, que había girado hacia un trecho menos profundo del arroyo. El rebaño que había vislumbrado antes se aproximaba a mí en estampida. Por suerte apenas eran una docena de vacas.

Vacilé un instante, desconcertado, y comencé a chillar mientras corría hacia el carro, lo que no resultaba fácil con aquella pierna lisiada. Tenía la sensación de no avanzar, y la maldita mula no aflojaba el paso. Oí un grito lastimero que sin duda había proferido Lily. Tropecé con una madriguera de hurón, caí de bruces y me desollé la cara y las manos y desgarré aún más los pantalones. Pensé que todo era inútil. Lily y su bebé estaban perdidos, y yo tendría que responder ante Shot de lo ocurrido.

Cuando conseguí levantarme del suelo, vi que un grupo de mejicanos —hombres, mujeres y niños— se había congregado en lo alto de la cuesta. Dos de ellos tenían sujeta a la mula. Por fortuna, habían detenido el carro. Eché a correr otra vez, renqueando más que nunca. Antes de alcanzarlos, los mejicanos ya habían bajado a Lily y la conducían a alguna parte.

—¡Eh! —grité mientras avanzaba—. ¡Eh, vosotros! ¿Adónde os la lleváis?

Ni siquiera tenía la pistola, que debía de habérseme caído cuando *Mollie* se espantó. Nunca me había visto envuelto en un lío semejante: Lily, a punto de dar a luz, secuestrada por unos mejicanos, el carro destrozado, y *Mollie* perdida. Dos de aquellos hombres, que continuaban junto al carro, desenganchaban la mula, y supuse que pretendían robarla.

—¡Eh! —Agité los brazos, tratando de ahuyentarlos. Vocearon alguna frase en español y prosiguieron con su tarea.

Extraje el cuchillo de la bota y lo esgrimí para amenazarlos. Presumí que tendría que pelear para salir del aprieto en que nos habíamos metido.

El que estaba desenganchando la mula hizo una seña al otro. Eran dos tipos bajitos. El más menudo se acercó a mí. Blandí el cuchillo, y él levantó las manos.

—¡No! ¡No, señor! —dijo en español.

—Aparta las manos de esa mula —ordené. Tenía la intención de aproximarme lo suficiente para agarrarlo del brazo y utilizarlo como cebo para recuperar a Lily.

El hombre sonrió.

—Mi amigo —dijo en español, y añadió algo más que no comprendí—. Amigo, ¿sí? —Sonreía tanto que mostraba toda la dentadura. Para ser mejicano, tenía los dientes muy blancos, y el sol se reflejó en ellos.

Miré hacia la cuesta. Atisbé en lo alto los tejados de paja de unas chozas, y oí a gente parlotear. Me dolían los rasguños que la caída me había producido. Oí a mis espaldas el ruido de unos cascos que se aproximaban lentamente y, al darme la vuelta, vi que *Mollie* se acercaba a mí, arrastrando tras ella la cuerda y un palo, lo único que quedaba de la tabla del carro.

—Maldita sea tu estampa —espeté.

—Sí. Eso —añadió el pequeño mejicano, que continuaba sonriendo.

Me guardé el cuchillo en la bota.

La jarra que continuamente me pasaban contenía un brebaje de color claro y sabor muy semejante al del aguardiente que mi padre solía preparar a base de melaza y tabaco casero. El licor de los mejicanos, sin embargo, subía más deprisa a la cabeza y dejaba un regusto a guindillas. Supuse que debían destilarlo con los diminutos pimientos rojos que crecían silvestres a orillas de los ríos.

Lily estaba de parto mientras yo me emborrachaba. La mujeres la habían instalado en una de las chozas, y de vez en cuando los hombres reunidos en torno al fuego oíamos sus aullidos y gritos de coyote hambriento. Una *mamacita*[1] gorda se presentaba una y otra vez para regañarnos, siempre con palabras que yo no entendía. Una de las veces nos sirvió un poco de carne de cabra envuelta en unas tortitas planas de color pardo.

Rubén, el que me había disuadido de que lo acuchillara junto al carro, me dio palmaditas en la espalda, me dedicó otra de sus generosas sonrisas de latino y me instó con un gesto a beber. Mientras yo lo hacía, inclinó la jarra hasta que el licor se me escurrió de las comisuras de los labios y me salpicó la camisa. Aquello provocó la hilaridad de todos. A mí me ardía la boca con un fuego que sólo un nuevo trago podía sofocar.

El mundo empezaba a girar; las llamas que se elevaban del fuego, las estrellas desparramadas por el firmamento. Me costaba mantener la cabeza recta. La jarra inició otra ronda, y mientras yo empinaba de nuevo el codo, se oyeron otra vez los aullidos de coyote.

Los ocho que nos hallábamos en torno al fuego volvimos la cabeza hacia la choza de la mujer gorda con los rostros contraídos de asombro ante lo que ninguno de nosotros podía saber ni comprender.

1. En español en el original. *(N. del T.)*

Entonces Rubén me arrancó la jarra de los labios y, sonriendo, colocó su base verticalmente sobre su boca. Los demás prorrumpieron en risotadas. Tres de ellos comenzaron a cantar y batir palmas. Uno tenía una guitarra a la que faltaban dos cuerdas. La música, las palmas y los cánticos ahogaron los gritos de dolor que Lily.

Los más borrachos se pusieron en pie para bailar alrededor de la lumbre y, cogidos del brazo, entonaron canciones cuyas letras no conseguí descifrar. Siempre he tenido buena voz, y quise unirme a ellos. La garganta empezó a dolerme, y la noche a enseñorearse de todo. Salió la luna, que se bamboleó en lo alto con las estrellas. Me tumbé boca arriba en el suelo, oyendo los cantos de Rubén y sus hermanos. No sabía dónde me encontraba y tampoco me importaba; en Texas, pero bien podía haber sido México.

Sólo recuerdo que más tarde noté que alguien me tocaba el hombro. Yo estaba tendido de costado con una manta rasposa encima. Reinaba un silencio absoluto, sólo roto por los cantos de un ruiseñor y los grillos. Unos dedos se clavaron en mi hombro.

Era la *mamacita*, que me miraba con el entrecejo fruncido. Dijo algo. Pestañeé tratando de enfocarla.

—¿Qué?

Aunque no había amanecido aún, distinguí su figura, medio acuclillada a mi lado, tendiéndome un mendrugo de pan. Di un mordisco, y al paladear aquel sabor dulce la boca se me hizo agua.

La mujer comenzó a parlotear con tono apremiante; claro que todo lo mejicano me resultaba apremiante. Como sentía la nuca dolorida, meneé la cabeza y me tumbé. Ella volvió a tocarme el hombro.

De pronto se puso en pie sin dejar de hablar a toda velocidad y blandió un dedo en dirección a Rubén cuando éste se incorporó en su manta. Aunque el hombre se encontraba muy cerca de mí —a menos de un metro—, lo veía borroso y oscuro. La mujer sacudió la cabeza, como si estuviera molesta por algo. Traté de levantarme, pero las sienes me palpitaban de forma dolorosa.

—Es una niña —dijo Rubén en español, restregándose los ojos—. Una niña —repitió con más fuerza. Juntó los brazos simulando una cuna y los balanceó, sonriendo.

Aparté la manta al reparar en que hacía mucho que no oía aullar al coyote. Engullí el resto del pan dulce mientras me encaminaba hacia la choza, seguido por la gorda, que refunfuñaba cual gallina arisca.

Una muchacha a quien no había visto antes estaba en la entrada de la choza, sosteniendo en sus brazos un bulto que de pronto chilló y se rebulló. De entre las ropas surgió un bracito rosa y arrugado. La muchacha me sonrió. Era muy guapa, de ojos negros y tez tersa, con una melena que le caía como una nube de terciopelo hasta la cintura. Me enseñó la criatura, pero apenas me fijé en ella, pues estaba muy ocupado mirando a la joven.

Al percatarse de qué despertaba mi interés, la gorda me empujó hacia un portal bajo cubierto de lado a lado por una cortina de color rojo oscuro. Tuve que agacharme para entrar. Encontré a Lily en el interior, blanca e inmóvil sobre una estera junto a la pared. Reconocí el olor a sangre, heridas y sufrimiento. Volvió lentamente la cabeza, pero creo que no me vio.

La *mamacita* apoyó sus manos en mi espalda. Avancé unos pasos sin saber qué decir ni hacer. Me recosté contra la pared para conservar el equilibrio y observé a Lily.

—Bueno, lo has conseguido —dije—. Es un bebé precioso.

—No quieren dejármela. —La voz de Lily sonó áspera y frágil.

Lancé una mirada a la mujer gorda que esperaba en el umbral. Ella señaló con la cabeza a Lily y me miró radiante. Sonreí. Me sentía un poco ofuscado.

—Tal vez consideran que aún estás demasiado débil —aventuré.

—Dile que quiero tener a mi bebé.

—Yo no hablo mejicano.

—¿Y si pretenden quedársela? —inquirió Lily con semblante preocupado.

—No serían capaces.

—¿Tú cómo lo sabes?

—Porque no tienen malas intenciones. Nos han ayudado, ¿no?

Seguro que ella lo sabía, pero el temor no abandonaba sus ojos. Traspasé de nuevo la cortina y encontré a la chica con el bebé en brazos, sentada ahora en una silla. La *mamacita* salió detrás de mí y vio cómo tomaba el bebé del regazo de la *señorita*[1].

—Me la llevo —dije.

Se trataba de una criatura tan minúscula y tierna que temí aplastarla. Procuré cogerla con mucho cuidado. La niña torció el gesto y abrió sus ojos. En ese momento noté que algo se detenía en mi interior al contemplar la limpia mirada del aquel bebé, que parecía haberme reconocido como tío suyo. Me la acerqué al cuello y la sostuve como si fuera una pie-

1. En español en el original. *(N. del T.)*

za de cristal muy frágil. Ahora tenía alguien más de quien cuidar, aparte de Lily.

—*Grashas* —dije a las dos mujeres, repitiéndolo varias veces. Era prácticamente lo único que sabía decir en español.

Crucé de puntillas —no sé muy bien por qué, pero me parecía que debía hacerlo de puntillas— la cortina con el bebé en brazos y entré en la habitación donde Lily descansaba. Me arrodillé para depositar a la criatura en sus brazos. La gorda y la guapa se asomaron tras la cortina sonriendo.

—Bien, aquí la tienes —dije—. ¿Lo ves? No creo que se le hubiera ocurrido robártela.

Lily miró a las anfitrionas, esbozó una leve sonrisa y acarició con el dedo la manilla del bebé.

—Es bonita, ¿verdad?

Me acuclillé y ladeé la cabeza tratando de decidir la respuesta. La criatura emitió unos ruiditos y achicó los ojos. Estaba tan roja que parecía un indio. No tenía pelo, y las orejas parecían un poco grandes y separadas. Sacudí la cabeza.

—Desde luego —mentí.

—Se llamará Emmaline, como mi madre. ¿Crees que a Marion le gustará?

—Oh, seguro que sí.

Volví a mirar a las mujeres, que nos observaban atentamente.

—Necesitará un segundo nombre, uno que sea tan bonito como ella. ¿Haywood...?

—No sé. —Miré de nuevo a Lily—. Estas cosas no se me dan muy bien.

—¿Cómo se llamaba vuestra madre?

—Ni siquiera la conocí.

—Pero sabrás su nombre.

—Eliza —contesté, rememorando la descolorida

losa que había en la parte posterior de la casa, allá en McDade, junto al lugar en que habíamos enterrado a papá hacía tres años. «ELIZA ADELLE BEATTY, Amorosa Madre», rezaba la inscripción. Murió el día que nació Shot.

—Emmaline Eliza —entonó Lily, posando sus labios sobre la diminuta criatura—. ¿Qué tal suena?

—Muy bien. Suena muy bien.

Dirigí de nuevo la vista hacia las dos mujeres y pensé que me resultaría muy difícil dejar allí a Lily y su bebé hasta que se me ocurriese alguna solución. ¿Qué diantres iba a hacer yo con una madre y un recién nacido?

9

Antes de partir, entregué a Rubén todos los billetes de banco del tipo de Tennessee; diecisiete dólares en total. Lo importante —el oro y la plata— me lo guardé para mí porque siempre había preferido las monedas al papel. Me gustaba oír el tintineo en mis bolsillos. Y no sólo por eso, sino también porque era más dinero, veinte dólares en plata y diez en oro. Supuse que los necesitaría para el viaje. Era imposible predecir cuántos días tardaría en llegar a Matamoros.

Intenté explicar a Rubén que el dinero era para la manutención de Lily y el cuidado del bebé hasta que yo encontrara un trabajo en México. Prometí enviarle más en cuanto pudiera. Él sonrió, asintió con la cabeza y, dándome unas palmadas en la espalda, dijo en español:

—Sí, sí, México.

Dudo de que entendiera una sola palabra más de lo que le dije. Le dejé también la mula y el carro para que me los cuidara. Estoy seguro de que creyó que se trataba de un regalo.

Partí cuando el sol comenzaba a despuntar entre las nubes bajas de la mañana. Tardé muy poco en llegar al pueblo de San Patricio, y desde allí continué hasta el cruce de Santa Margarita, a orillas del río Nueces.

Debería haberme sentido culpable por dejarla en la estacada; en cambio, aparte de la resaca fruto de la parranda de la noche anterior con el licor de guindilla, me sentía tan libre como el polvo del camino que me daba en la cara. Así debería haber sido desde el principio; yo por mi cuenta, y Lily en algún sitio seguro, rodeada de mujeres. Deseoso como estaba por llegar a México, no se me ocurrió entonces pensar que poco consuelo podían proporcionarle unas mujeres que no entendían ni una palabra de lo que ella les decía.

El río bajaba crecido a consecuencia de las lluvias del norte. El transbordador había partido, y tuve que esperar. Mientras aguardaba sentado en la orilla, comencé a cantar una de las canciones de Rubén y sus amigos; era algo así «Jai, ya, ya, yai, quon tai no yoris.» Enseguida supe que no estaba cantando en español de verdad, porque cuando el barquero arrimó su balsa a la orilla me miró con una cara muy rara bajo el ala de su sombrero.

—Son tres centavos, señor —vociferó el hombre en español—. Dos por la yegua —añadió en inglés mientras sujetaba la balsa a la ribera.

Subí a *Mollie* a bordo, me rasqué los bolsillos y entregué al hombre veinticinco centavos, lo que a juzgar por el aire de respeto que afloró de pronto a su cara curtida era más de lo que me había pedido. Dijo algo a un muchacho de nueve o diez años, pantalones destrozados y polvorientos pies descalzos, que lo acompañaba. El chaval, aposentado al fondo de la balsa, se aproximó de un salto con una almohaza para cepillar a *Mollie*.

Mientras cruzábamos el río, el barquero cantaba precisamente la misma melodía que yo había intentado entonar en la orilla. Seguía sonándome «quon tai no yoris». En ese momento comprendí que si iba a vivir un tiempo en el viejo México, sería conveniente aprender el idioma cuanto antes.

—Buena suerte —dijo en español el barquero cuando puse el pie en la orilla sur del Nueces. Tardé mucho tiempo en entender cuál había sido su mensaje.

Me encontré en un paisaje árido, de suelo alcalino y polvoriento, poblado sólo de matorrales espinosos que flanqueaban la carretera. Era muy distinto al que estaba habituado a ver. Había entrado en el chaparral. Menos mal que llevaba un buen sombrero en la cabeza. Pensé que carecía de sentido realizar todo el trayecto hasta México cuando ahí mismo, en Texas, había sitios tan solitarios como aquél. Si por casualidad el cadáver del tipo de Tennessee había salido a flote y me habían cargado el mochuelo, difícilmente se le ocurriría a alguien buscarme en ese páramo. Y aun en ese caso, jamás me hallarían en medio de los ocotes y las chumberas, los mezquites y las gatuñas. Con tales pensamientos me sentía cada vez más libre. Si hubiera tenido un poco de whisky, me habría detenido para celebrarlo allí mismo, donde el diablo perdió el poncho.

Reí cuando noté el viento en mi espalda y olí el polvo. Decidí parar en el primer poblado, alquilar una habitación, comprar una botella de whisky y quizá pagar a una mujer. No me importaba que fuera mejicana, sobre todo si se parecía, aunque fuera un poco, a la chica de la choza que había cuidado del bebé de Lily.

Jack había tenido siempre cierta inclinación por las muchachas con mezcla de sangre exótica, y de pronto yo comprendía la razón. Cuando uno cabalga solo, sin nadie con quien hablar, acaba por desvariar un poco, y pasé un buen rato recordando a aquella muchacha y el lustre de su larga y negrísima melena a la luz del quinqué. Ni siquiera sabía su nombre. Supuse que pertenecía a Rubén, aunque tal vez fuera simplemente su hermana.

Cuanto más pensaba en ella, más rijoso me ponía. Empecé a sudar, y el pelo y la camisa se me empaparon. Luego comencé a oler como el licor mejicano que había bebido la noche anterior. Era como si aquella pócima me rezumara a través de la piel. Me palpitaban las sienes.

Unos kilómetros después de cruzar el río llegué a un cruce de caminos; uno se extendía hacia el oeste, el otro continuaba hacia el sur. No había letrero alguno, por lo que me resultaba difícil decidir cuál de ellos tomar.

Poco tiempo atrás había dispuesto de una mapa de Texas que había conseguido en San Antonio, en la herrería del señor Terry, que tenía un montón, todos con el membrete: «Poe Terry: forja y quincallería.» Había cogido uno para estudiarlo un poco, sobre todo la ruta hasta el noroeste del estado que suponía seguiría con las reses de Diamond M. El mapa debía de haberse quedado en la posada de Markin.

Por más que lo intenté, no logré recordar qué dirección seguía la carretera hacia México en el punto en que me encontraba; tal vez hacia el oeste, o quizá hacia el sur, aunque sospechaba que si continuaba esta última ruta llegaría a Corpus Christi, como quien dice a dos pasos del golfo de México. Sin mapa ni brújula, me sentía tan perdido como un borrico en una cochiquera. Me erguí sobre los estribos y eché una ojeada hacia el sur primero, luego hacia el oeste.

Entonces me fijé en una achaparrada construcción que se alzaba entre mezquites y exhibía un rótulo con la palabra «COMESTIBLES» pintada a mano sobre una tabla que parecía arrancada de un granero viejo. Ahora bien, en Texas la palabra «comestibles» indicaba generalmente que dentro había un tonel de whisky o, como mínimo, un barril de cerveza, pues en realidad, la mayoría de las veces tal letrero ocultaba una cantina, sobre todo cuando había por allí gente temorosa de Dios y fanática de la Biblia.

Al leer aquel rústico cartel, me dije que no me vendría mal un trago. Sí, era el mejor sistema que conocía para acabar con una resaca. Había aprendido el truco observando a mi padre, que nunca padecía de resaca porque jamás estaba sobrio. En aquellos momentos tenía la sensación de que llevaba un algodón metido en la boca.

Até a *Mollie* a uno de los mezquites más robustos, bastante alejada de otros dos caballos que pacían allí para que no se peleara por los escasos vástagos de hierba ensortijada que crecían en el pelado suelo. Le dejé suficiente cuerda para que pudiera mordisquear.

Al acercarme al edificio percibí un olor a meados, y me fijé en que detrás había un tronco convertido en abrevadero que hacía las veces de retrete. Eso me convenció de haber encontrado lo que buscaba en aquella tienda de «comestibles», pues un retrete tan pestilente sólo podía significar que dentro se vendía alcohol. Me eché el sombrero hacia atrás, cruce la puerta y entré en el umbrío local.

A pesar de que aún no era mediodía, en el interior prendía un quinqué puesto que sólo había un ventanuco incrustado de polvo en la pared oeste. El sitio olía a escupitajos de tabaco y pasta de malta agria. No había piso, ni techumbre digna de tal nombre. Unas tiras de cuero sin curtir claveteadas de cualquier manera tapaban las goteras, y el agua que quedaba del rocío de la mañana caía sobre el suelo de tierra formando pequeños cráteres.

Tres cajones de mercancías puestos del revés hacían las veces de mesas, y en el situado más al fondo había dos individuos inclinados sobre un tablero de damas. El mostrador estaba roto por un lado, y cómo no, detrás de él, sobre una repisa adosada a la pared, descansaban dos botellas de licor y una jarra de barro cocido. Bajo la repisa, arrellanado en una silla, dormía un hombre cuyos ronquidos ahogaban el sonido de las fichas. Tenía una larga barba pelirroja que le cubría hasta el esternón. Hacía mucho calor, demasiado para que un hombre sobrio pudiera dormir tan profundamente. Carraspeé.

Los jugadores de damas levantaron la vista del tablero. No había luz suficiente para distinguir sus caras, aunque tampoco me entretuve en ello. Sonreí para indicar que venía en plan amistoso, aunque a decir verdad, eso no significaba gran cosa; yo había visto sonreír a mi hermano Az mientras apuntaba su pistola a la sien de un pobre diablo.

El Colt 45 colgaba de mi cinto, y supongo que ambos lo vieron.

Escudriñé el solitario estante de alimentos enlatados, víctimas de la herrumbre, fingiendo que ésa era la razón de mi presencia allí.

—Tienes un cliente, Lige —dijo el que se encontraba de espaldas a mí, y el barbudo se despertó.

Me rasqué el bigote y dirigí la mirada hacia el hombre que se rebullía en la silla.

—Bueno, venía a preguntar cuál de esos dos caminos he de tomar para ir a Matamoros —dije, procurando parecer formal y tranquilo.

El jugador que estaba de espaldas a mí se volvió y se levantó del pequeño barril en que había estado sentado. Me froté los ojos, sin dar crédito a lo que veía.

—¡Hillie! —Bizqueé, pestañeé—. Hillie Sullivan.

Se trataba de él, sin duda, y a juzgar por el modo en que sonrió, apoyándose en el cajón para mantener el equilibrio, estaba ya medio curda. Entonces echó la cabeza hacia atrás y soltó una carcajada que juro hizo vibrar los colgajos de cuero del techo. Nos llovieron goterones. Hillie miró al viejo que se había puesto en pie tras el mostrador.

—Sirve un trago a mi amigo, Lige —dijo. Su voz me sonó entonces tan familiar que me extrañó no haberla reconocido antes.

Se acercó a mí y me estrechó la mano con tal fuerza que casi me levantó del suelo. El saludo no me importó, pero Hillie despedía un hedor a rábano picante que me produjo unas arcadas que traté de disimular. Supuse que debía de llevar bastante tiempo bebiendo en aquel local.

—¿Qué demonios haces aquí? —preguntó. Su aliento olía tan mal como sus axilas.

—Yo podría preguntarte lo mismo —repuse—. ¿Por qué no estás conduciendo ganado?

—Bah, me harté de ese mestizo de Castaneda —dijo él sin dejar de sonreír como un tonto—. Le pedí un pequeño anticipo, sólo lo suficiente para divertirme una noche antes de emprender el camino. No tenía pensado coger una cogorza ni nada parecido. Y ese jodido hijo de mala madre me soltó que ya llevaba diez meses endeudado hasta el cuello y que no estaba dispuesto a financiarme una sola noche en el pueblo aunque el cielo se desplomara o se viera en un gran aprieto. Le repliqué que de cielos no entendía mucho, pero que aprietos los iba a tener él, y enseguida. Entonces me quité el sombrero y le arreé con él en plena cara delante de toda la cuadrilla.

El viejo del mostrador nos sirvió dos vasitos de cerveza. Hillie me tendió uno y me derramé un poco sobre la manga al llevármelo a los labios. Estaba buena y amarga.

—¿Y qué ocurrió después? —pregunté, contento; no, más que eso, rebosante de alegría por haber encontrado en medio de aquel desierto a una persona conocida.

—Castaneda lo dejó tieso de una patada en el culo —intervino el otro jugador.

Hillie asintió.

—Me despidió. Te acuerdas de Kip Sanderson, ¿verdad?

No lo recordaba, pero estreché su mano como si así fuera. Tenía el pelo de un rojo rutilante y la peor dentadura que yo había visto en mi vida; con mellas y dientes negros y prominentes. No pude evitar pasarme la lengua por la mía al mirarlo. Por fortuna parecía intacta, aunque no recordaba la última vez que me la había cepillado. No quería terminar como mi padre, que murió completamente desdentado, aunque en realidad a papá no le hacían ninguna falta; sólo le estorbaban para beber whisky.

Acercaron otro barril para que yo tomara asiento, y Hillie hizo un montón con las damas. Sanderson ordenó al viejo que sirviera una jarra de cerveza.

Por el brillo de sus ojos deduje que no era la primera ronda que tomaban aquel día.

Así pues, antes de continuar hablando de nuestras cosas, ya teníamos tres o cuatro cervezas más y unos vasitos de whisky sobre el cajón que servía de mesa. Desde que nos conocíamos, Hillie había demostrado su afición por la bebida, y aquel Sanderson parecía ser de la misma fibra que él. En cuanto a mí, tenía una resaca que curar.

Me contaron que ambos procedían del sur de aquella región, y Hillie afirmó que hacía años que no sabía de ningún pariente suyo que viviera en la zona. En cambio, sí conocía a algunos rancheros, y por ese motivo Kip y él se hallaban en el bar, esperando. Un pez gordo llamado McGloin estaba contratando gente para conducir unos caballos hasta Luisiana, y habían acordado reunirse allí para ultimar detalles.

—El tipo debía haberse presentado anteayer. —Hillie rió y volvió la vista hacia Lige, que había reanudado sus ronquidos en la silla—. Estábamos calculando cuánto tiempo durará la hospitalidad de ese viejo.

—¿Lleváis dos días aquí sentados? —pregunté.

Kip se palpó el bolsillo de la camisa.

—Hemos estado jugándonos los mismos cincuenta centavos todo el rato para que no se entere de que estamos sin blanca. Le aseguramos que McGloin nos compensaría con creces, o sea que hasta ahora nos ha fiado.

—De todos modos, no es más que zumo de maíz —dijo Hillie.

—Toma. Bebe un poco más.

Kip me llenó el vaso, y el líquido rojo se derramó sobre el cajón. Permanecimos un rato en silencio mientras bebíamos con el acompañamiento de los ronquidos de Lige.

—¿Por qué vas a México? —inquirió Hillie, soñoliento—. ¿Has matado a alguien?

Estaba llevándome el vaso a los labios y casi vertí el contenido sobre mi camisa, pues había formulado la pregunta de forma tan despreocupada que me quedé perplejo. En esos momentos me había olvidado por completo de México, Lily y su bebé, prácticamente de todo excepto que ya no me dolía la cabeza. De pronto me golpeó la realidad de aquel lóbrego asunto que me había llevado hasta allí.

Yo había superado con creces las expectativas del traguito por el que había entrado allí. El rostro atezado de Hillie se había multiplicado por cuatro; cuatro narices ganchudas, cuatro afilados mentones y alrededor de una docena de ojos.

Dejé el vaso sobre la mesa. Hillie me miraba tan fijamente que me estremecí. Por fin contesté:

—He oído que están encontrando plata en México.

—Sí, hace tiempo que se rumorea, pero no son más que disparates. Los españoles se llevaron todo hace un montón de años.

Hice girar el whisky en mi vaso.

—Es posible. Pero lo cierto es que aquí no pinto nada.

—Tienes razón —concedió Kip—. Por México —añadió, alzando su vaso para brindar.

Hillie y yo le imitamos. Apuramos nuestras bebidas de un trago, y los ánimos se apaciguaron de nuevo.

Kip aporreó el cajón con su vaso vacío, que me sorprendió no se rompiera.

—Hilbert, amigo mío —dijo—, ¿qué tal si enseñamos a éste el camino a México? Y, aprovechando que Lige duerme, podríamos salir disimuladamente con un pagaré.

Reí creyendo que Kip bromeaba. De pronto se puso en pie y recogió sus alforjas, que se hallaban detrás del mostrador, esquivando con cuidado al viejales que roncaba.

—¿Habrá que matarlo? —preguntó Hillie, levantándose de su barril claveteado al suelo.

—¿Cómo?

—A mí no me engañas. Sé por qué vas hacia la frontera. —Me miró, y me puse también en pie. Nunca me he sentido cómodo cuando alguien me observa desde arriba—. Te calé el primer día que me crucé contigo —agregó—. Tú no eres un maleante cualquiera, ni un domador de caballos, aunque lo cierto es que tuviste agallas para intentarlo. Cuando te vi en el pueblo trabajando de herrero, pensé que ése era tu verdadero oficio, pero ahora no estoy tan seguro. Tienes aspecto de estar huyendo de algo, Beatty, y me da en la nariz que es de la justicia o de una mujer.

—¿Es que no puede uno largarse a México simplemente porque le apetece? —Forcé una carcajada que sonó un poco estridente.

Hillie se encogió de hombros, no muy convencido. Quise añadir algo más, pero nunca he tenido la facilidad de Jack para soltar fanfarronadas. No había heredado ese don. Bueno, en realidad era consciente de que carecía de los rasgos característicos de los Beatty, salvo de la sed de mi padre. Desde luego, no poseía el afán de venganza de Azberry, pues de lo contrario habría regresado a McDade el mismo día que salí de la cárcel para ajustar las cuentas al señor Milton y Tom Bishop; o habría localizado a Jeff

Fitzpatrick para desquitarme, y al cuerno las consecuencias. Az jamás se habría arredrado por una temporadita más entre rejas, y Jack nunca habría permanecido como un pasmarote delante de Hillie Sullivan, pestañeando y tratando de encontrar la mejor manera de cambiar de tema. Qué diablos, Jack no habría tenido reparos, al contrario, en hablar del tipo de Tennessee y, contando la historia, habría ganado el respeto de Hillie.

Kip se acercó con las alforjas de ambos y arrojó a Hillie un fajo de billetes:

—A partes iguales. Ocho pavos por cabeza.

Hillie rió entre dientes y se guardó el dinero en el chaleco.

—Cuando despierte se pondrá hecho una furia.

—Espero que comprendas por qué no lo repartimos contigo, amigo —me dijo Kip—. Tú acabas de llegar.

Observé al hombre que roncaba, cuyas cejas se estremecieron al contacto de un bicho que aterrizó en su frente. El viejo no se despertó.

—¿Le has robado? —pregunté, y al momento sentí un retortijón en el estómago.

—No, hombre, no, nada de robar. —Kip señaló el mostrador con la cabeza—. Le he dejado un pagaré en el cajón.

—Viejo de mierda —intervino Hillie—. Se merece eso y más. Mira que colarnos esa pócima como si fuera whisky de calidad.

Fuimos a buscar nuestros caballos. Había transcurrido mucho más tiempo del que yo había supuesto. El sol, que brillaba implacable, me cegó tras la oscuridad del bar. Estuve a punto de dar media vuelta para echar una ojeada a la caja registradora, sólo para mi propia tranquilidad. Yo era el primer sorprendido de que me hubiese hartado ya de esa clase de vida, pero tampoco quería parecer un cobarde. Los ronquidos del viejo Lige salieron por el umbral para mezclarse con el calor y el viento que agitaba los árboles.

Mollie se mostró muy obstinada. Hay caballos que no soportan a un borracho montado a horcajadas, y ella no paraba de frotarse contra los mezquites. Tuve que subirme por el otro lado, lo que la irritó tanto que a poco estuvo de lanzarme por los aires.

Hillie y Kip Sanderson habían partido ya por el camino del oeste, de modo que hube de apresurarme para alcanzarlos.

—Bueno, ¿y qué hay de los caballos y ese ganadero amigo vuestro? —pregunté cuando llegué a su altura.

Como hablaban entre sí de otro tema, no contestaron a mi pregunta. No insistí. Estaba demasiado borracho y contento de tener compañía conocida para que me importara la respuesta.

10

Llegamos a un lugar que Kip Sanderson pronunciaba «Ban Katy», pero que, como leí en el rótulo de bienvenida que se alzaba a la entrada del pueblo, resultó llamarse Banquete. Se celebraban carreras de caballos, y todos los habitantes, mujeres y niños incluidos, habían acudido a presenciarlas. Yo aún conservaba todo mi dinero, de modo que enseguida comencé a apostar. Jugué todo a una yegua baya de mirada furiosa. Entró como un relámpago en primera posición, por lo que conté con dinero para un par de carreras y para beber el tequila que vendían en la calle a diez centavos. El trayecto hasta Banquete me había espabilado la borrachera. No tardé en poner remedio a esa situación.

Los animales que competían debían recorrer medio kilómetro, siempre a lo largo de la calle mayor del pueblo. Tras la cuarta carrera y espoleado por mis ganancias, se me ocurrió que en esa distancia *Mollie* podía vencer a casi todos. Puede que fuera machorra y estéril, pero correr, corría como la pólvora. Así pues, me dirigí renqueando hacia la parte posterior de una tienda de artículos diversos donde la había dejado atada y tuve unas palabras con ella.

Pegando mi nariz a la suya, miré fijamente a aquellos cuatro ojos que se bamboleaban delante de mí y dije:

—Sé que nunca te he caído bien del todo, pero sólo quiero pedirte un favor; que vayas hasta allí y demuestres a todo el mundo de qué pasta estás hecha. No tienes que hacerlo por mí, si no quieres. Tómalo como una cuestión de amor propio, si así lo prefieres. —Una vez desatada, le enseñé el fajo de billetes, alrededor de sesenta y dos dólares, que guardaba en el bolsillo de mi chaleco—. Voy a apostar todo por ti —añadí, confiado—. Si ganas, tendrás un cubo lleno de avena y maíz dulce esperándote.

Mollie se mostró reacia a acompañarme. Supongo que los dieciocho kilómetros de viaje hasta el pueblo la habían agotado. Por fin se decidió a avanzar y tuvo el detalle de no pisotearme cuando caí al suelo delante de ella, lo que ocurrió en dos ocasiones. Creo que mi cerebro iba más deprisa que mis pies, o tal vez fuera al contrario. En fin, hablé a *Mollie* como siempre había hecho Shot, explicándole que nos divertiríamos mucho y que debía limitarse a lucir su mejor galopada hasta el final de la calle.

Vamos a ver, sé que hay caballos que entienden lo que les dices, aunque no tenía la seguridad de que *Mollie* fuera uno de ésos. Jack había tenido un castrado, *Old Suet*, que asentía con la cabeza siempre que le formulabas una pregunta. Naturalmente, sólo sabía dar respuestas afirmativas. Jack no le enseñó a negar, pues según él «no» era una palabra que debería estar ausente del vocabulario equino. Mientras guiaba a *Mollie* desde el suelo, deseé más que nunca que cabeceara como *Old Suet*, incluso que negara con la cabeza, para que pudiese tener la certeza de que al menos me oía.

El hombre que se ocupaba de las apuestas estaba sentado sobre una tarima que, vista de cerca, resultó una calesa desguarnecida de sus cuatro ruedas. Kip y Hillie, a quienes había perdido de vista entre la multitud, aparecieron cuando me acercaba al hombre. Hillie me agarró del brazo.

—¿Qué te propones? —y le indiqué con la mirada el fajo que llevaba en el bolsillo.

—Voy a apostar por *Mollie* en la próxima carrera —respondí.

Asintió y acarició a *Mollie* en el testuz. Hillie estaba radiante como un árbol de Navidad con velas; su olor corporal se había desvanecido entre la muchedumbre que nos rodeaba.

—¿Con qué caballo vas a emparejarla? —preguntó Kip.

Me encogí de hombros. No me importaba. Apoyando el brazo en la cruz de *Mollie*, dije:

—Hemos estado hablando.

—¿Ya has escogido un jinete? —inquirió Kip.

Comenzaba a fastidiarme que me formulara tantas preguntas. Hillie no parecía ver ningún inconveniente en mi plan. Estaba pasando las manos por los flancos y las patas de *Mollie*. Cualquier imbécil se daría cuenta de que era un caballo ganador; tenía una grupa ancha y grandes músculos en las ancas.

—Yo la montaré —contesté.

—No creo que sea una buena idea.

Me disponía a decir a Kip que no metiera las narices en mis asuntos, cuando Hillie se incorporó y me miró por encima del lomo de la yegua. Tenía los ojos inyectados en sangre.

—Vamos a desensillarla —anunció—. Buscaremos un chaval mejicano para que la monte.

—Sé montar a pelo —afirmé, sujetándome con más fuerza a *Mollie* para mantener el equilibrio.

—Tú debes de pesar demasiado. ¿Cuánto? ¿Setenta y cinco?, ¿ochenta kilos? —Kip me miró de arriba abajo.

—Algo así —reconocí, orgulloso. Me sentía como si me acusara de algo—. ¿Y qué?

No me hicieron el menor caso. Kip se perdió entre la muchedumbre mientras Hillie aflojaba la silla de *Mollie*. Luego se la echó al hombro y vociferó al que se encargaba de las apuestas:

—Queremos apostar contra esa yegua india.

El hombre anotó algo y tendió la mano.

—¿Cuál es la apuesta?

Yo estaba escuchando; bueno, hasta que me distrajo un grupo de colegiales que se jugaban unos peniques a ver quién escupía más lejos. La multitud había retrocedido para hacerles sitio, y para no salir salpicados. Varios chicos, que masticaban adujas de tabaco, conseguían escupir, pese a las evidentes náuseas, hasta distancias de vértigo. El pueblo entero había caído presa de la fiebre apostadora, incluso los niños. He estado en pueblos de camorra diaria, pero nunca he presenciado un follón como el que se había armado en éste.

Hillie me golpeó en el pecho y dijo:

—Dale el dinero, hombre.

Introduje la mano en el bolsillo y saqué el fajo de billetes.

El hombre contó el dinero y luego anunció a la muchedumbre a través de un cono:

—¡Tenemos otro concursante! ¡La apuesta es esta yegua manchada, y sesenta y dos dólares en efectivo!

Hillie y yo comenzamos a alejarnos de la calesa, cuando apareció Kip acompañado de un escuálido muchacho mejicano de ojos rasgados que no tendría ni doce años. Llevaba en los pies descalzos un par de espuelas provistas de rodajas grandes. Kip le dijo no se qué, y de no haberle conocido bien habría jurado que era mejicano de pura cepa. Me sorprendió que hablara tan bien el idioma, y observé boquiabierto cómo ayudaba al muchacho a subir a lomos de *Mollie*.

El chico se agarró a las riendas y la crin.

—¡No la piques, hijoputa! —exclamé, y antes de acabar la frase el muchacho ya le había hincado las espuelas en los flancos.

Nuestro oponente era la yegua india de mirada furiosa, la baya que ningún caballo había conseguido vencer todavía. Hillie seguía arrastrándome, y yo forcejeaba con él. Comprendía que las cosas habían escapado a mi control y le repetía una y otra vez:

—Suéltame de una vez, maldita sea.

Llegamos a los soportales en el instante en que el juez de salida alzaba la pistola. La yegua baya estaba nerviosa, sudaba copiosamente y echaba espumarajos. *Mollie* tenía las orejas amusgadas y los ojos desorbitados. Al sonar el disparo, dio uno de sus saltos en vertical y comenzó a corcovear para arrojar al pequeño mejicano por el testuz. Mientras tanto, su contrincante salió como flecha calle abajo, ganó la carrera y también todo mi dinero. Yo había olvidado por completo que a *Mollie* le asustaban los disparos.

Lancé mi sombrero al suelo y agarré a Hillie de la camisa:

—¡Mal rayo te parta! —espeté—. Tenías que haber dejado que la montara yo.

Hillie rió y se zafó de mí.

—A veces se gana, a veces se pierde —dijo, y se agachó para recoger mi sombrero. Alguien lo había pisado ya, y la copa estaba aplastada, la cinta de serpiente arrugada y a punto de caerse. Me lo puso en la cabeza y agregó—: Vamos a tomar un trago. Invito yo.

Por lo visto, eso también le pareció muy gracioso.

Me alejé de Hillie y me abrí paso entre la multitud en busca de *Mollie*. Un hombre con pantalones de ante le había pasado una cuerda por el cuello e intentaba tirar de ella, que se repropiaba y relinchaba como una posesa. El pequeño mejicano de las espuelas grandes había desaparecido.

—¡Eh! —exclamé—. ¡Suelte a mi caballo!

Como el tipo no obedeció, lo repetí a voz en cuello hasta que me oyó y me miró.

—Querrá decir el que era su caballo, ¿no? —replicó—. Lo ha perdido.

Dio un fuerte tirón de *Mollie*, y otros dos tipos se acercaron a ayudarle.

—¡No! ¡Ése no era el trato! —protesté—. ¡Ya tienes mis sesenta y dos dólares! ¡El caballo es mío!

—Compruébelo usted mismo —repuso el hombre señalando hacia la tarima donde se encontraba el corredor de apuestas.

—¡Yo no he apostado mi caballo!

Exhausta, *Mollie* dejó que se la llevaran y, levantando la cabeza, me lanzó una mirada que me conmovió.

—¡Suéltela! —ordené e hice ademán de sacar mi revólver. Entonces recordé que Hillie me había obligado a guardarlo antes de entrar en el pueblo. El 45 estaba en el bolsillo de mi silla de montar; vaya ocurrencia, cuando más lo necesitaba. El hombre de los pantalones de ante y sus dos colegas me ignoraron y prosiguieron con su tarea.

En el momento en que me agachaba para extraer el cuchillo de mi bota, Hillie y Kip me detuvieron agarrándome de los brazos y me llevaron casi en volandas hasta una cantina.

—No creía que fueras de los que se ponen nerviosos.

—La apuesta era de cien dólares —me explicó Hillie—. Tuve que añadir tu yegua para completarla.

—¿Cómo? ¿Sin consultarme?

Me zafé de Hillie, eché el brazo hacia atrás y le asesté un puñetazo en la cara. Kip me sujetó por detrás, y entonces los hombres que había en la cantina formaron corro alrededor de nosotros, impacientes, haciendo ya sus apuestas, casi todas contra mí, supongo, ya que eran dos contra uno.

Hillie se levantó frotándose la barbilla. Sus ojos inyectados en sangre habían adquirido una expresión asesina. Sonriendo, meneó la mandíbula para comprobar si estaba rota; no lo estaba.

Kip me inmovilizaba los brazos por detrás, de modo que cuando Hillie cerró los puños para atizarme, le propiné una patada con la pierna buena. Después clavé el codo en las costillas de Kip y me liberé. Tantos años peleándome con mis hermanos, unas veces por diversión, otras no, me habían enseñado algunos trucos.

La gente empezó a chillar para animar al más débil. Pero yo ya no estaba borracho, ni tenía ganas de iniciar una lucha. Sólo quería recuperar a *Mollie*. La necesitaba. Un hombre sin un caballo no puede considerarse tal, no señor, y estaba desesperado por encontrarla antes de que el hombre del pantalón de ante se la llevara demasiado lejos.

La multitud me impedía llegar a la puerta. Cada vez más nervioso, intenté arremeter hacia la salida con la cabeza por delante, sin el sombrero, que se había perdido ya entre los pies de la gente.

Y de pronto afloró toda la rabia contenida en mi interior. Ignoro cuánto tiempo llevaba allí esperando el momento de salir; el caso es que reventó como un horrible divieso purulento.

Agarré al hombre que se hallaba más cerca, a quien ni siquiera conocía. Estaba fuera de mí, ¿comprenden? Me sentí un poco como aquella Navidad de McDade, cuando los acontecimientos se precipitaron y mi vida dio un giro; cuando todos fuimos a la tienda del señor Milton para convencerle de que yo no había participado en el asesinato del ayudante del sheriff, aquel Bose Heffington, cuyo cadáver había sacado del pueblo colocado sobre la grupa del viejo *Ben*, y que nuestros primos, Thad y Wright McLemore, no lo habían matado, y tampoco Henry Pfeiffer, los tres que el señor Milton y su chusma habían linchado ya la noche anterior, la misma chusma que me había perseguido.

Jack ni siquiera cogió sus pistolas aquella mañana cuando nos dirigimos a la tienda del señor Milton. Aseguró que no las necesitaría porque sólo queríamos aclarar las cosas. Yo creí que Az había entrado con nosotros. No me di cuenta de que se había quedado fuera hablando con Tom Bishop. En mi juicio alguien declaró que Az dijo a Tom que partiera del pueblo antes de la puesta del sol, lo que me extrañó, pues, Az nunca diría cosas tan poéticas. Seguramente vio a Tom Bishop sentado en el porche del almacén y le llamó hijo de puta, lameculos o algo por el estilo, ya que todos sabíamos que Tom Bishop era la mano derecha del señor Milton.

Casi ningún habitante de McDade se atrevía a pelear con Az porque temían que los estrangulara con sus manazas de hierro. Tom Bishop era más bien bajo —medía poco más de metro cincuenta—, por lo que supongo que Tom desenfundó su revólver y mató a mi hermano a sangre fría; pero nunca lo sabré con certeza. Yo estaba allí, pero no lo vi. Estaba mirando, sí, pero no acababa de creérmelo.

No era yo quien estaba aquel día en la calle, disparando como un loco, viendo caer a Az y luego a Jack, que ni siquiera iba armado. Alguien le voló la cabeza; sangre y sesos desparramados por el suelo. Muchísima sangre, como un río que se desborda...

Tampoco era yo quien estaba en aquella cantina zurrando a un tipo a que no había visto en mi puñetera vida, aporreándole la cara contra una mesa. Y el tipo no dejaba de echar sangre por la boca y nariz. Como ocurrió a Az; como a Jack.

Alguien me atizó entre los omoplatos con una maza o una culata de rifle. Quedé sin sentido. Tuve la sensación de hundirme en una madriguera de tejón. Sólo me enteré de que mi cabeza daba contra el suelo porque me pareció oír el golpe.

11

Un moscardón me zumbaba por la cara. Cuando aterrizó sobre mi ceja, me di un manotazo en la cabeza y desperté. Abrí los ojos. Me escocían y me lloraban.

Me hallaba en una especie de cabaña. Qué diablos, ni siquiera merecía tal nombre. Era poco mayor que un hórreo. Solamente dos paredes estaban intactas. Las otras dos consistían en láminas de material para techos burdamente claveteadas que ni siquiera estaban enrasadas con las paredes de madera. Habían practicado un agujero del tamaño de una puerta y otro más pequeño para que entrara luz y aire. Y también la lluvia, porque en los sitios donde el piso estaba resquebrajado, crecían matas de hierba. Ambas aberturas, la que servía de puerta y la que hacía de ventana, estaban cubiertas por tiras metálicas cruzadas de cinco centímetros de ancho. El recinto debía de medir poco más de un metro por dos y medio.

Alguien estaba sufriendo un ataque de tos seca, a causa de un cigarro barato o de difteria. Me levanté de mi cama, o mejor dicho de las tablas que hacían las veces de lecho, y la mezcla de tequila, whisky, cerveza y quién sabe qué otra clase de matarratas se me revolvió en el estómago. Me puse a gatas. No llegué muy lejos porque comencé a vomitar. Creí que moriría atragantado, y aquello no paraba de salir, abrasándome las amígdalas.

Mientras estaba allí, vomitando en uno de los agujeros del suelo, caí en la cuenta de que me hallaba otra vez en la cárcel y que aquello no era un sueño. Pensé que tal vez había matado a otro hombre la noche anterior, aplastándole la cabeza, y simplemente porque me había vuelto loco y él era el que se encontraba más cerca.

Cuando por fin terminé de arrojar, me acuclillé. Me sentía más muerto que vivo en esos momentos. Me dolía todo, especialmente la espalda y la nuca. Los puntos que Lily me había cosido en el codo habían saltado, y la herida de cuchillo sangraba otra vez. Los nudillos de la mano derecha se me habían abierto, y me dolían tanto que no podía ni cerrar el puño. Estaba sudando como un cerdo, a pesar de que en el cuchitril donde me habían encerrado entraba aire de sobra.

Estaba descalzo y tenía el tobillo derecho aprisionado por un grillete con una bola tan pesada que cuando trataba de arrastrarla veía las estrellas. Me limpié la boca con la manga. Aún llevaba puesta la camisa, la azul a cuadros que había comprado en San Antonio, los pantalones y los tirantes; pero todo lo demás —sombrero, chaleco, polainas, botas, cuchillo, pistola y cartuchera— había desaparecido.

El tábano que me había despertado al picarme y varios de sus amigos zumbaban alrededor del vómito que había derramado en el suelo. La visión de aquellos insectos me produjo arcadas. Me dolían las costillas y los músculos del abdomen. Necesitaba aire enseguida.

Oí de nuevo la tos procedente del exterior, esta vez más cerca, y a continuación una voz que dijo:

—Muy buenos días, Beatty.

Una gotita de baba espesa se me escurrió de la boca. Alcé la cara lentamente y me encontré mirando a los ojos a un hombre totalmente desconocido con cara de mulo, cabello claro y rizado y mejillas bien afeitadas que llevaba puesto mi chaleco, con una estrella repujada en la solapa sin inscripción alguna.

El hombre sonrió de oreja a oreja, se pasó un trapo por la boca e hizo un gesto a alguien que se hallaba fuera de mi campo visual.

—Oye, Huck —dijo—, ¿no te recuerda algo este tipo ahí tendido sobre su propio vómito? Parece un becerro recién nacido, incapaz de tenerse en pie.

Otro individuo se asomó al agujero de la puerta. Era moreno como un mejicano, aunque en otro estilo. Permaneció callado con expresión inmutable. Sólo parecía incordiarle mi presencia.

El que llevaba la chapa prorrumpió en carcajadas que desembocaron en un nuevo acceso de tos seca. Esta vez no se tomó la molestia de coger el trapo, sino que escupió al suelo lo que había arrancado.

—No creo que él se acuerde de mí, Huck. Estoy casi convencido.

—¿Dónde diablos estoy? —pregunté. La garganta me dolió al hablar. Intenté tragar saliva; era peligroso, pues tenía el estómago revuelto.

—En Banquete; cerca del infierno, pero sin salir de Texas. —Rió otra vez—. Tráele un poco de agua, Huck.

El otro desapareció. Me incorporé, y la bola que tenía sujeta al pie rodó por el suelo. Me agaché para cogerla. Pesaba más de cuarenta kilos, cincuenta tal vez.

—¿Esto es una cárcel?

—Pues, sí. Sé que no es gran cosa, pero es lo mejor que hemos encontrado. Y no pienses que podrás escapar. El viejo Huck estará vigilándote para impedirlo.

—¿Es usted el sheriff?

El hombre puso los brazos en jarras, meneó la cabeza, escupió y respondió:

—Alguacil solamente. Tendrás ocasión de conocer al sheriff en cuanto podamos trasladarte a Corpus Christi. Te gustará la ciudad. Hay una cárcel preciosa, con paredes y suelo metálico, sin ventanas. Un sitio precioso de verdad.

La sonrisa no abandonaba su rostro. No me apetecía demasiado mirárselo.

—¿De qué se me acusa?

Preparado para oír lo peor, flexioné la mano derecha, cuyos nudillos estaban tan hinchados que parecían a punto de explotar. La pechera de mi camisa estaba salpicada de sangre.

—Embriaguez en la vía pública y agresión. Eso de momento. Depende de cómo le vaya al señor Mariweather. Te acuerdas del él, ¿verdad? Un individuo así de bajito. —Se llevó la mano a la altura del pecho, y el alguacil no era precisamente alto.

Cerré los ojos y apoyé la cabeza contra la pared. Por lo menos no lo había matado. Era un consuelo.

—Aquí está el agua —dijo el alguacil—. Pásasela por ahí debajo, Huck.

Los miré con el rabillo del ojo. El mejicano, o lo que fuera, con cara de estatua, usó la boca de un rifle para deslizar la taza de agua por debajo de las tiras de la puerta. Ni por un momento dudé de que el arma estaba cargada y, de haberse disparado, me habría llevado la peor parte. De todas formas en aquellos momentos todo me daba igual.

—Ah, sí —dijo el alguacil—. Gracias por el chaleco. Buena tela. Y está casi nuevo.

A partir de ese día, cada vez que aparecía el alguacil lucía algo más de mi propiedad. Y encima lo pregonaba a los cuatro vientos, como el día en que empezó a presumir de la leontina de oro que yo le había ganado a aquel jugador en San Antonio. En otra ocasión se presentó ante mí con mi silla de montar al hombro; bien, en realidad la silla de Shot, que era de las buenas, por cierto, una Gallatin de armazón alto, con los faldones laterales fileteados. Shot había pagado por ella cincuenta dólares, y la tenía en mucha estima. Acostumbraba engrasarla a menudo para que el cuero se mantuviera flexible y decoraba las cinchas con pequeñas conchas de plata. Claro que sin *Mollie* la silla no nos serviría de mucho, ni a él ni a mí. Haber perdido a *Mollie* me causaba tanta desdicha como todo lo demás.

Al cabo de un tiempo, comencé a preguntarme cuándo se celebraría la vista oral, cuándo me enviarían a Corpus Christi o me asignarían un abogado. Daba la impresión de que aquel alguacil disfrutaba teniendo un preso en la cárcel por el mero placer de fastidiar, sobre todo después de que el tal Meriweather se recuperara; éste se presentó un día para escupirme, el pobre, lo que hizo con gran destreza gracias al boquete que yo le había abierto en la dentadura. Era menudo, medía un tercio de mi estatura, y abultaba la mitad. Tenía los dos ojos morados, la mandíbula rota y la nariz hecha papilla.

Me atormentó ver las heridas que le había ocasionado. Soñaba con él, y también con el tipo de Tennessee. En algunas de esas pesadillas éste no moría cuando yo lo acuchillaba, mientras que en otras, al ponerse en pie, su cara se había convertido en la de Tom Bishop o en la de algún otro conocido. Una vez era Azberry, y como me apuntaba con una pistola, yo tenía que matarlo otra vez. En otra ocasión aparecía yo en la cama debajo de aquel tipo y lo castraba con su cuchillo y lo dejaba desangrarse hasta morir.

Sólo soñé con Lily una vez. La dejaba disparar su pistolita, pero la bala traspasaba la barriga del tipo de Tennessee y, como me temía, se me incrustaba en el estómago.

Estar solo en aquella minúscula celda donde apenas si tenía espacio para moverme me proporcionó la oportunidad de reflexionar. Supongo que precisamente se pretende eso cuando encierran a uno en la cárcel; concederle tiempo para meditar sobre sus errores y la manera de enmendarlos. De los últimos nueve meses había pasado seis entre rejas, pero aprender, no había aprendido puñetera cosa. Por el contrario, estaba absolutamente convencido de que el mundo me debía un favor. Mis desventuras empezaban a adoptar un cariz bastante feo, y sabía que era preferible cambiarlo.

Comencé a hacer planes para cuando saliera en libertad. Y desde luego deseché la idea de ir a México. Si podía apañármelas en el sur de Texas sin meterme en líos ni acabar en chirona, ¿por qué trasladarme a un sitio donde no conocía el idioma?

Incluso me planteé la posibilidad de dirigirme al condado de Parker para averiguar qué clase de trabajo agrícola podía ofrecerme el hermano de Wash

Jones. Probablemente habría sido mejor partir hacia allí en cuanto Wash Jones me lo comentó después de llamarme «buen hombre», como si de mí dependiera convertirme en una persona de provecho. Pero yo, imbécil de mí, por aquel entonces sólo pensaba en San Antonio, en la vida de vaquero y en desembarazarme de Lily en la primera ocasión que se presentara.

Pues bien, ya me había librado de ella y de nuevo me encontraba en prisión, sin esperanza alguna, pues no me cabía duda de que Hillie y Kip no acudirían en mi ayuda. No me habría sorprendido en absoluto descubrir que se habían quedado con *Mollie* o que eran compañeros de trabajo del tipo con pantalones de ante.

Esta vez había caído muy bajo; todo el día sentado sin apenas un poco de aire que respirar, engullendo tres veces al día unas gachas de harina servidas en un cuenco repugnante, devorado cada noche por los mosquitos y confiando en no morir de disentería o raquitismo antes de que algún alma caritativa se enterara de que estaba encerrado allí. Pero por más vueltas que le daba al asunto, no se me ocurría quién podía ser esa persona.

Huck, mi guardián, resultó un tipo excelente, pese a que no sonreía nunca y hablaba muy poco. Se apellidaba Featherstone y era mitad tonkawa y mitad francés, de ahí que no pareciera del todo mejicano. Hablaba perfectamente español e inglés, aunque no practicaba mucho ninguno de los idiomas. Fue él quien me proporcionó una tabla para colocarla en el suelo encima del agujero de la mierda. De tanto en tanto me traía algo para fumar y hasta me dejó escribir una carta. Huck hacía todo esto cuando nadie podía verlo.

La carta que escribí rezaba:

> Querida Lily:
>
> Me han dado este trocito de papel para que te escriba una nota, de manera que no podré extenderme. Estoy en la cárcel de *Banketty*. No puedo explicarte ahora cómo he llegado aquí, sólo que confío en salir pronto. No maté a nadie, o sea que supongo que no estaré mucho. En cuanto salga en libertad iré a buscarte y cumpliré la promesa que hice a Shot. Nunca debí marcharme. Espero que recibas esta carta.
>
> HAYWOOD BEATTY.

Y en el sobre escribí: «Lily DeLony»; luego hube de tachar «DeLony» y poner «Beatty». Seguía olvidando que ella llevaba mi mismo apellido. Añadí: «San Patricio, Texas», y debajo: «Campamento mejicano al nordeste del pueblo». Supuse que bastaría para que le llegase la carta.

Adelgacé tanto en aquel pestilente calabozo que los pantalones sólo se me aguantaban gracias a los tirantes. Sufría continuas diarreas y me mareaba cada vez que intentaba moverme. El grillete que me aprisionaba el tobillo se me clavaba en la carne, y el peso de la bola acabó por abrir el orificio de bala que tenía en la pierna hasta que pareció que el hueso quedaba al descubierto. Apenas sentía los dedos del pie.

Después de casi dos meses dije por fin al alguacil que no podía continuar en aquella situación. Sabía lo del hábeas corpus por Wash Jones, y, puesto que Meriweather no había muerto, sólo pesaba sobre mí la acusación de embriaguez y agresión, de modo que deberían permitirme salir con una fianza.

—¿Fianza?

Al alguacil le sobrevino otro de sus accesos tísicos. A veces había sangre en los esputos que lanzaba al suelo. Empecé a sospechar que sabía que no tardaría en morir y estaba haciéndome pagar el pato a mí.

—Sí, fianza —repetí—. Por embriaguez puede caer una multa de unos quince dólares y treinta días. Lo último ya lo he cumplido, conque múlteme.

—¿Y cómo piensas pagar, Beatty?

—Pues con ese chaleco, esa silla de montar y todo lo que usted se ha quedado.

Huck observaba atentamente al alguacil sin inmutarse.

—Tú no eres juez ni jurado, Beatty. Será la corte de Corpus Christi la que decida —replicó el alguacil.

—¡Entonces lléveme allí! —exclamé mientras él se alejaba de mi celda—. ¡Lléveme allí! —vociferé otra vez, e intenté arrancar una tira metálica del agujero de la puerta.

Las fuerzas comenzaban a flaquearme. Tenía temblores, apenas podía sostener la cuchara cuando comía las gachas y derramaba el café de la taza. Aun así, el alguacil no hizo nada por mejorar mi situación. Y un buen día dejó de aparecer por allí. Al cabo de una semana sin verlo, empecé a plantearme la posibilidad de fugarme.

Los agujeros del suelo eran demasiado pequeños, pero me figuré que si arrancaba algunas de las tablas más podridas podría colarme por entre la mierda que humeaba allí abajo. Quedándome sentado en la celda no recuperaría las fuerzas.

Huck se iba a veces hasta los matorrales para orinar o lo que fuera, y en ocasiones dormitaba a la sombra de un grupito de robles. Yo debía aprovechar el momento en que él estuviera echando una cabezada. La bola y la cadena me impedirían, claro está, huir corriendo, pero no presté demasiada atención a ese detalle. Estaba decidido a escapar, aunque fuera a rastras, antes que morir allí dentro.

Esperé a que Huck se hubiera marchado al bosquecillo para arrancar la primera tabla. Armé tanto ruido que el hombre regresó a toda prisa con la escopeta amartillada y lista para disparar.

—No te pongas nervioso, Beatty —me advirtió.

Adopté una actitud amenazadora, esgrimiendo la tabla con el extremo astillado hacia fuera, para que comprendiese que lo mío no era un problema de nervios, sino pura desesperación. Del subsuelo de la choza subía un hedor pútrido.

—No tengo otra salida, Huck. Llevo aquí sentado casi dos meses tratando de portarme bien, y no he conseguido nada. Sabes muy bien que tu alguacil no tiene la menor intención de llevarme a juicio.

Huck bajó el cañón de la escopeta y miró en derredor para asegurarse de que nos hallábamos solos.

—Ha decidido dejarte marchar.

—¿Cuándo?

Me aproximé al conato de puerta, y Huck retrocedió un paso. Supongo que yo despedía un olor tan repugnante como el hoyo que había a mis espaldas.

—Muy pronto. Te mantiene entre rejas por la pobre señora Meriweather, que es más o menos la dueña de este pueblo. Al que vapuleaste en la cantina de Cluney es su único hijo.

—Pero si no ha muerto. Sé que no debía haberle atizado así, pero...

—Tienes suerte de que no te lincharan por ello. Puedes estar agradecido al alguacil. Si no te hubiera traído aquí, ahora estarías muerto.

Me miró fijamente con sus negros ojos y luego apoyó la escopeta contra la pared exterior. Desapareció de mi vista un momento, que aproveché para acariciar con la mirada el arma que había dejado allí.

—No tienes ni idea de lo que ha ocurrido en Banquete en los últimos años —dijo Huck desde algún punto del exterior—. Se nos considera gente sin ley. Esto es dominio del diablo.

La escopeta se hallaba a poco más de un metro de mí.

Reflexioné sobre cómo podía conseguir que cayera de modo que quedara a mi alcance, para después hacerla pasar por el boquete de la parte inferior de la puerta por donde me deslizaban la comida.

Me acuclillé, y la pierna derecha me dolió horrores. Valiéndome de la tabla rota, traté de alcanzar el arma. Logre introducir la muñeca por el hueco. La tabla barrió la tierra del suelo.

—Este pueblo tenía fama de ser un sitio donde la ley no tenía cabida —prosiguió la voz de Huck—. El alguacil ha intentado cambiar todo eso.

Huck dobló la esquina otra vez y comprendió qué tramaba yo. Pisó la tabla, y retiré la mano. Las tiras metálicas de la puerta me arrancaron la piel de los nudillos. Me puse en pie y observé que él sostenía en la mano un manojo de llaves.

—No puedo permitir que cojas la escopeta —dijo con una calma aterradora.

El corazón me dio un vuelco cuando Huck empezó a probar llaves en el candado de la puerta, buscando la adecuada. Mientras lo observaba, me chupé la sangre de los nudillos.

—¿Vas a dejarme marchar? —pregunté, incrédulo, temiendo que sólo estuviera burlándose de mí como solía hacer el alguacil.

—Me parece que ya has cumplido tu condena. No voy a tenerte siempre aquí, estropeándome el calabozo.

El candado cedió con un chasquido, y Huck abrió la puerta. Me hizo salir, descalzo, me llevó a un banco y me entregó la llave que abría mi grillete. Luego retrocedió y me apuntó con la escopeta, como si pensara que yo intentaría algo. Sin embargo estaba demasiado débil, enfermo y contento para cometer una estupidez.

Huck me dio mis botas —las espuelas habían desaparecido— y me tendió un sobre arrugado y sucio en que se leía:

Lily Beatty
San Patricio, Texas
Campamento mejicano al nordeste del pueblo.

Cuando volví a mirarlo, Huck se encogió de hombros y dijo:

—Me has dado lástima.

Apreté la carta y me la guardé en el fondo del bolsillo.

12

Si San Patricio se hubiera hallado un poco más lejos, jamás habría logrado llegar andando. Antes de haber recorrido el primer kilómetro, me salieron ampollas en los pies, poco acostumbrados a las botas. Las piernas me flaqueaban, las entrañas me dolían, y me sentía tan débil que a menudo sufría alucinaciones. En dos ocasiones en que me aparté del camino al aproximarse un viajero, creí que el animal enganchado al carro era *Mollie*. Permanecí agazapado entre los matorrales, ya que ignoraba con cuánto poder había actuado Huck al liberarme y por nada del mundo quería que un desconocido me obligara a regresar al pueblo.

No tenía nada; ni caballo, ni dinero, ni arma con que defenderme o conseguir comida. Por no tener, no tenía ni sombrero, y el sol me abrasaba la cara. El calor que sentía y el hecho de que sudara tanto me confundían. Debíamos de estar en noviembre, pero el viento que soplaba no me parecía fresco. Empecé a preguntarme si no estaría equivocado y habría pasado ya el invierno sin que me hubiera enterado. Quizá faltaba poco para la primavera.

Estaba muerto de sed bajo el sol abrasador. No había ni una sola nube en el cielo. Se me ocurrió de pronto que las nubes no existían en realidad, que eran una cosa que sólo había visto en sueños. No podíamos estar en noviembre, sino en julio o agosto. El camino serpenteaba ante mí. Tragué saliva.

Al atardecer pasé junto a la tienda de comestibles donde tiempo atrás me había topado con Hillie y Kip. El edificio me pareció horrendo, con la puerta abierta como un bostezo y los cueros en la techumbre. Me lo figuré como una especie de animal hambriento de carne que engullía cuanto encontraba a su paso. Me apresuré y proseguí mi camino sin detenerme siquiera a beber agua en el abrevadero para caballos que había en el exterior.

Cuando por fin llegué a Santa Margarita, fui directamente al río y me zambullí en el agua, ignorando las culebras que pudieran habitar allí. Bebí, me lavé la cara y remojé mi pestilente cuerpo. El barquero y un chico se acercaron corriendo, pensando quizá que estaba ahogándome. El viejo me alzó del agua, y tardé un rato en mirarle a los ojos. Creo que mi cara le debió sonar.

—¿Necesita ayuda, señor? —preguntó el muchacho en perfecto inglés.

Traté de responder, pero no conseguí pronunciar las palabras. Finalmente, mientras me arrastraban hasta su balsa, empapado como un trapo, logré farfullar:

—No tengo dinero.

Ninguno de los dos me oyó. Estaban demasiado atareados hablando; hablando de mí, supongo.

Encontré a Lily en un convento de monjas, o alguien la encontró por mí. No recuerdo muy bien los detalles. Me vienen imágenes borrosas, como en un sueño: cuando vi a Rubén otra vez y él me reconoció; la chica guapa de cabellos de terciopelo; un viaje en carreta en plena noche que me dejó descoyuntado...

Había contraído unas fiebres. Me sacudían unos escalofríos tan violentos que hacía temblar la cama en que me habían acostado. Por un momento llegué a pensar que Lily formaba parte de un sueño; sus manos al refrescarme la frente, al darme la comida, la vieja sortija de oro que Shot le había puesto en el dedo. Estaba muy flaca, llevaba el pelo trenzado y unas ropas tan limpias y blancas que pensé que se trataba de un ángel.

Eso me hizo pensar que sin duda Shot me mataría por dejar morir a Lily, por haberla abandonado con aquellos mejicanos mientras yo me dedicaba a meterme en líos. Y por si fuera poco, como no había visto a su hija en aquel pulcro convento, temí que también hubiera muerto. Supongo que algo de eso debí decir en mi delirio.

Me pareció ver ante mí el rostro de Shot, que me maldecía con la mirada. Luego apareció papá, que no estaba borracho, pero sí tan amarillo y macilento como en su lecho de muerte. Y surgió también la cara de Jack, cuyo cráneo comenzó de pronto a resquebrajarse. Le cogí la cabeza, pues sabía que si la soltaba se partiría en dos como un melón.

—No hables. Calla. —Una cosa blanda se posó en mi pecho—. ¿Woody? ¿Me oyes? ¿Estás despierto?

Parpadeé y vi, medio borrosa, a Lily ante mí. Mis ojos eran como dos duras y resecas piedras metidas en sus cuencas. Mi mano ascendió hasta tocar la suya, que estaba apoyada en mi pecho, caliente, no muerta.

—Has tenido pesadillas —dijo Lily—. ¿Sabes quién soy? Woody, ¿me oyes?

Traté de enfocar la pared de enfrente. Vislumbré un crucifijo con un muñeco claveteado en él que debía de ser Jesús. Alguien le habían pintarrajeado de rojo los pies y las manos. Aparte de sangriento, el objeto tenía un aspecto ultramundano a la luz de la lámpara, menudo y solitario en medio de aquella sobria pared blanca. No me extrañaba que hubiera tenido pesadillas con aquella cosa situada frente a mí.

—¿Cómo llegaste aquí? —pregunté, y la voz me salió llena de telarañas y polvo.

Lily se apartó y juntó las manos bajo el mentón.

—Gracias, Señor —dijo rezando, y el hecho de verla así, tan devota y, por qué no, tan sumamente contenta, hizo que me sintiera el pecador más infame de la historia.

No había esperado que se alegrara de verme, sobre todo porque la había abandonado. He de reconocer que parecía habérselas arreglado muy bien sin mi ayuda, mejor que yo sin duda alguna. De todos modos, me asombraba que una persona pudiera mostrarse tan indulgente como ella. Quizá, pensé, era tonta y no daba más de sí.

Bueno, el caso es que no me hizo un solo reproche por haberla dejado plantada, aunque, eso sí, le disgustó mucho la pérdida de *Mollie*.

—Nunca encontraremos un caballo igual —dijo con voz quejumbrosa.

Yo en aquellos momentos sólo pensaba en alejarme un poco más de Banquete.

Lily conservaba el pequeño carro y la mula con que la habían conducido al convento cuando comenzó a tener fiebres a raíz del parto en el campamento. Así pues, no sólo la había abandonado en compañía de extraños, sino además enferma. Cuando temieron por su vida, la trasladaron al convento de San José porque las monjas tenían una especie de hospital.

Emmaline Eliza se había convertido en un bebé gordo y risueño. Tenía una mata de pelo rojo como el de Shot y ojos azules como los míos. No sé de dónde los había sacado, pero me los adjudiqué porque al fin y al cabo por su venas corría un poco de mi sangre. Lily aseguraba que sus ojos se volverían castaños enseguida.

Una de las hermanas me la dejó en el regazo dos días después de haberme recuperado de las fiebres. Me sentía con fuerzas para sentarme en una butaca, aunque cruzar la habitación para llegar hasta ella había sido mucho peor de lo que esperaba. Las monjas creían que tal vez había pasado la malaria. Fuera lo que fuese, me dejó con una especie de resaca descomunal, como si hubiera estado tres días seguidos de juerga.

—Algunas de nosotras habíamos llegado a dudar de si realmente existía usted —dijo la hermana Mary Kate.

Todas eran «hermanas Mary» y algo más. Ésta era alta y parecía la superiora. Su hábito susurraba cuando se movía. Me pregunté si habría sido ella, junto con sus amigas monjas, o Lily quien me había despojado de todo, excepto de los pantalones. Alguien me había vendado el tobillo, por lo que me había costado mucho ponerme el calcetín aquella mañana. También me habían afeitado las patillas. Del bigote no quedaba ni rastro.

—Su esposa afirmaba que regresaría, y aquí está usted, tal como ella decía. —La hermana Kate tenía un deje irlandés. Nos sonrió a mí y Emmaline—. Hay cierto parecido.

Miré a Lily, que estaba cambiando las sábanas de la cama. Se llevó un dedo a los labios, como para advertirme de algo. Mi sobrina me clavó los pies en la barriga tratando de levantarse sobre sus piernecitas tiesas y rió. Lily se acercó corriendo.

—Tienes que sostenerle la cabeza —indicó, enseñándome cómo hacerlo. Tuve la impresión de que pretendía distraer la atención de la monja.

—No tiene mucho cuello, ¿eh? —dije mientras Lily me arrebataba a la niña.

—Supongo que nos dejarás pronto. Todas te echaremos de menos —dijo la hermana a Em, pellizcando su regordeta mejilla. La monja nos sonrió a los tres—. Si necesitan algo, estaré en el vestíbulo.

No bien hubo salido la monja, Lily suspiró aliviada. Luego apartó la vista de la puerta y dijo:

—Era más fácil dejar que pensaran de ti lo que quisieran. De todos modos, me parece que los Rosales les habían dicho que estábamos casados.

—¿Los Rosales?

—La familia con que me dejaste. —Colocó a Emmaline contra su hombro y le palmeó suavemente la espalda—. Las hermanas se han portado muy bien con nosotras, pero yo no sabía qué pensarían si les contaba que mi marido era un malhechor.

Por un momento mi instinto me indicó que defendiera a Shot, sobre todo porque yo mismo había estado entre rejas hacía bien poco y ella era legalmente su esposa, por lo que no debía preocuparle la opinión de un atajo de monjas. Sin embargo no lo hice porque advertí que estaba muy nerviosa. Dio un beso en la frente a la niña.

—No quería que pensaran que Emmy era una... Les expliqué que te dedicabas a conducir ganado.

Asentí con la cabeza, me aclaré la garganta y me soplé el pelo de la frente.

—De hecho iba en busca de trabajo cuando las cosas se torcieron. Lamento haberte abandonado.

Necesitaba decírselo, aunque me costó mucho. No pude evitar acordarme de una frase que Jack me decía siempre; que en un hombre pedir disculpas era un síntoma claro de debilidad.

—Encontré la carta que me habías escrito —dijo Lily—. La tinta estaba corrida porque se mojó en el río, pero se leía bien.

Noté un calor en las mejillas. Así pues, había sido ella quien me había desnudado, no las hermanas. Me rasqué el cuello y me alisé la abertura frontal de mi camisa recién lavada.

—Al verte allí tendida, pálida como la ceniza, con tu bebé en brazos, pensé que me impedías cumplir con mi propósito, que era llegar a México.

Agitó una mano delante de su cara, ignoro si para hacerme callar o para apartar un mosquito. Luego se sentó en un extremo de la cama. La pequeña Emmy lanzó una risita aguda y trató de erguirse sobre el viente de su madre, o lo que quedaba de él, que no era gran cosa. Lily rió con ganas. No pude evitar sonreír. Contemplar a Em era casi como ver a una camada de cachorros jugueteando.

—Tuve que permitir que la bautizaran como católica. —Lily puso a Em de cara a mí. Un hilillo de baba se le había escapado de la boca. Como tenía el día risueño, me dedicó otra de sus amplias sonrisas—. ¿Crees que a Marion le importará?

—No. —Negué con la cabeza, seguro de ello. A nadie de la familia le había importado nunca la religión, aunque es cierto que Jack había mostrado un mínimo interés por ella durante su noviazgo con Estelle.

—No me quedaba otra opción. Sólo pusieron tres condiciones para acogerme: que tuviera la habitación limpia, que ayudara a atender a los enfermos y que bautizase a Emmy. En realidad, sólo le remojaron la cabeza; dudo de que ella sepa que es católica.

—Le da igual. —Meneé un dedo ante la pequeña y le hice una carantoña antes de darme cuenta de que estaba portándome como un imbécil. Me erguí en mi asiento y procuré ignorar las risas de la niña, lo que no resultaba fácil. Emmaline era bonita como una pistola—. No tiene por qué seguir siendo católica. ¿Hay alguna posibilidad de cambiar eso cuando nos marchemos?

—¿Adónde vamos a ir?

—¿Te acuerdas de Wash Jones? —Asintió—. Pues un hermano suyo vive en el condado de Parker y posee unas tierras que no puede cuidar. Jones me habló de ello antes de partir de Bastrop, pero en aquel momento no me interesó la oferta.

—¿Y ahora sí?

—Habrá que ir a ver. —Un pincho que se me había clavado en la palma de la mano durante mi excursión de dieciocho kilómetros estaba fastidiándome. Empecé a rascarme hasta que salió pus—. He tenido mucho tiempo para reflexionar y he comprendido que Shot quizá me hizo un favor al encargarme que me ocupara de ti. —Levanté la vista de la espina—. Verás, soy propenso a crearme problemas.

Él lo sabe mejor que nadie. Bueno, fíjate, acababan de soltarme de la cárcel en Bastrop y lo primero que hice fue meterme en un aprieto. Maté a aquel tipo en San Antonio, y casi me cargo a otro.

De pronto sacudió la cabeza y volvió a agitar la mano ante su cara. Comprendí que no la incordiaba ningún mosquito, sino que no deseaba que hablara de aquel asunto de San Antonio. Había apretado tanto los labios que se le habían puesto blancos.

—Siento lo que ocurrió —me apresuré a decir para que supiese que no la culpaba de nada—. Un sujeto como aquél... merecía morir. Si no lo hubiera matado yo, lo habría hecho cualquiera en otro momento. No quiero que creas que me arrepiento.

Lily abrazó con fuerza a Em. Continuaba mirando hacia otro lado, con la barbilla alzada, pestañeando mucho.

—Tampoco yo lo siento —dijo.

Casi reí.

—Apenas he pensado en ello, ¿sabes?

—Yo tampoco.

Permanecimos un rato en silencio. Emmy agitaba los brazos y parloteaba. Lily sacó un sonajero del bolsillo de su delantal y se lo mostró. La pequeña avanzó brazos y piernas, como un mono, tratando de agarrar el juguete.

—Aseguré a Shot que cuidaría de ti —dije con voz serena—. Y supongo que es mi obligación cumplir esa promesa. Shot es el único hermano que me queda.

—No me interesa ser una obligación para ti —repuso, y fue la primera nota de insolencia que oía de sus labios desde mucho tiempo. Me miró fijamente.

—Las palabras no se me dan muy bien, pero si quieres... y no te culparé si te niegas. Bueno, supongo que si seguimos juntos tú podrías evitar que me metiera en más líos y yo podría cuidar de ti y Emmaline como Shot deseaba.

Me incliné de nuevo sobre mi mano para hurgar en el pincho que aún tenía clavado. Me sentía ridículo diciendo aquellas cosas. La cara me ardía de vergüenza.

—Creía que ya no te acordarías de cómo se llama.

Alcé la vista. Lily y la niña sonreían.

—Es mi sobrina, ¿no? ¿Cuántas veces crees que he sido tío? Pues claro que recuerdo su nombre.

—Es una dormilona. No da ningún problema.

Me quedé un rato toqueteándome la mano sin saber qué decir. Tal vez podría haberle explicado que el viaje sería muy duro, caso de que decidiera acompañarme. El condado de Parker se hallaba a casi seiscientos cincuenta kilómetros al norte. Sin embargo ella no preguntó nada. No era muy locuaz.

—¿Se te curó el codo? —se interesó al cabo de un rato.

Tardé un poco en saber a qué se refería. La miré y asentí con la cabeza.

—Los puntos se me saltaron solos.

Lily alargó un poco el cuello, dirigiendo la vista hacia mi mano.

—¿Qué tienes ahí?

Me froté la palma contra la camisa. Aún notaba la espina que tenía clavada.

—Poca cosa —contesté—. Un pincho o algo.

—Déjame ver.

Lily dejó a Em boca abajo sobre la cama y se acercó para examinarme la mano.

—No es nada —insistí.

—Puedo quitártela.

Se dirigió al aparador para coger una cesta de

costura. Encima de la cama, la pequeña Em pugnaba por gatear. Al parecer no conseguía alzar el trasero. Me recordó una tortuga vieja y torpe y reí. La niña me miró y rió a su vez, perdiendo el equilibrio. Paseó el mentón por la cama. Tenía mucho mejor color y aspecto que la primera vez que la había visto.

Lily arrimó una silla a mi butaca, cogió una aguja y me agarró la mano.

—Ahora estáte quieto —ordenó—. Sólo te dolerá un poquitín.

Cuando la punta de la aguja se hundió en mi piel, casi me salí de los pantalones.

[illegible] cuento [illegible] pequeñas [illegible]

[illegible]

[illegible] punto de vista [illegible] de los [illegible]

[illegible]

[illegible] chales y ropa que [illegible]
[illegible]ciones [illegible], pero [illegible] volantes y para colo-
car [illegible] de muebles y [illegible]
[illegible] vida. [illegible]

—[illegible] de [illegible], [illegible] de
[illegible] de [illegible]
[illegible] y cerró la caja de [illegible]
[illegible] que [illegible].

Luego [illegible]
[illegible]

13

Lily conservaba aún los diecisiete dólares que yo le había entregado a Rubén. Los Rosales, gente supersticiosa, creyeron que, si aceptaban dinero para el cuidado de Lily y Emmaline, algo malo acaecería a su familia. Por la misma razón habían llevado regalos al convento cada semana. La mayoría era para Emmy, pero también había algunos para Lily. Así pues, las pertenencias de ambas bastaban para llenar dos carros. A decir verdad, me preocupaba que *Sassy* no pudiera tirar con todo, aunque bien cierto era que la mula tenía muy buen aspecto después de haberse pasado dos meses en un corral con un rebaño de cabras.

Sorprendí a Lily guardando en el equipaje tres vestidos y chales y ropa interior. Había además almohadones, colchas, paños con volantes para colocar encima de muebles y las toallas más diminutas que había visto en mi vida.

—Servilletas de té —aclaró, arrebatándomelas de las manos. Alguien le había regalado todo un baúl lleno, y cerró la tapa de golpe antes de que yo pudiera averiguar qué más contenía.

Luego aparecieron diversas prendas de Em; gorritos, botitas, mantitas y vestiditos confeccionados a mano. Tenía una cuna de madera con pies de balancín que hube de arrancar para que no se bamboleara en la trasera del carro. Aún conservábamos el quinqué de la cocina de Markin, además de la sartén y la cafetera que yo había comprado en Bastrop. Las hermanas nos proporcionaron sacos de pienso que aseguramos en los bajos del carro, y una cabra que atamos detrás.

—Por si las moscas —dijo una de las monjas, y no comprendí a qué se refería hasta que hubimos recorrido un buen trecho y Emmaline comenzó a llorar.

Habíamos partido hacía menos de una hora. Los mimos que Lily dedicó a la criatura no consiguieron acallarla. Para ser tan pequeña, tenía buenos pulmones. Alcé la voz para hacerme oír:

—¿Qué le ocurre?

—¡Que tiene hambre! —vociferó Lily.

Empezó a dolerme la cabeza con tanto berreo. En realidad no había dejado de molestarme desde que había despertado de mi estupor. Era lógico, pues me atormetaba pensar que tendría que aprender a vivir con eso, además del dolor en el brazo y la pierna mala.

—¿Por qué no le das de comer? —aullé.

—¡No puedo! ¡Con estos baches, le daría un cólico!

Asentí con la cabeza. De cólicos sabía yo bastante. El viejo *Ben* había sufrido uno una vez por comer maíz verde, y tuvimos que purgarle. Para lograr que tragara la pócima, se precisaron seis manos: las de Az, las de Jack y las mías. Un caballo podía morir de un cólico. No sabía si a los niños les ocurría lo mismo. Por si acaso, detuve el carro.

Me apeé, anudé las riendas a la rueda izquierda y tendí una mano con la intención de ayudar a Lily a bajar. Pero no me cogió la mano, sino que permaneció en su sitio con el bebé al hombro.

—¿Puedes traer la manta de la cuna? —me pidió.

Fui a la parte posterior y busqué la manta, una prenda de franela fina y raso con volantes. Entonces se me ocurrió que tampoco me vendría mal dar un bocado. Llevé a la parte delantera la cesta de comida que nos habían entregado las hermanas. Del hule que la cubría subían agradables olores. Ofrecí la manta a Lily y empecé a hurgar en la cesta.

Contenía pan de maíz, bollos, un tarro de confitura de higos y unos pasteles de carne. La cecina estaba tan dura que tuve que sacudir la cabeza para arrancar un pedazo y luego mascar hasta que me dieron calambres en la mandíbula. Estaba tan ocupado que tardé un rato en percatarme de que Em se había calmado.

Tenía la carita remetida en la pechera del vestido de Lily y movía un músculo de la sien. La manta me impedía ver nada más, pero no me hacía falta. Sabía qué estaba pasando allí debajo. No era un ignorante; simplemente no me había parado a pensar qué comía una criatura de dos meses. Dejé de masticar.

—Creo que hay unos huevos duros en la cesta —dijo Lily con toda naturalidad—. Y también un pedazo de queso. Debe de estar envuelto en papel marrón. ¿Lo encuentras?

—¿Qué? —Aparté la vista del trocito de cabeza de Emmaline que asomaba por allí.

—¿No hay un poco de queso en la cesta?

Busqué el queso, lo desenvolví y corté un trozo sin causarme ninguna herida pese a que el cuchillo que las monjas habían dejado dentro era lo bastante afilado para cortar un cabello por la mitad y mis manos estaban muy torpes. Le tendí el pedazo de queso procurando no mirar. Pero no pude evitarlo. Al final decidí dar la vuelta y sentarme al lado de la cabra para terminar con la tira de cecina.

Ni por ésas. No dejaba de imaginar la boca de Em chupando la teta de Lily. Aquello me descompuso. Empecé a sudar y sentir la ropa prieta. Acudió a mi memoria la imagen de la pierna de Lily asomando por debajo del tipo de Tennessee. Me alejé un rato del carro y me interné en la maleza hasta que la sangre dejó de bombearme con fuerza. Mi boca se secó de tal forma que hube de escupir el último trozo de cecina, y luego me maldije sin piedad.

Es natural que una mujer amamante a su hijo, y de hecho yo había presenciado escenas semejantes anteriormente. Cerca de nuestra casa, al otro lado de la de los Knobs, había vivido una mujer llamada Vallencourt que siempre llevaba un crío pegado a ella como una sanguijuela. Los chicos nos burlábamos de ella. Uno mugía como una vaca, y los demás nos desternillábamos de risa. Sin embargo aquello era distinto. Ver a Lily subida en el carro con el vestido abierto y cubierta con una manta cursi no me provocaba risa. Creo que fue precisamente el hecho de que se ocultase detrás de la manta lo que empeoró las cosas, al menos para mí.

Una bandada de gansos pasó graznando sobre nosotros. Fijé la vista en su perfecta formación y me forcé a pensar en matar alguno, desplumarlo, sacarle las tripas, arrancarle la cabeza de cuajo y dejarlo listo para la cazuela; debía entretenerme con cualquier pensamiento para apartar de mi mente la imagen de la pierna de Lily y los botones desabrochados bajo aquella manta. Cuando hube cocinado mentalmente al ganso, me sentí capaz de volver al carro.

Em se había dormido, y Lily tenía el vestido abotonado. Desaté las bridas de la rueda y subí al pescante. Ella no me interrogó sobre adónde había ido.

Me pregunté cuánto tiempo habría de transcurrir para que dejara de pensar en Lily como mujer.

Nos detuvimos otra vez al anochecer, en esta ocasión en un almacén de Lagarto. Yo permitía que Lily guardase el dinero porque sabía que podía hacerlo mejor que yo. Em continuaba durmiendo a pierna suelta cuando llegamos al almacén. Lily sacó el magro fajo de billetes de un corte que había practicado en el dobladillo y me lo entregó.

Necesitábamos una sábana para el carro y un mapa para trazar un itinerario. El tendero disponía de ambos artículos, y vendía también un sombrero de lana gris con los bordes trenzados. Era usado, pero se encontraba en buenas condiciones. Yo tenía la frente y la parte superior de las orejas quemadas por el sol. Pagué los dos dólares que el hombre pedía por el sombrero.

Pensé que sería buena idea comprar una pinta de whisky que había en un estante detrás del mostrador; me ayudaría a dormir y desbaratar las pesadillas que pudieran angustiarme por la noche. Pero mi cuenta ascendía ya a cuatro dólares con sesenta centavos, y yo quería un arma. Sería una locura emprender un viaje de seiscientos cincuenta kilómetros sin protección, no sólo contra los bandoleros, sino también contra los osos, pumas y fieras semejantes que merodeaban por las tierras que íbamos a atravesar. No estaba dispuesto a depender únicamente de la pequeña pistola que Lily había guardado en su baúl.

El hombre debió de notar que contaba las monedas. Cogió una escopeta de cañón doble con cápsula fulminante y el cierre del percutor roto.

—Todavía dispara —afirmó—. Sólo tiene que sujetarla con el pulgar mientras apunta. —Me mostró cómo. No había necesidad de apretar el gatillo. No servía para nada. Soltó el pulgar, y el percutor se disparó por sí solo—. Tardará un poco en habituarse —añadió, tendiéndome la escopeta para que la examinara.

Ambos cañones tenían el tono anaranjado de la herrumbre. Comprobé la mira.

—¿Cuánto pide?

—Cinco dólares.

Sin discutir el precio, le devolví el arma.

—Sólo me quedo lo demás —dije, señalando la sábana para el carro y el mapa que descansaba sobre el mostrador; el sombrero ya me lo había calado. Aunque parecía confeccionado para mí, sentí una punzada de nostalgia por mi querida cinta de serpiente.

—Cuatro con cincuenta por la escopeta —ofreció el hombre.

—Dos dólares.

Yo estaba haciendo cuentas mentalmente, lo que se me daba bastante mal. Según mis cálculos, si pagaba dos dólares por el arma nos quedarían exactamente diez, demasiado poco para un viaje tan largo. No estaba en absoluto convencido de que lográramos nuestro objetivo.

El hombre tenía la mirada fija en algún punto detrás de mí. Supuse que observaba a través de la ventana a Lily sentada en el mísero carro con la mula exhausta y la pequeña Em tranquilamente dormida en el regazo.

—¿Necesitará también pólvora y fulminantes? —preguntó.

Fue el primer indicio que tuve de que viajar con una mujer y una criatura indefensa podía servir de algo.

—El sombrero te queda muy bien —aseguró Lily cuando me disponía a guardar las compras en la parte trasera del carro.

Subí al pescante, cogí las riendas y guié a *Sassy* hasta un grupito de árboles situado a doscientos metros del almacén; allí pernoctamos.

No había recuperado del todo las fuerzas, y la fiebre reapareció durante la noche, aunque no tan alta como otras veces. No acabé sumido en un mundo infernal ni nada semejante, pero tuve sueños intermitentes que me desvelaban tanto como el suelo duro. El gallo del tendero, que comenzó a cantar apenas despuntó el día, me despertó del todo.

Lily ya había encendido una lumbre y estaba preparando café. Emmaline descansaba con cara de felicidad sobre una colcha extendida en el suelo mientras observaba cómo su madre cocinaba una salsa a base de manteca, harina y huevos duros troceados.

—Todavía no te has repuesto por completo —dijo Lily, mirándome mientras yo me incorporaba. Me sirvió café y añadió una cucharadita de leche de cabra—. Te he oído temblar toda la noche.

Cogí la taza y la rodeé con ambas manos. El aire estaba cargado de humedad matinal. Lily cortó un bollo frío por la mitad, lo colocó sobre el plato de hojalata, vertió encima el invento de los huevos duros y me lo tendió junto con un tenedor.

—Descansa en el carro —dijo—. Aquí la carretera es llana. Yo guiaré la mula.

Comí un poco y sacudí la cabeza, aunque no porque la sugerencia no fuera de mi agrado. Estaba pensando en lo buena que estaba la comida y en el hambre que tenía; como si se me hubiera formado un gran boquete en medio del estómago.

Lily me miró ceñuda.

—Sé conducir el carro —continuó—. Lo he hecho muchísimas veces. Puedo llevarlo tan bien como tú.

—Está bien. Guía tú si quieres. —Le pasé el plato vacío—. ¿Queda más de esto?

Parpadeó y abrió la boca dispuesta a reanudar sus protestas, hasta que se dio cuenta de que yo había aceptado su propuesta. En ese momento lo único que me interesaba era la comida.

Partió otro bollo, le echó más salsa y me devolvió el plato.

—Es bueno que comas —dijo. Su voz volvía a ser maternal.

Después de cargar el carro reposé un rato en la parte posterior, hasta que el traqueteo y el olor a envolturas meadas de la niña comenzaron a revolverme las tripas. Para colmo, avanzábamos muy lentamente. Yo sabía que la puñetera mula tenía cierta tendencia a aflojar el paso si se la dejaba a su aire, y sospechaba que Lily había cometido ese error. Miré a Em en su cuna y deseé poder dormir como ella.

Cuando me acomodé en el pescante y cogí las riendas, la cosa empezó a mejorar. Lily estuvo de morros un buen rato, pero al final el silencio la abrumó y comenzó a hablar. Me contó que, mientras yo estaba encarcelado en Banquete, había escrito una carta a su familia de McDade para preguntar por su hermana y sus dos hermanos y comunicarles el nacimiento de Emmaline. También había expresado sus dudas, aunque no de forma explícita, sobre qué trato le dispensarían en caso de que decidiera regresar a casa.

—No sabía si tú volverías —me explicó, y de nuevo sentí remordimientos por haberla abandonado, enferma, al cuidado de unos mejicanos, que por suerte habían resultado buenas personas—. En fin —prosiguió—, papá se ha casado con la señora Kennedy; fue ella quien contestó mi carta. Afirmaba que su actitud respecto a mí no se había ablandado, y que papá no hizo comentario alguno cuando le contó que se había convertido en abuelo.

La señora Kennedy era una viuda chismosa y avinagrada que no había tenido hijos propios. No supe qué decir. Por lo que recordaba, era la primera vez que Lily hablaba conmigo de problemas familiares. Solamente estaba enterado, por Shot, de que había preferido a mi hermano a la seguridad de su casa, y que a él le torturaba la idea de haber sido la causa de que Lily hubiera adoptado tan difícil decisión.

—En realidad me da igual que a papá le guste o no —dijo, más para ella que para mí—. Seguiré escribiendo a Dellie y Nathan. Tengo derecho a saber cómo les va porque de hecho los crié yo sola. Y Dane les leerá mis cartas, estoy segura. Aunque ahora también me deteste, él se las leerá.

Se refería a su hermana y sus dos hermanos. Aquella noche la observé junto al fuego mientras escribía con el papel y la pluma que había sacado del baúl. Enviamos las cartas al llegar a Oakville, y, aunque no le pregunté qué les había contado acerca de sus andanzas, sentía curiosidad. No me incumbía en absoluto, desde luego, pero eso me hizo pensar que Lily quizá cavilaba y añoraba parte de su vida anterior igual que yo echaba de menos parte de la mía.

Nos detuvimos en Belle Branch para que Lily lavara la ropa de Emmy en el río. Sacó del carro una tabla y un frasquito de jabón suave de lejía y quitó la mugre de la apestosa ropa a base de golpes. Me pidió en dos ocasiones que le dejara lavar mi camisa azul, pero la única ropa que yo tenía era la que llevaba encima y era reacio a separarme de ella, aunque sólo fuese por un rato.

Me adentré en el bosque con la escopeta y regresé una hora después con dos ardillas para la cena. Había conseguido cazarlas después de aprender que la escopeta tiraba hacia la izquierda; antes había dejado escapar un mapache y un oso hormiguero.

Una vez en New Hope, examiné el mapa con detenimiento. Nos hallábamos a treinta y seis kilómetros de San Antonio y, aunque no me apetecía en absoluto pasar por allí, no veía otra manera de seguir hacia el norte. De momento, habíamos podido descansar por la noche a la intemperie, pero corría ya noviembre y todo hacía pensar que el invierno empezaría antes de que lográsemos llegar a Weatherford. Era el único pueblo importante del condado de Parker que aparecía en mi mapa, de modo que hacia allí nos dirigíamos. Resultaba imposible alcanzar ese pueblo sin atravesar el puñetero centro de San Antonio.

—No entiendo por qué se te ha ocurrido ir a San Antonio —dijo Lily, sentada con una de sus colchas echada por los hombros.

Removí el fuego con un palo.

—Así podré cobrar los jornales que Poe Terry no llegó a pagarme. —Reí entre dientes.

—A mí no me hace ninguna gracia.

—No pretendía hacerte reír.

Lily soltó un bufido, meneó la cabeza y paseó la mirada por la oscuridad. Sus ojos se veían negros a la luz del fuego. Había acostado ya a Em, y me pareció que también ella tenía sueño. Después de cuatro días, el viaje en carro las había agotado a las dos. Incluso yo estaba cansado, y ni siquiera habíamos recorrido una cuarta parte del camino. Unos coyotes aullaron no muy lejos, pero Lily no los oyó.

—¿No podríamos buscar otra ruta? —Parecía disgustada conmigo—. Me da mala espina pasar por San Antonio.

Partí el palo en dos, lo arrojé al fuego y dejé el mapa a su lado para que se cerciorase por sí misma. Lo extendió sobre el suelo, levantando una esquina de modo que la luz de la fogata le permitiera leer con claridad, e inclinó la cabeza para estudiarlo.

—Floresville. —Alzó la cabeza, mirándome esperanzada—. Podríamos dar un rodeo por ahí.

—Y sumar dos o tres días más de viaje...

—Bueno. —Se puso de pie—. ¿Qué importa eso?

Se encaminó hacia el carro sin darme tiempo a contestar, dejando en el suelo el mapa, que por fortuna pude salvar cuando voló hacia el fuego. Mientras estaba doblándolo la vi subir al carro con Em.

¿Estaba preocupada por ella o por mí? ¿Tenía miedo de que alguien descubriera que había matado a un hombre en ese pueblo tres meses atrás, o le espantaba la posibilidad de toparse con otro tipo de Tennessee? Era la primera vez que una mujer se inquietaba por mi bienestar, y esa certeza avivó mis recuerdos. Un escalofrío me recorrió el espinazo.

—Está bien —dije en voz lo bastante alta para que me oyera—. Pasaremos por Floresville y retomaremos nuestra ruta al norte de San Antonio.

Lily no contestó. Ni siquiera percibí movimiento dentro del carro. Yo sabía que no podía haberse dormido aún, pues no había tenido tiempo. Esperé su respuesta. No la obtuve. Sin embargo me parece que me oyó.

14

Desviarnos hasta Floresville representó un retraso de tres días, especialmente porque al norte del pueblo el camino se convertía en una sucesión de baches. Además se trataba de un terreno tan pedregoso que en varias ocasiones hube de apearme para despejar el camino.

En cuanto dejamos atrás New Braunfels, el sendero desapareció por completo. Temí que nos hubiésemos perdido, hasta que acertó a pasar un carretero que nos explicó cómo atravesar las colinas. Nos vendió café, tabaco, un jarabe para los cólicos de Em y un cajón de naranjas de California a cambio de nuestra cabra. Perdía toda la mañana ordeñando al animal, que además daba una leche tan grasosa que se cuajaba en el carro con el continuo traqueteo. Esa noche el carretero acercó su petate para dormir con nosotros, pero los berridos de Emmy lo ahuyentaron antes de que se hubiese acomodado.

Aquellas naranjas eran las más dulces que había probado en mi vida. Comí cuatro aquella noche mientras montaba guardia. Nos encontrábamos en una región indómita, y había oído aullar a un lobo, y el gruñido de un felino se mezcló con el croar de ranas y el ulular de búhos. Tenía la sensación de estar en territorio indio, aunque el gobierno juraba que había erradicado a todos los salvajes de aquellas colinas. Sin embargo los imaginé agazapados en las sombras, o asomando en lo alto del cerro a la luz de la luna. Permanecí sentado y despierto hasta el amanecer, fumando y saboreando aquellas dulces naranjas.

En Spring Branch retomamos el camino de San Antonio, que formaba parte de la ruta de la diligencia que se dirigía a Blanco. Cruzamos sin problemas la garganta del río Guadalupe, aunque tuvimos que pagar al barquero con parte de nuestras mermadas reservas.

A partir de allí, la marcha se tornó lenta y complicada. Las colinas, cada vez más elevadas, pronto se convirtieron en auténticas montañas. Nuestro carro carecía de freno, por lo que cuando teníamos que descender una ladera Lily se apeaba con la niña mientras yo ataba troncos, piedras o lo que fuera a fin de impedir que el carro aplastara a la mula. No recorríamos más que dieciséis kilómetros diarios.

Todo aquel trajín de subir y bajar del carro a cada momento, levantar piedras y troncos pesados y encima sujetar a *Sassy* había acabado conmigo. Me dolían todos los músculos del cuerpo. Por alguna razón, me resultaba imposible recobrar las fuerzas. No recordaba haberme sentido nunca tan débil.

Al llegar a Blanco nos detuvimos en una herrería. El dueño, un alemán de habla desagradable, me vendió una zapata para calzar las ruedas traseras del carro cuando fuésemos cuesta abajo. Me costó setenta y cinco centavos, precio que él consideró justo, pues incluía pernoctar en su patio y utilizar el pozo para lavarnos. En un anexo había unos catres que parecían desprovistos de piojos, e incluso un hornillo con que Lily preparó una comida decente. Una vez bañado y afeitado, y tras haber dormido por una vez bajo techo, me sentí como nuevo.

Dejamos atrás Blanco y el largo valle en que se asentaba el pueblo. Pese a los baches, la pequeña Em se durmió enseguida en el regazo de Lily. El jarabe había empezado a aliviarle los cólicos. *Sassy* acometió animosa la ascensión, y, una vez coronada la cima, la zapata funcionó de maravilla cuesta abajo.

Parecía una buena manera de iniciar el día; todo el mundo de buen humor. Incluso yo me sentía un poco alegre, sabe Dios por qué. Establecerme de labriego en el norte no había sido nunca mi idea del Edén, y sin embargo llegar al condado de Parker para llevar una existencia más o menos ordenada y echar raíces se había convertido en la única motivación de mi vida.

Pensé en Jack —dondequiera que se hallase— y en Azberry —cuyo paradero sí conocía—, y el recuerdo de ambos se dulcificó un poco. Luego me acordé de Shot y sentí alivio por estar haciendo finalmente lo que le había prometido cuando me despedí de él en la cárcel de Bastrop. En silencio, y salvando la distancia que nos separaba, le agradecí que me hubiera pedido que cuidara de Lily y Em, cuya presencia impedía que me metiera en líos.

Sin saber por qué, comencé a cantar una melodía que brotó de repente, impulsada por algún resorte de la memoria. Y no me avergoncé de entonar con mi voz cascada:

Dicen que de este valle quieres marchar.
Tus dulces ojos siempre añoraré.
Si tú no estás, el sol ya no brillará,
el sol que ha iluminado nuestro querer...

Lily quiso acompañarme, pero no conocía la letra. Me pidió que se la enseñara, y también la de otras canciones como *Aura Lee* y *Yellow Rose of Texas*. Disfrutaba aprendiendo. Aquella noche, junto al fuego, insistió en repetirlas hasta que se me secó la garganta.

Aseguró que Marion nunca le había comentado que yo «cantaba tan bien». Al mencionar ella a mi hermano, pensé en qué cara habría puesto si me hubiera visto enseñándole canciones acerca de una puta mulata o una doncella de cabellos dorados. Concluí que sería más conveniente limitarse a *The Red River Valley* y *Dixie's Land*. Debía mentalizarme de que tenía a mi cuidado dos almas inocentes.

Nos azotó la primera nortada a la salida de Lampasas. El clima se tornó húmedo, con vientos fuertes y lluvia, lo que nos retuvo tres días en aquel pueblo. Mientras permanecimos allí, sufrí un nuevo brote de malaria, que por lo visto no se decidía a abandonarme. Estuve dos días como flotando, aturdido y soñando algunas veces.

Un médico me obligó a beber una poción horrible que me provocó un espantoso dolor de cabeza y tanta sed que la lengua se me pegó al velo del paladar. Lily empleó lo que nos quedaba de dinero para pagar al médico. Y viendo que era incapaz de tenerme en pie lo suficiente para buscar un trabajo con que subsistir hasta que llegásemos al condado de Parker, vendió en una tienda del pueblo varias de las prendas confeccionadas a mano que había traído del convento. También me compró una chaqueta, una camisa, pantalones y unos calcetines de lana. Refunfuñé que no podía aceptar su dinero.

—Necesitabas una chaqueta —me atajó—. No

puedes establecerte en el norte sin llevar chaqueta, ¿verdad?

No pude discutir ante tan clara exposición de ideas.

Mientras recorríamos las calles principales en el carro guiado por ella, vi en el escaparate de un almacén una de las colchas que las monjas le habían regalado, y las servilletas de té, obsequio de los Rosales. Me sentí miserable y frágil, pero también experimenté otra sensación mientras me subía el cuello de la chaqueta y hundía las manos en la cálida franela de los bolsillos; no recordaba que me hubieran comprado nunca nada, y menos sacrificando algo propio para hacerlo. Aquello me resultaba desconcertante, y un par de veces miré a Lily a hurtadillas, preguntándome quién cuidaba a quién.

Las noches eran más frescas en el norte. Aunque la nortada había dejado a su paso unos días despejados, fue una suerte que Emmaline no enfermase de dormir al raso.

Después de un par de días de sufrir alucinaciones y estar siempre a punto de desmayarme, la poción del médico comenzó a surtir efecto. Me sentí lo bastante bien para ocuparme de las riendas e incluso fui en busca de un poco de caza para comer. El día de Acción de Gracias cenamos un estofado de mapache a orillas de un arroyo transparente cerca de Granbury. Al anochecer del día siguiente llegamos a Weatherford.

La configuración del terreno me recordó mi hogar, aunque las colinas eran un poco más altas y la tierra más margosa. Tuve la sensación de haber estado antes allí debido a su similitud con mi pueblo natal. Cruzamos arroyos, riachuelos y derrubios; pasamos por hondonadas de nogales y llanos de robles. Al caer la noche, una cortina de niebla se posó sobre los valles.

Era noche de fin de semana, y el pueblo estaba repleto de gente, hombres sobre todo, ya que casi en cada esquina se alzaba una cantina o un salón de baile. El ruedero nos permitió dejar el carro en su patio, que tenía trazas de servir de hotel a las familias que realizaban sus compras en el pueblo. Los más pequeños jugaban al escondite y se encaramaban a los árboles, riendo.

Mientras Lily lavaba la ropa y bañaba a Emmaline en compañía de otras mujeres en un cuarto dispuesto para tal fin en una casa comunitaria, los hombres formaban corro en torno a una fogata.

Se produjo un discreto movimiento cuando me incorporé al grupo. Las llamas iluminaban los rostros de los hombres. Saltaban pavesas que flotaban un momento encima del fuego antes de convertirse en ceniza que el viento nos devolvía después. Me sacudí la que se había depositado sobre la hombrera de la chaqueta que Lily me había comprado. Sonreí a mis vecinos y me presenté.

—¿Alguno de ustedes conoce por casualidad a un tal Jones que tiene un hermano que ejerce de abogado en el condado de Bastrop? —pregunté—. Un tipo que necesita un hombre que le cultive las tierras.

Un murmullo recorrió el corro al tiempo que las cabezas negaban. A mi lado, un individuo vestido con un gastado traje de faena se rascó bajo el sombrero y dijo:

—¿El Jones que vive en Lazy Bend?

—No lo sé —contesté—. Quizá sí.

Intervino otro hombre:

—En Poolville hay unos Jones...

—Ha dicho tierras de cultivos, Amos —atajó el del traje de faena—. Tiene que ser abajo, en el valle grande.

—Creo que Silas Jones ya contrató a uno —conjeturó alguien.

—Tal vez se refiere a Doc Jones, el de Poe Prairie —aventuró un cuarto.

—De cultivo, Matthew. —El del traje de faena y picores en la cabeza se volvió hacia mí—. Viven muchos Jones por aquí, ¿sabe? —Parecía que estaba disculpándose por ello.

—No se me había ocurrido pensar que esta región estaba tan poblada.

Me sentía como un imbécil por haber olvidado preguntar a Wash el nombre de pila de su hermano antes de presentarme en el pueblo.

—La culpa es del ferrocarril No para de llegar gante. Ahora es posible viajar directamente hasta California desde aquí.

Desvió la mirada como si estuviera soñando con California. Era un tipo sencillo, con la cara surcada por arrugas de treinta o cuarenta años de duro trabajo. Su sonrisa, cuando la mostraba, era muy vivaz. Tiritó un poco, pues pese al fuego, hacía verdadero frío. Introdujo la mano en su raída chaqueta y sacó un frasco plateado.

—¿Le apatece un traguito?

Me tendió el frasco, y lo acepté. Sabía a brandy. Me sequé la boca y se lo devolví.

—Muchas gracias.

—¿Viene usted de la zona de Bastrop? —preguntó. Asentí—. Pues no crea que aquí se está mucho mejor. Corren tiempos duros en todas partes.

—Podría ser peor.

—¿Se ha quedado usted sin hogar?

Medité la pregunta, y mi respuesta, acompañada de un gesto de asentimiento, fue tan cierta como la muerte:

—Podría decirse que sí.

Por encima del crepitar de la lumbre y las risas de los niños que jugaban, se oyó la música de un salón de baile cercano. El resto de los hombres habían reanudado sus conversaciones. El que se hallaba a mi lado se guardó el frasco.

—Ese Jones que anda buscando, ¿también es abogado?

Me encogí de hombros y negué con la cabeza, sintiéndome cada vez más estúpido.

El hombre asintió.

—Yo iría a ver a Silas Jones, de Lazy Bend. Es el único Jones que conozco que tiene tierras y es abogado, una profesión que suele heredarse, como el color de los ojos y el pelo. —Sonrió de oreja a oreja—. Vive a este lado de la desmotadora de Brock, en Grindstone Creek. Vaya hacia el sudoeste. Hay buen camino hasta allá. No tiene pérdida.

—La desmotadora de Brock —repetí.

—Y si no hay suerte, siga el camino del arroyo hasta Soda Springs. Pregunte allí cómo ir a casa de Pete Strickland. Ése soy yo. Vivimos sin lujos, pero podrá servirse de todo lo que encuentre en el ahumadero.

—Muchas gracias —dije, y nos estrechamos la mano.

A la mañana siguiente, encontramos a Silas Jones donde Pete Strickland me había indicado. Vivía en una casa de tablas de chilla traslapadas y techumbre de ripias de ciprés, con un amplio balcón alrededor del piso superior. Allí lo hallamos, sentado en una silla de respaldo alto fijada sobre unas ruedas de carreta, como si estuviera tullido y necesitara que alguien le empujara. Cuando detuve a *Sassy* junto a la verja del patio, el hombre se levantó y se acodó en la barandilla para observarme mientras me apeaba del carro. Era alto, de pelo cano. Se apoyó en un bastón con puño en forma de pato.

Me presenté alzando la voz y le pregunté si era el hermano del Wash Jones de Bastrop. Me había aseado y vestía la ropa nueva que Lily me había comprado en Lampasas. Ella permanecía en el carro con su bonita gorra rosa de visera anudada bajo el mentón; Em descansaba en su regazo, envuelta en una manta. Pensé que para alguien que no supiera la verdad, parecíamos una pequeña y honrada familia.

Silas Jones respondió que en efecto era el hermano de Washington Jones, que habitaba en la «municipalidad de Bastrop». Así hablaba el hombre, como un abogado, empleando palabras como «municipalidad» y llamando a Wash «Washington», cuando yo ni siquiera sabía era su verdadero nombre. Miré de reojo a Lily, sonriendo. Había habido suerte, por fin habíamos llegado a nuestro destino. Ella sonrió también, como si hubiera leído mis pensamientos.

—Me envía su hermano —voceé—. Me comentó que usted buscaba un buen hombre que le trabajara las tierras. —Me dispuse a cruzar la verja para no tener que vociferar. De pronto, por un lado de la casa, apareció un montón de perros ladradores que gruñeron desde el otro lado de la estacada. Eran cinco, y ninguno llegaba a medir medio metro; unos chuchos ruidosos.

—Déles con el pie —me aconsejó Silas Jones a voz en grito—. Son inofensivos.

Le obedecí, y los animales echaron a correr espantados. Enseguida se aproximaron de nuevo, ladrando más fuerte que antes. Oí que Silas Jones ordenaba:

—¡Encierra a esas bestias del demonio!

Pensé que alguien más rondaba por allí, pero como no vi a nadie, creí que el hombre se había dirigido a mí. Miré a Lily para averiguar si ella tenía alguna idea de lo que ocurría. Estaba observando a los chuchos, de manera que no reparó en que la miraba.

Por mí habría traspasado la cerca, y al cuerno los ladridos. Después de todo, me había criado entre perros más grandes y peligrosos que aquéllos, pero estaba procurando comportarme con educación y obrar como el buen hombre que yo mismo acababa de afirmar que era.

El disparo me pilló totalmente por sorpresa. Casi se me pusieron los cabellos de punta, y me agazapé rápidamente tras el grueso tronco de un árbol. Actué así por instinto y, por una fracción de segundo, lamenté no haber cogido del carro la vieja escopeta de dos cañones. Cuando asomé la cabeza, Silas Jones sostenía en su débil mano una pistola humeante. Yo ignoraba a qué había apuntado, pero los cinco perros habían salido corriendo entre gañidos. No vi sangre ni pelos por ninguna parte. Oí a Em gimotear.

—Bueno —dijo Jones, entregando la pistola al joven mucano negro que estaba de pie a su lado—. Por fin podremos oír nuestros pensamientos. Llévate esto, Puddin. —Silas Jones apuntó el mentón hacia mí. Lucía una anticuada perilla; una porción de pelillos grises bajo el labio inferior—. Washington ya me ha mandado una persona. Y me temo que su rendimiento es plenamente satisfactorio.

Se me cayó el alma a los pies. No podía ser. Tragué dos grandes bocanadas de aire.

—¿Que Wash ya le ha mandado a alguien?

—Así es. Un joven muy trabajador. Se apellida Stevens.

—¿Stevens? —Me costaba mucho oírle, pues el pistoletazo me había producido un zumbido en los oídos. Me metí el dedo meñique hasta el tímpano—. ¿Dice usted Stevens? ¿No será R.J. Stevens?

—Sí, el mismo.

—¿Bob Stevens está aquí?

—¿Lo conoce?

—Como si fuera mi hermano —contesté.

Me sentí súbitamente contento y, en cierto modo, compensado del hecho de haber viajado hasta tan lejos para nada. Si Bob se hallaba ahí, podría al menos ayudarme a decidir qué podía hacer a continuación.

—¿Dónde está Stevens? —pregunté.

—Vive muy cerca de aquí. Tome ese camino hasta que llegue a un cementerio. La casa se encuentra al otro lado.

Subí al carro de un salto. Lily me pasó las riendas, diciendo:

—¿Robert Stevens, aquí?

No se mostraba, ni mucho menos, tan contenta como yo.

—Lo siento, señor Beatty —voceó Silas Jones.

Apenas le oí, pero me toqué el ala del sombrero antes de arrear a la mula. Los perros, que habían comenzado a ladrar otra vez, nos siguieron a lo largo de la estacada. No cejaron en su alboroto hasta que nos perdieron de vista.

15

Bob Stevens había sido el mejor amigo de Jack desde la infancia. Había actuado como testigo de Jack cuando éste se casó con Estelle, lo que al principio nos disgustó a Az y a mí, pues considerábamos que debería haber elegido a uno de los dos, o incluso a Shot, puesto que éramos sus hermanos de sangre. Pero Bob Stevens siempre había sido muy mañoso para darse aires, emperejilarse a base de bien y pasar por un caballero respetable, y eso era lo que Jack necesitaba para su boda porque Estelle Odom procedía de buena familia, y Jack deseaba impresionar a los padres de la novia. Nos obligó a los tres, a Azberry, a Shot y a mí, a quedarnos en casa mientras él se largaba a Rockdale y se casaba con una Odom.

Bob y yo medíamos aproximadamente lo mismo, pero al ser más delgado parecía mucho más alto. Tenía el rostro hundido, pómulos prominentes, y manos largas y delicadas. Siempre se había preocupado de llevar las uñas aseadas, el negro pelo bien peinado y la cara limpia y afeitada como el culo de un bebé. Quien lo viera por primera vez podía confundirlo con un hombre de negocios, un músico tal vez, por sus largas manos, o incluso un ganadero, pero jamás lo tomaría por un labriego.

Yo tenía prisa por llegar, pero *Sassy* no daba más de sí.

Había visto a Bob por última vez cuando él salía de la cárcel de Bastrop junto con Charlie Goodman, después de que Wash Jones lograra la absolución, de ambos, aunque sospecho que desde un principio casi nadie creyó que ninguno de los dos hubiera disparado la bala que mató a Willie Griffin. De hecho ni siquiera estaban en la calle cuando Willie apareció. Bob y Charlie pusieron pies en polvorosa en cuanto se inició el tiroteo.

Durante un tiempo había estado muy resentido con los dos por haberme abandonado cuando el señor Milton y Tom Bishop trataban de llenarme el cuerpo de plomo, como habían hecho con mis hermanos. También había guardado rencor a Shot por no habernos acompañado al pueblo aquel día. Pero lo pasado, pasado está, y de nada servía atormentarse. Golpeé con las riendas la grupa de *Sassy* y la urgí a alargar el trote.

El camino descendía ligeramente, como delataba cada crujido del carro. Nos hallábamos en el valle del río Brazos, donde abundaban las tierras de cultivo, básicamente de avena, y algo de trigo. En torno a las casas había pequeños huertos vallados para protegerlos de los cerdos que iban sueltos. A punto estuvimos de atropellar a unos cuantos que hozaban en mitad del camino. *Sassy* levantó la cabeza espantada, pero las anteojeras impidieron que escapase con el carro detrás. Mientras tanto, los puercos se perdieron en la arboleda que bordeaba el camino.

Llegamos al cementerio que Silas Jones había mencionado y de inmediato divisamos la casa, que se alzaba en lo alto de un risco. Estaba construida con troncos partidos y constaba de un porche y dos corrales adosados a ambos lados. La casa era vieja, pero pulcra, con malvarrosas bajo las ventanas y una parra que se enroscaba en un varaseto en forma de abanico. Un cercado de madera rodeaba el patio, donde media docena de pollas rojas picoteaba el suelo.

—¿Crees que será ésta? —pregunté sorprendido, pues no me parecía un sitio muy apropiado para Bob; demasiado hogareño, para empezar. Y no imaginaba a Bob Stevens criando gallinas, a menos que hubiera cambiado por completo. No se veía un alma por ninguna parte.

—Allí. —Lily me dio un codazo y señaló en dirección opuesta a donde yo estaba mirando, hacia el llano que descendía hasta el río.

Desde luego, era Bob quien estaba allá, a lo lejos, dando tajos a un enorme tocón. Lo adiviné por su porte, por la espalda erguida. A su lado había un caballo y una cadena. Observé cómo dejaba el hacha y arreaba al animal para arrancar la cepa. Se trataba de un caballo de tiro muy peludo, un percherón o un belga.

Silbé tan fuerte como pude, agitando el sombrero. Aquello llamó la atención a Em, cuyos azules ojos se abrieron como platos bajo su gorrita, a pesar de que el sol brillaba con intensidad. Me incliné para acariciarla. Cuando levanté la vista, Bob avanzaba ya hacia nosotros sujetándose el sombrero con la mano para no perderlo en la carrera. Había dejado el caballo encadenado al tocón.

Me puse de pie, y Lily tomó las riendas.

—¡Baja de ahí, hijo de puta! —vociferó Bob. Llevaba puestos unos pantalones tejanos, toscos zapatos de faena y el sombrero muy calado. Parecía un labriego, sano y feliz, propenso a la risa.

Salté del carro y me hice daño en la pierna. Siempre me olvidaba de ella hasta que ya era tarde. Me encaminé cojeando hacia él y le tendí la mano, pero él me abrazó como los osos y me dio palmadas en la espalda entre carcajadas. De hecho ambos reímos a carcajadas.

—Pensaba que veía visiones —dijo Bob, jadeando tras la carrera—. ¿Cómo te va, bandido?

—Me has robado el empleo —respondí—. Wash Jones me comentó que su hermano necesitaba un buen hombre que le echara una mano, y aquí me tienes. No sabía que te encontraría aquí.

—A mí me dijo lo mismo.

Me sentí un poco molesto al comprender que Wash Jones no había utilizado la expresión «buen hombre» en el sentido que yo había interpretado, pero decidí no concederle mayor importancia. Bob me estrechaba la mano al tiempo que me palmeaba la espalda. Yo estaba tan contento de verlo que hasta me sentí un poco avergonzado.

—¿Cuánto tiempo llevas aquí? —pregunté.

—Desde el verano. Tengo dos hectáreas de avena. —Señaló hacia el campo verde que se extendía más allá de su caballo encadenado al tocón—. Plantaré ocho de maíz y diez de algodón para la primavera que viene.

Eché un vistazo al terreno.

—¿Veinte hectáreas? ¿Y cómo vas a cuidar tanta tierra tú solo?

—Echándole huevos al asunto. —Me sonrió y escupió al suelo un delgado chorro marrón. Yo ignoraba que mascase tabaco. A Bob le pegaba más frotarse rapé en las encías, y con la delicadeza de una mujer. Se pasó el dorso de la mano por la comisura de los labios—. En total hay cuarenta y siete hectáreas. Estaba planteándome comprárselas, si todo me sale bien y él está dispuesto a vender. Posee tierras por todo el valle.

—¿Tú, metido a agricultor? —Meneé la cabeza.

—¿Y a qué pensabas dedicarte tú aquí? ¿A buscar oro?

Reí. Todo aquello no acababa de encajar, ni para él ni para mí. Estaba seguro de una cosa: Bob iba a necesitar mucha ayuda.

Em lanzó un gritito, y Bob levantó la cabeza como si acabara de reparar en ellas, que permanecían en el carro.

—¿Te acuerdas de Lily? —pregunté. Se quitó el sombrero para saludarla y me miró con expresión de desagrado—. Shot me pidió que cuidara de ella y de la... mientras cumple su... ¿Sabías que le cayeron dos años?

—Me enteré por el viejo Wash —contestó Bob—. Me lo contó después de que le telegrafiara para que me dijera dónde podía localizarte.

—¿Por qué querías localizarme? ¿Ibas a preguntarme si me apetecía ir a medias? —Miré en derredor con una punzada de desilusión. Habría sido perfecto para Lily y para Em; para todos nosotros—. Desengancharemos a la mula y luego te ayudaré con ese tocón.

Alargué el brazo para coger a Em, que se agarró a mi camisa con sus pequeñas manos.

—Ve hacia la casa —dije a Lily, que chasqueó las riendas, contenta al parecer de hacer algo de provecho.

Bob y yo caminamos detrás del carro. Notaba el calor de Em en mi cuello. Bob comentó algo sobre el pelo de la pequeña, que crecía de punta como un anaranjado cepillo de escoba. Mencionó que había salido a Shot. Después se mantuvo extrañamente callado mientras nos dirigíamos hacia su casa. Sin embargo, apenas concedí importancia a su silencio en aquel momento.

Al llegar al pie de la colina eché una ojeada a sus caballos. Allí estaba el tordo que había usado los últimos años; se llamaba *Luther*, como el hombre a quien se lo había comprado. Dos yeguas castañas se aproximaron a la cerca, seguidas de *Dash*, el semental de Jack. Era inconfundible. Aquel caballo no se parecía a ningún otro; era casi negro del todo, a excepción de los pelillos del mentón y una franja marrón que tenía en ambos muslos. Era un caballo terriblemente hermoso, y grande. Lo habría reconocido en cualquier parte.

—Ése es *Dash* —dije a Bob.

Aprecié que se le encendían las mejillas pese a que tenía la piel tostada por el sol.

—Lo he estado guardando para ti —repuso.

—¿Cómo te hiciste con él?

—Eso iba a contarte...

Se oyó un portazo y luego una voz que exclamó:

—¡Lily!

Cuando me di cuenta, Estelle se hallaba ya junto al carro.

Me sorprendió verla allí. Mientras observaba cómo ella y Lily se abrazaban, pensé que yo no estaba al corriente de que fuesen tan buenas amigas. Entonces Estelle y Lily, cogidas del brazo, se encaminaron hacia mí. Al ver a su madre, Emmaline se rebulló en mis brazos.

—Iba a contarte... —repitió Bob y se interrumpió. Parecía incapaz de continuar.

Lo miré. Bob tenía un tic en el párpado.

—¿Contarme qué? —pregunté.

—Oh. —Estelle se acercó a Emmy—. Es preciosa. —Me arrebató a la niña de los brazos y se puso de puntillas para rozarme la cara con un beso—. Hola, Haywood. ¿Te has visto bien? Estás más flaco que un alambre.

Tenía el pelo casi negro, los ojos verdes y unas mejillas de melocotón. Era muy guapa. Jack no se habría conformado con menos. Lucía un vestido azul claro con cuello de encaje blanco; nada de luto. Su delantal tenía bordadas unas flores de color rosa pálido, y su embarazo estaba más que avanzado.

Dirigí una rápida mirada a Lily, que frunció el entrecejo. Luego posé un instante la vista en la risueña cara de Estelle antes de volverme hacia Bob.

—¡Serás cabrón! —espeté, y di la espalda a los tres.

—¡Haywood! ¡Espera! —exclamó Estelle.

Continué andando hacia la cerca donde se hallaba *Dash*, cuya cabeza asomaba por encima de la baranda superior. Oí que Bob ordenaba a Estelle que llevara a Lily y la niña a la casa.

Dash se abrió paso entre las yeguas como si me hubiera reconocido. Siempre había sido muy listo. Cuando llegué a donde estaba, me metió el hocico en la axila, captó mi olor y posó los belfos en mi sombrero. Le acaricié el testuz, y él me permitió tocarlo unos segundos hasta que se separó de mí, más interesado por la hierba que crecía junto a la estaca.

Observé cómo pacía y meneaba la cola, y recordé a Jack con la silla de montar al hombro, ajustando la cincha, cabalgando a *Dash*. Pude verlos trotar por la colina, Jack con el sombrero negro sobre su rubio cabello y el chaleco con ribetes que gustaba de lucir ante las mujeres, alto y erguido sobre su imponente caballo...

—Intenté enviarte un telegrama —dijo Bob a mi espalda—. Wash me escribió para comunicarme que ya te habías marchado. Yo quería decírtelo.

—¿Decirme qué? ¿Que has estado tirándote a la mujer de mi hermano?

Se abalanzó sobre mí, y me pilló desprevenido. *Dash* se encabritó y se alejó de la cerca contra la cual Bob me había inmovilizado. El sombrero se me cayó hacia el hombro. El barbuquejo lo sostuvo allí, pero también estaba estrangulándome.

—Escucha, maldita sea —mascculló Bob en mi oreja—. Estelle es ahora mi esposa, y no permito que hables así de ella.

Le hinqué el codo en las costillas. Bob gruñó y me liberó. Me di la vuelta y le propiné un derechazo en la mandíbula. Con ello sólo conseguí enfurecerlo más. Arremetió de nuevo contra mí atizándome un puñetazo en la parte superior del pómulo que me lanzó contra la cerca. Bob estaba más fuerte que la última vez que habíamos peleado.

—¡Basta! ¡Basta de una vez! ¡Parad ya! —Estelle se interpuso entre los dos—. ¡Robert! —Lo empujó hacia atrás y luego se encaró conmigo—. ¡Vergüenza debería darte, Haywood!

—Es un asunto entre Bob y yo —dije, con la vista fija en mi contrincante.

—¿Crees que a Jack le gustaría ver cómo os estáis portando? —dijo ella.

—¿Acaso te importa?

Yo no quería ni oírla pronunciar su nombre. Estelle retrocedió como si la hubiera abofeteado.

—¿Cómo te atreves a decirme eso? Tú sabes cuánto amaba a Jack.

—Pues no se nota. Se diría que te has olvidado de él con muchísima facilidad.

—Espera un momento. —Bob hizo ademán de acercarse. Estelle le puso la mano en el pecho, y él se detuvo. Enseguida me percaté de quién llevaba allí los pantalones.

—Estoy segura —afirmó ella— de que a Jack le habría gustado que rehiciese mi vida.

—Si crees eso, no lo conocías muy bien. —Miré más allá de sus temblorosos labios—. Lily, sube al carro.

—Ni hablar. Ella se queda —replicó Estelle—. ¿No te das cuenta de que está harta de que las arrastres por esos mundos de Dios?

—Lily. —Achiqué los ojos. Notaba que el izquierdo se me estaba hinchando—. Vámonos.

—¡No! Ella se queda aquí. —Estelle miró a Lily—. Insisto en que te quedes. Tenemos una habitación de sobra.

Lily se acercó lentamente a Estelle, dando palmaditas a Em en la espalda al tiempo que la mecía para tranquilizarla.

—Gracias, Estelle, eres muy amable. —Alargó el brazo para estrechar unos instantes la mano de su amiga. Luego se aproximó a mí—. ¿Podemos hablar a solas un momento?

Apreté las mandíbulas y le reproché:

—Conque ahora te vuelves contra mí.

—Sólo quiero hablar un momento contigo, Haywood.

Aparté la vista de ella y la posé en Bob, que se frotaba la barbilla, donde había recibido el puñetazo. Bajó la mano enseguida y se irguió cuan alto le había hecho Dios.

—Me llevo a *Dash* —anuncié.

—Ya te he dicho que lo guardaba para ti.

—¿Dónde está su silla?

Estelle lanzó una exclamación y echó a correr hacia la casa con la falda recogida. Bob la siguió con la mirada.

—En el establo —murmuró, y partió tras ella. La alcanzó en el cercado y le abrió la puerta de la verja para que pasase primero.

Miré a Lily.

—¿No vienes conmigo? —pregunté con tono acusador.

—¿Adónde piensas ir?

—Lejos de aquí.

Bajó la vista. La pequeña Em parloteaba flojito en su hombro.

—Estelle tiene razón, Haywood; estoy cansada de viajar, y Emmy también. Necesitamos establecernos donde sea. Y ya que Estelle está aquí... —Miró hacia la casa, donde la pareja ya había entrado—. Me gustaría disfrutar de la compañía de otra mujer. Y ella también necesitará a alguien.

—Estupendo. —Escupí la palabra y me encaminé hacia el establo. Oí sus pasos detrás de mí. Seguí andando hasta la puerta del establo. Al volverme, Lily dio un salto—. Shot opinará lo mismo que yo de todo esto. Lo sabes, ¿verdad? A él no le gustará que te quedes con esos dos.

—Tal vez no opine lo mismo. Quizá pensará que Estelle es muy joven y guapa para permanecer viuda demasiado tiempo y que ha sido una suerte que Robert Stevens se haya casado con ella en lugar de un desconocido.

—Dudo de que piense así. Conozco a mi hermano. Shot considerará a Bob un traidor, como yo. Si quieres quedarte con esta gente, no puedo impedírtelo, pero no trates de hacerme cambiar de opinión sobre ellos.

Entré en el establo. Tuve que acostumbrar mis ojos a la oscuridad. El izquierdo comenzaba a cerrarse pero logré distinguir la silla de Jack echada sobre una baranda. Tenía el cuero muy gastado, y unas manchas oscuras en el asiento y el faldón. Aquellas manchas eran de mi propia sangre; sangre de las heridas que me habían producido Milton y Bishop. Y fue Lily quien me había salvado al pasar a lomos del caballo de Jack, junto a la zanja donde me ocultaba. Deslicé la mano sobre el cuero y me volví a mirar a Lily, preguntándome si se acordaría de que aquel día habíamos montado los dos juntos en esa misma silla.

—¿Adónde irás? —repitió.

—Todavía no lo sé.

—Entonces decídelo mañana, ¿eh? Reflexiona un poco antes de partir. —Esbozó una sonrisa—. Hazlo por Emmy, para que no se inquiete. Se ha encariñado contigo, con... su tío Woody.

También yo sonreí un poco, y acaricié los suaves mechones de la niña. Tenía la sensación de que algo me pinchaba por dentro. No deseaba marcharme sin ellas. Nunca había sospechado que pudiera echarse de menos a alguien antes incluso de partir.

—Creo que no puedo culparte porque prefieras quedarte aquí. Por Em. Pero tampoco puedo deshonrar a Jack de esta manera.

—¿Me harás saber al menos dónde estás en cuanto llegues? No te olvides de comunicármelo.

—De acuerdo, no lo olvidaré. Pero ¿por qué?

—Porque... —Vaciló, como si ella misma desconociera la respuesta—. Bueno, somos familia. ¿No te parece que deberíamos saber el uno del otro?

Me encogí de hombros y asentí.

Lily me puso la mano en el brazo y, antes de que

mi cerebro registrara sus acciones, antes de que yo pudiera apartarme, acercó su mejilla a la mía y susurró:

—Buena suerte.

Me quedé sin aliento ante su proximidad. Enseguida salió del establo y me dejó allí plantado, asfixiándome.

Si no me afectaban en absoluto un abrazo o un beso de Estelle —y no por el hecho de que hubiera traicionado la memoria de Jack; que me diera un abrazo nunca había representado un problema con anterioridad—, entonces ¿por qué era distinto con Lily? Ella también era mi cuñada y tenía todo el derecho, si así lo deseaba, de darme un abrazo o juntar su mejilla a la mía. Sin embargo, mientras me tocaba la cara allí donde la suya se había posado, mientras me dirigía a la puerta del establo para verla llevar a Em hacia la casa, mientras me fijaba en el suave balanceo de sus posaderas al caminar, supe que sería mejor no permitir que aquello se repitiera.

16

Dash había sido siempre un poco bandido. Le daba por cabecear y corcovear cuando lo montabas por primera vez. Jack solía decir que tenía carácter, pero yo creo que era pura terquedad. Me aferré a él rápidamente, sabiendo que el pataleo acabaría enseguida, y él se portaría con la dulzura de un niño de pecho. No me defraudó en un sentido ni en otro. Cuando se hubo calmado, noté que se despeaba como nunca le había sucedido. Bob le había dejado trotar sin herraduras. Así pues, nuestra primera parada fue en la herrería que yo había visto al llegar a Brock.

Más tarde pensaría que la suerte o el destino me habían detenido allí, pero lo cierto es que no me apetecía abandonar aquella región. Parecía el sitio apropiado para mí. Y si, después de todo, tenía que cumplir mi palabra y velar por la familia de Shot, lo mejor era no alejarse mucho.

La herrería estaba cerrada, pues el hombre que la regentaba, un tal Joseph Kelley, había muerto hacía poco de un cáncer de estómago. Sus herramientas, la forja, el yunque, incluso su mandil de piel y sus guantes, estaban aún en la tienda. Curiosamente el propietario del edificio era Silas Jones, como me explicó Riley Davis, que dirigía el comercio contiguo y era asimismo arrendatario de Jones.

Como comenzaba a atardecer, decidí visitar al señor Jones para pedirle que me permitiera utilizar el local el tiempo suficiente para forjar unas herraduras para *Dash*, confiando en que además me dejase pernoctar en el solar que había en la parte posterior.

Al viejo Silas se le ocurrió una idea; si yo podía herrar mi propio caballo, qué caramba, también sería capaz de ocuparme de la herrería. Aunque mi intención había sido otra, acepté la propuesta, ya que gracias a aquel trabajo iba a estar a menos de once kilómetros de Lily y la pequeña Emmaline. Además, no sabía adónde ir.

Silas me adelantó el alquiler de dos meses y me abrió un crédito en la tienda contigua, de su propiedad. Se refería a ella como «su tienda», aun cuando Riley Davis compraba y pagaba todas las mercancías almacenadas en los estantes con el producto de sus propias ganancias. Así pensaba Silas Jones. Llamaba «su pueblo» a todo el poblado de Brock, y si bien era dueño de buena parte del mismo, supongo que Henry Brock, cuyo apellido daba nombre al pueblo y que poseía la desmotadora y el molino harinero de Grindstone Creek, no se habría mostrado conforme con las pretensiones de Silas.

El rótulo que coronaba la tienda —mi tienda— rezaba simplemente «FORJA», aunque en realidad yo sólo sabía herrar caballos, y aún me quedaba mucho por aprender. Por suerte para mí, el difunto Kelley había sido un individuo muy ordenado. Varias docenas de herraduras ya atarragadas colgaban de unos clavos en las paredes negras de hollín, y debajo de ellas, escrito con tiza, se leía el nombre del propietario del caballo a que pertenecían. Eso me facilitó la tarea y me ahorró tiempo, pues adaptar el hierro a la pezuña del animal era lo que costaba mayor esfuerzo.

Mis aposentos se encontraban en un anexo de la parte posterior, un cobertizo repleto de avisperos y telarañas. Había allí un catre provisto de un jergón que Kelley había utilizado durante su enfermedad, o tal vez cuando el exceso de láudano le había hecho perder la razón. El catre estaba cubierto por un edredón oscuro confeccionado con monos y pantalones de lana viejos pero intactos, de forma que en la oscuridad de la noche uno creía ver tendido allí a un hombre con apariencia de cadáver.

Detrás del cobertizo, construí con madera del aserradero de Brock, una casilla para *Dash*. En la pared que separaba mi alojamiento del suyo, practiqué un agujero que tapé con una tabla desplazable que me permitía echar una ojeada al caballo sin salir de mi habitación. No podía descansar tranquilo sabiendo que tenía una buena montura. Coloqué además un estante para la escopeta encima del catre.

Liam Brannon, socio de Henry Brock en la desmotadora, quería a *Dash* para crianza con vistas a un negocio de caballos que había organizado. Le dije:

—Si me paga, se lo alquilo como semental para sus yeguas, pero no está en venta.

Riley Davis, que tenía debilidad por las carreras que cada sábado se celebraban en una pista situada a un kilómetro y medio de Weatherford, me ofreció cien dólares por *Dash*. Tuve que repetir:

—No está en venta.

Finalmente opté por colgar un letrero en la

puerta principal que rezaba: «No se venden caballos», en letra bien clara para todo aquel que viera a *Dash* pacer en el solar posterior. Si hubiera estado dispuesto a venderlo, habría obtenido por lo menos unos buenos doscientos dólares.

Corrió el rumor de que un forastero se ocupaba de la herrería de Brock, y no tardaron en aparecer personas de todo el valle, unos con bestias para herrar y otros con el único deseo de averiguar qué clase de tipo era yo. Me invitaron a la iglesia, un baile de granero y una pelea de gallos, todo el mismo día. No asistí a ninguna de las tres celebraciones.

Un tal Coop Mullholland se presentó un día para poner a prueba mi temple con un par de bueyes que había que herrar. Debí haberme negado, puesto que no disponía de potros donde sujetarlos mientras trabajaba. En cambio, como un idiota impaciente por lucirme, mordí el anzuelo y perdí media tarde bragando con las bestias mientras Mullholland me contemplaba divertido desde el almacén de Davis.

Finalmente, a punto de enloquecer al intentar atar uno de aquellos bueyes desabridos a un pequeño roble negro, aticé al animal en la base de las astas con un martillo de puntas. Mullholland salió rápidamente del almacén y comenzó a insultarme, pero luego me echó una mano, al igual que Riley Davis y otros tres clientes suyos. Entre todos terminamos el trabajo arrinconando a los bueyes entre dos ruedas de carro. Después de aquello juré, lo bastante alto para que a Coop Mullholland le quedara bien claro, que renunciaba a herrar bueyes.

Pete Strickland me visitó una fría y lluviosa mañana, poco antes de Navidad. Portaba su botellita de brandy y un periódico de Galveston que leímos sentados. La noticia principal era la próxima investidura como presidente de Grover Cleveland. Como era el primer demócrata que tomaba posesión del cargo en veinte años, todo el mundo confiaba en que acabaría con la depresión que asolaba Texas y aumentaría los precios del algodón y el ganado al nivel que habían alcanzado en los años setenta.

Pete dijo que lamentaba que yo hubiera perdido a mi esposa y mi hija, y deduje que alguien se había ido de la lengua en el vecindario.

—Era la mujer de mi hermano y su hija —corregí—. Él me encargó que cuidara de ellas durante su ausencia. Ahora viven en otro sitio.

Procuré no parecer desilusionado. Pete exclamó:

—Oh.

Antes de marcharse me invitó a cenar en su casa por Nochebuena. Yo temía la llegada de esa fecha, que coincidía con el primer aniversario de la muerte de Jack y Az. Contesté que lo pensaría y, cuando se hubo ido, claveteé su periódico en la pared de mi cama para tapar unas grietas porque se colaba el frío.

Bob dio conmigo o, más probablemente, se enteró por alguien de mi paradero. Me encargó que arreglara una cadena a la que se le había desprendido un eslabón. Permaneció fuera, fumando un puro, mientras yo soldaba la cadena, que podría haberse utilizado fácilmente, pues la rotura estaba en un extremo. Así pues, Bob había acudido en realidad para demostrarme que sabía donde estaba yo.

—¿Cuánto te debo? —preguntó cuando le entregué el eslabón reparado.

—Es gratis.

—¿Cuánto?

—Ya me has oído.

Bob frunció aún más el entrecejo, y ambos nos miramos fijamente a los ojos como si estuviéramos jugando a ver quién desviaba primero la vista. Perdió él.

—¿Por qué tienes que ser tan cabezota? —me reprochó.

—¿Has venido a buscar pelea otra vez? Ahora no hay mujeres que puedan impedirlo.

Volvió la cabeza hacia la puerta. Estaba abierta de par en par, de modo que nuestro aliento formaba vaho pese al calor que despedía la forja.

—No —contestó—. He venido para decirte que Lily quiere verte.

—¿Para qué?

—Qué sé yo. Para enterarse de qué tal te va.

—Sabe conducir un carro. Si es eso lo que quiere, que venga ella misma.

—Maldita sea, Haywood. —Exhaló un gran soplo de aire—. Intenté dar contigo para explicarte lo de Estelle. También quería decírselo a Shot, pero ella dio su consentimiento antes de que pudiera avisaros, de manera que me casé. No creí que te lo tomaras tan mal.

Volví a la fragua, cogí las tenazas y las metí en la pileta para que se enfriaran. Amontoné el carbón con el atizador y luego lo humedecí con agua de mi cantimplora. Bob se acercó, y su sombra se proyectó sobre mí. Por lo visto no tenía intención de marcharse.

—Hasta Jack sabía que me gustaba Estelle —dijo—. Siempre me fastidiaba con eso. Seguramente recordarás cómo se jactaba de haberla conocido primero. Si lo piensas un poco, no debería sorprenderte que me haya casado con ella.

Me restregué las manos en el mandil que llevaba puesto. Joseph Kelley había sido un individuo muy fornido, y yo casi podía darme dos vueltas a la cintura con su delantal.

—¿Qué te pasa, Bob? ¿Tienes mala conciencia? Sabes que Jack te mataría si estuviera vivo.

Asintió con la cabeza y compuso una sonrisa, o más bien una mueca.

—Ése es el quid de la cuestión —replicó—. Él no está vivo.

—No, desde luego. —Sumergí también el atizador en la pileta—. Y no gracias a ti.

—¿Qué insinúas? —Se aproximó aún más—. Dime qué has querido decir.

Lo miré un momento, vi cómo le hervía la sangre.

—Ya lo sabes.

Se produjo un silencio tan denso que hubiera podido pintarse de rojo. Ambos permanecimos inmóviles durante más de medio minuto.

—¿Qué esperabas que hiciera? —preguntó al fin, hablando pausadamente—. Fui a McDade desarmado, igual que Jack. ¿Querías que parara los pies a Tom Bishop en mangas de camisa, cuando él tenía una pistola?

—Tal vez; cualquier cosa menos ir a por el caballo y salir huyendo; menos largarse como quien lleva un gato montés mordiéndole el culo.

Me miró con dureza, hinchadas las aletas de la nariz, hundidas las manos en los bolsillos de su chaqueta. No me habría extrañado que hubiera sacado una pistola en aquel momento y me hubiera volado la tapa de los sesos. No hay muchos hombres que aguanten que se les acuse de cobardes.

—Eso te habrá amargado todo este tiempo, ¿verdad? —dijo.

—Supongo que sí.

Se humedeció los labios y puso cara de haber visto un fantasma. Había perdido el coraje. Su boca se torció hacia abajo, sus ojos se enturbiaron.

—Jack y Az ya habían caído cuando me fui —explicó—. El señor Milton salió con su escopeta y comenzó a dispararme. Tuve miedo, Haywood. Desde luego, no me siento orgulloso de ello.

Se me hizo un nudo en la garganta. Incapaz de hablar, asentí con al cabeza, cogí de nuevo el atizador y me incliné sobre la fragua, dejando espacio al fuego para que respirara. Notaba su presencia detrás de mí, notaba su mirada perforándome como una lanza.

Bob permaneció unos momentos más observándome, o mirando algo, tal vez sus propios fantasmas. Luego recogió su cadena y se encaminó hacia la puerta. No nos dijimos adiós.

Al oír que se alejaba en su caballo, me senté en el banco de madera, junto a la pared. Tenía la sensación de haberme quedado sin resuello y con muy mal sabor de boca. Claro que tuvo miedo. Demonios, también lo tuve yo. Y quién no, con una escopeta que disparaba a quemarropa. Aunque en cierto modo comprendía que hubiera huido aquel día, acababa de hacerlo marchar con el rabo entre las piernas.

Un montón de recuerdos acudieron a mi mente: Bob con catorce años, flaco, pecoso y desnudo como una habichuela, columpiándose en la cuerda que había sobre nuestra alberca; los dos haciendo carreras con nuestros perros en el arroyo, mi perro contra el de un chico que me había intimidado durante todo el verano, y Bob en la otra orilla con un pedazo de tocino para hacer que ganara el mío. Recordé a él y Jack con sus cañas de pescar y los gusanos de cebo, hablando sobre los misterios de la mujer. Había aprendido todo cuando sabía, o creía saber, de ellos dos. Y ahora, uno había muerto, y el otro se había convertido en mi enemigo. En cierta forma, me parecía una injusticia, pero no veía el modo de arreglarlo. Bob no debería haberse casado con Estelle tan pronto, cuando los restos de Jack apenas se habían enfriado bajo tierra.

Al día siguiente se presentó Lily en el carro, sola. Me desilusionó que no trajera a Em. Entró a pasitos cortos en el taller mientras yo fabricaba unas estacas para el viejo Silas, quien me encargaba toda clase de trabajos adicionales a cambio del alquiler.

Lily estaba muy guapa con aquel vestido que yo nunca había visto; uno de color café, con cuello rígido y alto. Debía de haber pertenecido a Estelle. Me pareció que su figura había mejorado un poco, y entonces me fijé en que llevaba corsé. Procuré no mostrarme demasiado contento. En cambio ella actuó como si también se alegrara de verme.

Lo primero que hizo fue curiosear en mis aposentos.

—Un poco de limpieza no les vendría mal —observó—. ¿Pasas frío?

—¿Frío? Qué va.

Señalé la fragua. Casi siempre estaba en funcionamiento.

—Bueno... —Apoyando las manos en las caderas, echó un vistazo alrededor. Yo no podía dejar de pensar en cómo realzaba la estrechez de su talle aquel vestido. Llevaba el cabello recogido hacia arriba, con bucles, como una chica de cuidado. Pendientes de perla adornaban sus orejas—. Este negocio parece bastante lucrativo. —Incluso empezaba a hablar como Estelle, empleando palabrejas como «lucrativo». Percibí un perfume a agua de lilas por encima del penetrante olor a hierro al rojo vivo.

—Lo sería —dije— si conociera un poco mejor el oficio. La gente me encarga trabajos que no puedo realizar.

—Supongo que la mejor manera de aprender es dedicarse por completo a la faena y averiguar cómo se las apaña uno.

Reí. Su mera presencia me producía vértigo; una clase de vértigo muy edificante. No me había dado cuenta de cuánto la echaba de menos, ni de lo a gusto que me sentía en su compañía.

—Sí, es probable. El antiguo propietario dejó un libro. Las páginas están ennegrecidas, pero cada noche leo un trocito antes de acostarme.

—Conque te has convertido en un hombre de letras. —Enarcó una ceja. Estaba coqueteando conmigo. Seguro. ¿Coqueteando?

—Sólo quiero aprender —murmuré.

—Ven a cenar con nosotros en Navidad —soltó Lily de golpe. Exhalé el aire que ignoraba haber estado aguantando. Eso era más propio de ella; expresar abiertamente lo que le pasaba por la mente. No se le daba mucho mejor que a mí hablar de banalidades—. Ya es hora de que hagáis las paces tú y... Supongo que no debería decírtelo, pero Bob está tan alicaído que apenas puede trabajar. Y en cuanto a Estelle...

—Tengo otros planes.

Me miró pestañeando, sorprendida, vacilante.

—¿Qué clase de planes?

—Pete Strickland. ¿Te acuerdas de él, en Weatherford? Me invitó a cenar en su casa el día de Navidad.

Parecía decepcionada. Noté cierto cosquilleo al advertir que una sombra de tristeza cruzaba su rostro.

—¿Has escrito a Marion? —preguntó—. Sé que le encantaría tener noticias tuyas.

Y allí estaba, entre ella y yo. Me sobresalté al oír pronunciar su nombre. Eso me recordó, por si lo había olvidado, quién era ella. Negué con la cabeza, tanto para contestar su pregunta como para espantar los renacuajos de la sesera.

—Escríbele tú por mí. Las cartas no son mi fuerte.

—Ya lo he hecho. Debe de haber recibido media docena de cartas mías. Pero no he obtenido respuesta. No sé si debería empezar a preocuparme.

—Ya escribirá. Si hubiera algún problema, Wash Jones nos habría informado.

Dedicó unos segundos a reflexionar sobre ello. Luego la sonrisa afloró de nuevo a sus labios.

—Entonces ¿vendrás pasado el día de Navidad? Emmy se pondrá muy contenta.

Comprendí que Lily no aceptaría un no por respuesta.

—Bueno, ya veremos —repliqué.

La acompañé hasta el carro y la ayudé a subir. La mula *Sassy* parecía más agotada que nunca. Observé cómo se alejaban por el camino de Lazy Bend, hacia la casa de Bob.

Aquella noche soñé con ella. Lily estaba amamantando a Em, y yo retiraba la manta para mirar, deslizando un dedo por el cuello y la suave piel hasta el punto donde la boca de la pequeña estaba prendida. Lily me miraba con sus grandes ojos acuosos, y entonces yo le levantaba las faldas. Estaba descalza, sin medias. Le acaricié el blanco tobillo...

Desperté bañado en sudor en medio de la cama húmeda y pegajosa. Maldije en voz alta mientras me levantaba para lavarme. ¿Qué diantres me ocurría? Mi mente estaba jugándome una mala pasada, convirtiéndome en una persona obscena.

Lo que necesitaba era una puta, una simpática ramera que aliviara mi calentura. Había transcurrido demasiado tiempo desde la última vez, nada más, y por eso tenía sueños que convenía evitar. Me prometí que preguntaría a alguien, el primero que tuviese cara de saber la respuesta, dónde podía encontrar un buen burdel, limpio y agradable.

Descorrí la tabla que comunicaba mi habitación con la casilla de *Dash* y le hablé un rato, tratando de serenarme para conciliar el sueño otra vez. El caballo permaneció repantigado en su rincón y ni siquiera alzó las orejas al oír mi voz. La cosa funcionó. En mitad de un bostezo decidí regresar al catre, y momentos después, me dormí. Y que me zurzan si no reanudé aquel sueño exactamente donde lo había dejado un rato antes.

17

La casa de Pete Strickland no era muy distinta a la de Bob; también se alzaba en lo alto de un risco con vistas a unas tierras sembradas de avena. El edificio era un poquito más grande y nuevo, y por todas partes corrían niños chillando.

Pete se acercó para saludarme, diciendo que se sentían muy satisfechos de que hubiera aceptado su invitación. Alice, su esposa, una mujer menuda y rechoncha, apareció detrás de él. Me cogió la chaqueta y enseguida me ofreció una taza de sidra que habría tenido mejor acogida en un día más fresco. Luego llamaron a uno de los chicos mayores para que llevara a *Dash* al corral.

En su casa se alojaba una chica llamada Ruth que cocinaba y cuidaba de los críos. Me lanzó una mirada incitante al verme. Yo no sabía si se trataba de una pariente de la familia o simplemente de una expósita. Debía de tener diecisiete años, y estaba claro que Pete y Alice habrían invitado a todo un harén de haber sido ése mi deseo.

El problema era que Ruth no me atraía. Estaba de buen ver, eso sí; ojos de liebre, pelo castaño, no demasiado flaca. ¿Qué podía decirle uno a una muchacha así? Yo no había aprendido ese arte como había hecho Jack, e incluso Shot.

Después de una gran cena a base de pavo asado relleno de salchichas, pan de centeno, batatas, grosellas estofadas y pastel de viburnos negros, Pete y yo salimos a fumar al porche delantero. Tomamos un poco de brandy y hablamos de ganado. Pete, como yo, anhelaba convertirse en ranchero; de hecho, diez novillos ingleses engordaban en sus pastos. Me comentó que pensaba venderlos al llegar la primavera.

—Ahora resulta demasiado caro hacerlos invernar en el establo —dijo—. Tendré suerte si no pierdo con la venta.

Mientras Pete me hablaba, noté que se me cerraban los ojos, no sé si porque había bebido más brandy de la cuenta o porque me había atiborrado demasiado en la cena. Oí que mi anfitrión decía a Alice que preparara una cama en el henil. Me desperté para decir:

—No, he de volver a casa.

En realidad, no podía llamar «casa» a aquel cobertizo con el catre y los nidos que las avispas solitarias construían en las grietas.

—Tonterías —replicó Alice, y se encaminó hacia el establo cargada de ropa para preparar la cama.

De noche ya, los chavales se sentaron en el suelo de la sala de estar para cantar villancicos. Eran once en total, de diversas edades, y me asombró que una mujer tan menuda como Alice hubiera podido dar a luz tantos varones. No tenían árbol, pero sobre los vanos de las puertas y los bastidores de las ventanas colgaban ramas de laurel y cedro ensartadas. Me ofrecieron un poco más de sidra y encendieron velas. Ruth permanecía en un rincón, sonriéndome de vez en cuando.

Pete recitó una oración navideña; era la primera

vez en mi vida que oía rezar sin estar sentado ante una mesa repleta de comida. Dio gracias a Dios por sus magros placeres, por cada uno de los miembros de su familia, que enumeró, y por Ruth y por mí. Nadie me había incluido nunca en sus oraciones. Cuando terminó, no supe qué decir. Musité un «amén» con todos los demás, y la palabra me sonó extraña en la boca.

Fue un día perfecto para mí. Conseguí olvidarme de Jack, Az y la Navidad anterior. Cuando todo el mundo se hubo acostado, Pete y yo tomamos la última copita de brandy en el porche. Quería asegurarse, comentó, de que dormía a pierna suelta en su henil.

El establo era muy sólido, con cimientos de roca y techo de roble. Pete sostuvo un fanal en alto mientras yo subía por la escalera, cuyos travesaños estaban desgastados por el uso.

—Si necesitas algo, da una voz, ¿entendido? —dijo, y enganchó el fanal a una polea para subirlo.

El suelo del henil era más blando que mi jergón, y el heno acumulaba el calor aun con el escotillón abierto, que dejaba pasar la tenue luz de la luna. Enseguida me di cuenta de que habría tenido que beber más brandy. No bien hube apagado el fanal, empecé a oír el correteo de los ratones y el ruido de las gallinas al aposentarme en los ponederos.

Me pregunté qué habrían hecho Lily y Em ese día. Luego me permití pensar también en Bob y Estelle, y en el bebé que esperaban. Una vez más lamenté haberle reprochado que huyera y haberle acusado casi de matar a Jack y Az. Bob había huido por miedo, pero había tenido la nobleza de admitirlo. También él había resultado herido aquel día, en el brazo, de modo que conocía la mordedura de las balas tan bien como yo. Me pregunté si le dolería todavía como a mí la pierna, que refrescaba la memoria y mantenía vivo el recuerdo de mis seres queridos.

Los crujidos del establo se tornaron más fuertes. Contuve la respiración y agucé el oído; alguien estaba subiendo por la escalera del henil. Levanté la cabeza a la espera, atento bajo la luz de la luna.

—Hola —saludó Ruth con voz opaca y ronca. Me percaté de que apenas la había oído hablar en todo el día—. ¿Estás dormido?

—No.

Se arrodilló èn mi jergón. Sólo llevaba puesto el camisón.

—Yo tampoco —dijo.

Rió un poco. Me pareció que hablaba demasiado alto, y le puse un dedo en los labios.

—¿Qué haces aquí?

Asomó la lengua y me rozó la muñeca con ella al mismo tiempo que me apretaba el muslo con fuerza. Como sólo vestía mis calzones largos, fue casi como si me tocara la piel desnuda. La atraje hacia mí, y ya no hablamos más.

No era tímida en la oscuridad, ni virgen tampoco; se balanceaba encima de mí como una india joven. Tuve que taparle la boca con la mano para que no despertara con sus gemidos a Pete, a quien supuse no le habría gustado verme hacer algo distinto que comer, fumar y beber su brandy. Era la cosa más extraña que me había sucedido nunca; como si Ruth fuera uno de aquellos sueños perversos que yo fabricaba para aplacar mi sed de lujuria.

—¿Cuándo volverás? —preguntó después, mientras se separaba de mí.

—No estoy seguro.

Necesitaba dormir, descansar. Me dolía el vientre por el mucho brandy que había bebido.

—La señora Strickland guisará un cerdo entero para Año Nuevo. Y tienen unos boniatos a punto en el huerto. ¿Por qué no vienes entonces?

No acepté ni rechacé su invitación. La luna se había elevado en el cielo, y su luz apenas penetraba en el establo. Casi no pude distinguir sus formas cuando se puso el camisón.

Permanecí tumbado un buen rato después de que ella se hubiera marchado hasta que reuní el vigor suficiente para subirme los calzones.

No me apresuré a acudir a casa de Bob al día siguiente como había dicho a Lily que tal vez haría. Tras los revolcones con Ruth en el henil, me habría resultado un tanto extraño ver a Lily y Em tan pronto, y no porque considerase que me había comportado de forma indecente. Habría repetido la experiencia sin dudarlo.

Lo que me ocurría era que no me apetecía ver a gente tan allegada a mí como Lily y Em, o Bob y Estelle. Ruth era la primera mujer con quien me acostaba sin pagar por ello, y eso me dio pie para reflexionar. Pensaba que debería haber sentido algo más que ganas de retozar con ella otra vez y lo antes posible. Me preocupaba un poco que no hubiera surgido nada más, como si mi corazón fuera tan minúsculo que no cupiese en él amor por nadie.

Por eso me sorprendió tanto que Estelle me dijera aquellas palabras cuando me acerqué a su hogar dos días después. Al verme llegar, corrió por el patio de entrada y cruzó la verja del cercado para saludarme.

—Si vienes con paz y amor en tu corazón, adelante —me dijo—. Si no, puedes volverte por donde has venido.

Continué colina arriba, sin desmontar.

—Quiero ver a Emmaline, mi sobrina.

Guardaba en mi alforja una muñeca que le había comprado en el almacén de Riley Davis, la única que le quedaba. Era una muñeca de paja con cara de rufián ojeroso, pero no había querido presentarme con las manos vacías.

—Pues has escogido un mal momento —replicó Estelle, andando a mi lado—. Está durmiendo.

Me disponía a preguntar dónde se encontraba Lily, cuando la vi doblar la esquina de la casa. Llevaba el cabello recogido en la nuca con un pañuelo. Al fijarme mejor, advertí que se trataba de la misma pañoleta que yo le había entregado durante el viaje de San Antonio a San Patricio. Sentí cierta agitación interior al observar que lucía una prenda mía. Entonces me maldije en silencio por haberme permitido ese o cualquier otro sentimiento.

Lily llevaba un canasto de colada apoyado en la cadera. Protegiéndose los ojos del sol con la mano libre, me saludó. Estaba sonriendo, o tal vez sólo entrecerraba los ojos al fulgor de la mañana. Me gustó verla vestida con sencillez, en lugar de emperifollada como aquel día que me visitó en el taller.

Me apeé y comencé a tirar de *Dash* por la cuerda.

—No puedes dejarlo suelto dentro del cercado —dijo Estelle, señalando el patio de caballos. Parecía resignada a que me quedara—. Saca primero a la vaca. Nunca se han llevado muy bien.

Al otro lado de la cerca, junto a *Sassy*, el tordo de Bob y las trotonas castañas que había visto anteriormente, pacía una vaca lechera de mirada circunspecta que parecía proceder de alguna raza holandesa. Se alejó bamboleando las ubres cuando traté de llevarla hacia el patio de la granja. Finalmente opté por agarrar a su ternero y estirarlo de la oreja, con lo cual conseguí que la vaca me siguiera.

Conduje a *Dash* al cercado, y enseguida arremetió contra *Sassy*, arrinconándola en una esquina. Evidentemente, tampoco le gustaban las mulas. *Sassy* permaneció en el rincón, y al poco rato *Dash* se olvidó de ella para intentar montar a una de las zainas. En ese mismo instante apareció Lily. Me ruboricé al verla, debido quizá al descarado comportamiento de *Dash* con la renuente yegua.

—Has venido —dijo—. Pensaba que no lo harías.

Dejé mi silla de montar sobre la cerca y saqué la muñeca de la alforja.

—Esto es para Em. Estelle me ha dicho que está durmiendo.

—Puedes quedarte hasta que despierte, ¿no? —Cogió la muñeca y frotó con un dedo su pelo de paja—. Recibí una carta de Marion que quiero que leas. Le han ofrecido un trabajo fuera; por eso había estado tanto tiempo sin escribir. No le llegaban mis cartas.

—¿Le han ofrecido un trabajo?

—Sí. Le han arrendado como esclavo a un rico colono de Rosenberg que no soporta que nadie escriba cartas ni nada parecido. Marion se ha dedicado a cortar caña de azúcar como si fuera un peón de color.

No sabía qué decir. A mí no me parecía tan mal. Al menos estaría al aire libre, viendo el cielo, en lugar de encerrado en un calabozo.

Nos dirigimos a la casa y nos sentamos en el porche trasero. Lily me leyó la carta, pasando por alto la parte sentimental. Sin embargo se le escapó una frase y se ruborizó; Shot explicaba que se pasaba las noches despierto recordando su rostro, que apareciía en su mente con la claridad de una estrella cristalina.

¿Por qué no podía yo fabricar frases como aquélla?, me pregunté, viendo cómo se le encendían las mejillas. Jamás se me habría ocurrido asociar estrellas con caras, no señor. Advertí que a Lily le encantaba que Shot le escribiera aquellas cosas tan tontas. Si así se jugaba a eso del enamoramiento, yo nunca conseguiría aprender las reglas.

Mi llegada había interrumpido sus quehaceres; Estelle estaba cosiendo, y Lily tenía ropa que tender. Como Em continuaba dormida, decidí echar un vistazo a la casa, lo que no había tenido oportunidad de hacer en mi anterior visita.

La edificación era antigua pero sólida. Un canalón recorría el tejado hasta desembocar en una cisterna situada junto al porche trasero, donde de una cuerda colgaba un cubo que servía para sacar el agua. Había una bodega, un hórreo de maíz a punto de desmoronarse y, detrás del retrete, un cobertizo para carruajes con un bonito *buggy*[1] de dos caballos, lo que explicaba la presencia de las dos trotonas zainas con que *Dash* se había encariñado.

Me dirigía al establo para husmear a gusto, cuando divisé a Bob en el sembrado que se extendía al otro lado del camino. Lo había visto al llegar y estaba más que seguro de que sabía que yo estaba allí, pero ni él se había acercado a saludarme, ni yo me había preocupado por buscarlo.

Bob estaba aún desbrozando el campo, arrancando en esos momentos cepas de cedro. Había gradado ya casi la mitad del suelo, y todavía le quedaba

1. Carruaje ligero de cuatro ruedas y un solo asiento. *(N. del T.)*

un buen trecho lleno de tocones. Yo no sabía que fuera capaz de trabajar con tanto ahínco. ¿Acaso el amor hacia una mujer y el niño que crecía en su seno podía cambiar tanto a un hombre?

Eché a andar por el camino principal en dirección al campo donde Bob bregaba con un enorme tocón que no se dejaba arrancar. Se había quedado ya en camiseta y, cuando llegué, hizo una pausa para enjugarse el sudor que le chorreaba del sombrero. Me miró, la cara contraída por el cansancio, el calor y el sol radiante.

—Parece mentira que estemos casi en enero —dije, tanteando el terreno. Bob asintió con la cabeza, con los ojos entornados. Desconfiaba de mí, supongo. Señalé el tocón con un gesto—. Papá solía quemarlos practicando un agujero en el centro y vertiendo en él un poco de parafina. Al cabo de quince días, las raíces se habían soltado.

Me observó un segundo más.

—El vecino de más abajo me aconsejó que usase dinamita.

Reprimí la risa.

—Por qué no.

—Estoy dispuesto a probarlo todo.

—Es lógico.

Recogió la cadena del arnés de su caballo de tiro para reanudar la faena.

—¿Te echo una mano?

Me miró otra vez, de arriba abajo, calibrando mis intenciones.

—Haz palanca ahí.

Me puse manos a la obra. Hinqué el azadón bajo la cepa y, cuando Bob hizo avanzar al caballo, me apoyé con todo el peso de mi cuerpo. Tras repetir varias veces la operación, conseguimos desarraigar el tocón. Bob lo arrastró hasta el lindero del campo y lo dejó junto a los que había arrancado ya. Allá abajo, el conjunto de raíces a la intemperie formaba un bonito cercado.

Me quedé toda la tarde trabajando con él, pues aunque sabía que mi sitio estaba en la herrería, me pareció justo ayudar a Bob. La faena, el calor, y el sudor y los progresos que habíamos logrado al trabajar juntos, fundieron el hielo que había entre nosotros. Dolorido y con calambres en la espalda, le acompañé a la casa, donde nos lavamos con agua de la cisterna.

Insistieron en que me quedara a cenar un estofado que no podían haber cocinado otras manos que las de Lily. También creí reconocer su factura en la torta de maíz. Estelle trajo a Em para sentarla en mi regazo, pero la niña se mostró irritable, pues estaba echando los dientes, según comentó Lily, y no permaneció quieta mucho rato. Tuve la impresión de que había crecido muchísimo en cuatro semanas.

Después de cenar, Estelle leyó en voz alta un fragmento de un libro titulado *La isla del tesoro*. En mitad de la lectura, Bob exclamó:

—¿Es que no sabe que es el de la pata de palo?
—Se refería a John Silver, el pirata.

A pesar de que había asistido a la escuela en McDade, Bob apenas sabía leer. Yo ignoraba si Estelle estaba al corriente, aunque probablemente así era. Parecía encantada de leer para su esposo, tanto como él de escucharla, y ahuecaba la voz para imitar la de los piratas amotinados o la alzaba para dar vida al joven Jim Hawkins. Hasta la pequeña Em se calmó oyendo la voz de Estelle y finalmente quedó dormida en brazos de Lily.

En el hogar, los troncos de cedro despedían

humo, rezumaban savia y lanzaban llamas amarillas entre chisporroteos. El reloj de la repisa, propiedad de Estelle —yo lo había visto antes en la casa que ella compartía con Jack—, sonaba con un tictac perezoso y constante. No me apetecía en absoluto regresar a mi inhóspita habitación. Fue una sensación muy agradable, reconfortante, la que experimenté en aquella casa, rodeado de gente a la que conocía y me conocía.

Y deseé ocupar el sitio de Em en el regazo de Lily, aunque sólo fuera una hora, el tiempo suficiente para curarme de aquella nueva enfermedad que me roía por dentro y llenaba mis días y mis noches de fantasías. Me preguntaba por qué hasta entonces no había apreciado la belleza de alguien que, muchos años atrás, me había parecido una chica flacucha, de pelos tiesos y con unos ojos negros que se le salían de la cara.

No olvidaba yo que era la mujer de mi hermano. Permitirse el menor sentimiento representaba un peligro. Sin embargo, emanaba de ella un aire tan suave, agradable y relajante que no podía evitar mirarla. Como en esos momentos, sentada en la mecedora, con Em en brazos, rozando la arena del piso con las suelas de sus zapatos, absorta, como Bob, en la lectura de Estelle. Sentí ganas de coger sus cabellos y sepultar en ellos mi cara, o de deslizar mis nudillos por detrás del terciopelo de su lóbulo.

Era incapaz de traducir en palabras los pensamientos que me inspiraba. Ni siquiera lo intentaba. Procuraba no pensar en Lily en absoluto, lo que cada vez me resultaba más difícil. Santo Dios, ¡era la mujer de mi hermano!

18

No acudí a casa de los Strickland en Nochevieja. Olvidé su invitación, y también a Ruth, quien, por lo que a mí concernía, ya había hecho cuanto esperaba de ella. Fui, en cambio, a echar una mano a Bob en el campo, y más tarde, a escuchar un fragmento más de *La isla del tesoro*. De hecho, había tomado por costumbre recorrer todos los días los más de nueve kilómetros que me separaban de Lazy Bend. Ya no soportaba quedarme solo en la herrería, como si una comezón me royera por dentro. Así pues, trabajé hasta mediodía, colgué en la puerta un letrero que rezaba «CERRADO» y partí después de haber ensillado a *Dash*.

Bob se mostraba contento de contar con mi ayuda. A los pocos días ya nos gastábamos bromas como en los viejos tiempos. Incluso estuve a punto de contarle lo del tipo de Tennessee, ansioso como estaba de quitarme aquel peso de encima. Sabía además que si alguien lo comprendería, ése era Bob. Pero recordé que Lily no deseaba que Shot se enterase, de modo que supuse que tampoco le gustaría que Bob lo supiera. Y como para explicar lo del asesinato, necesitaba contarle lo de la violación, opté por mantener el secreto.

Aunque no hablaba nunca de ello, Estelle parecía no guardarme rencor alguno por haberme portado como un asno el primer día. Creo que ella comprendía que se debió a la conmoción que sentí al verla con Bob y que yo necesitaba tiempo para aceptar su relación y, el hecho de que ninguno de los dos había tenido la menor intención de mancillar la memoria de Jack.

Em se alegraba al verme. Empezaba a patalear y gorjear tan pronto me reconocía. Le gustaba que la llevara sobre los hombros, aferrada a mi cuello con sus piernas regordetas. Luego me palmeaba la cabeza con las manos, se metía mi pelo en la boca, me lo baboseaba. No me habría gustado ni una pizca más si se hubiera tratado de mi propia hija.

En cuanto a Lily, no sé qué pensaba al verme tan a menudo por allí. Parecía aceptarlo como si yo fuera un mueble más de la casa. Solamente en una ocasión aludió a mi continua presencia. Fue a mediados de enero, una mañana en que el suelo apareció cubierto por una ligera nevada.

Yo había llegado temprano para ayudar a Bob a preparar el establo, bajar grandes cantidades de heno, partir leña y amontonarla en el corral de los perros.

—Hace un frío del demonio —dijo Bob mientras nos quitábamos el hielo de las botas a pisotones, antes de entrar en la casa para calentarnos junto al hornillo.

Lily me encontró en la cocina y me indicó con una seña que fuera a la despensa, donde se almacenaban sacos de harina, grano molido y café.

—Espero que no estés trabajando tanto para mantenernos a Emmy y a mí —dijo en voz baja para que no la oyeran los otros.

Estar con ella en aquel sitio tan estrecho me hizo estremecer. Necesité de toda mi fuerza de voluntad para no meterle mano.

—No.

—Porque yo ya me gano la vida a mi manera —prosiguió—. Preparo la comida y me ocupo de la colada. Estelle no sabe ni jota de las labores domésticas. No quiero que te sientas obligado a trabajar por mí.

—No —repetí, meneando la cabeza, reprimiendo la risa—. Desde luego que no.

Se inclinó y me apuntó con su nariz.

—¿Quién te lava la ropa?

Retrocedí, nervioso ante su cercanía. Sospecho que era consciente del efecto que su proximidad me producía.

—Nadie —contesté.

—Lo creo. Empiezas a apestar, ¿sabes? La próxima vez que vengas, trae tu ropa; la lavaré junto con la de los demás.

Pasó junto a mí, sin rozarme, y entró de nuevo en la cocina.

En mi siguiente visita llevé conmigo la ropa sucia. Aquel día disfruté pensando que mi pantalón, mi camisa y mi ropa interior se remojaban en la tina de agua hirviendo junto con los vestidos de Lily y sus prendas más íntimas: corpiños, cubrecorsés y unas bragas en forma de campana que vi después en el tendedero.

Creo que para entonces me había vuelto ya absolutamente bobo. Culpé al frío de ello, pues como era de más al sur, no estaba habituado a la nieve y los carámbanos que pendían de los tejados. Supuse que, al igual que se me entumecían las manos y la cara cada mañana cuando cabalgaba los casi diez kilómetros hasta la casa de Bob, también mi cerebro podía resentirse; tal vez la malaria aún me tenía preso en sus garras. Fuera cual fuese la causa, la presencia de Lily me provocaba algo más que un pequeño hormigueo.

Silas Jones puso punto final a mis excursiones a Lazy Bend cuando ordenó a Puddin, su chico de color, que pegara en la puerta de la herrería una demanda de pago, advirtiendo así que ya era hora de apoquinar el alquiler de febrero. Le debía diez dólares y, después de saldar la deuda, me quedé casi sin un centavo. Y aún debía liquidar la cuenta que había ido acumulando en la tienda de Riley Davis. Por muy solo que me sintiera, no me quedaba más remedio que dedicarme a mi trabajo.

Pronto empezó la época de arar, y todos los agricultores del valle se apresuraron a encargarme que herrara a sus bestias, forjara de nuevo las rejas de sus arados, o soldara alguna punta nueva. Yo estaba siempre muy atareado y aprendí muchas cosas gracias a algunos de los veteranos que solían tomar posesión del taller y realizar ellos mismos el trabajo para ahorrarse dinero. Joseph Kelley había sido un tipo muy complaciente, y era evidente que nunca le quitó el sueño la idea de amasar una fortuna. La gente esperaba de mí que me comportara de la misma manera, y yo no me quejaba.

Emprendí viaje a Weatherford para conseguir chatarra y carbón. De regreso, una vez cruzada la sierra de Patrick Creek, el polvo flotaba sobre los campos como una bruma. En ese momento juré que algún día conseguiría un pedazo de aquella tierra, aunque la compra agotara todos mis ahorros. Por alguna razón que no acertaba a comprender, aquel valle me atraía de un modo especial.

Estelle me sorprendió presentándose en mi taller el último día de febrero con la excusa de que necesitaba que afilara sus tijeras. Me pareció un pedido poco común, pues sabía que Bob guardaba una rueda de amolar en el granero. Acepté el encargo y comencé a trabajar. Eran tijeras de costura, no de la mejor calidad, y un tornillo suelto rozaba las hojas.

—Las he usado mucho confeccionando ropa para el bebé —dijo, poniéndose la mano en el vientre.

Me había percatado ya de que ella no tenía reparo alguno en mencionar su embarazo, a diferencia de otras mujeres que, aun con la tripa bien abultada no querían que nadie pronunciase una palabra sobre el futuro acontecimiento.

Mientras la muela chirriaba, Estelle se dirigió a la trastienda y se asomó a mi habitación como había hecho Lily. Luego abrió la puerta que comunicaba con el patio de los caballos y la cerró de inmediato al ver que *Dash* parecía querer reunirse con nosotros. Al animal le gustaba escuchar, y permaneció junto a la puerta como si estuviera espiando. No había muchos caballos tan listos como el viejo *Dash*. A veces tenía la impresión de que en cualquier momento empezaría a hablar.

Me disponía a pulir las tijeras con el esmeril, cuando Estelle se acercó a mí.

—¿Asistirás al baile de esta noche? —preguntó con cierta insolencia. Por su tono deduje que tramaba algo.

—¿Qué baile? —dije, levantando la vista.

Su boca dibujó una línea recta y firme.

—Suponía que estarías enterado. —Se animó y me miró fijamente a los ojos, lo que demostraba que ésa era la verdadera razón de su visita—. Los Fairaday, que viven en Sandy Holloe, organizan un baile cada sábado desde hace tres semanas.

—No los conozco.

—Han abierto un almacén allí. Bueno, no importa. Todo el valle ha sido invitado. Puedes venir con nosotros.

—¿Cuándo?, ¿esta noche?

—Sí, y ni se te ocurra negarte, Haywood. Ya sabes cuánto le gustan las fiestas a Robert. Lily debería llevar acompañante. Sé que se muere de ganas, pero no estaría bien que acudiera sola siendo una mujer casada. He pensado que si tú vas... Oh, Haywood, dime que sí. Ella necesita divertirse un poco.

Empecé a pensar a toda prisa.

—¿Te envía Lily para que me lo pidas?

—No, por Dios. He esperado a que estuviera hasta los codos de harina para anunciar que me iba al pueblo. Pensaba decir a Lily que *tú* me lo has comentado.

Le entregué las tijeras afiladas y noté que me ruborizaba.

—¿Y te parece bien, en cambio, que yo le pida a una mujer casada que sea mi pareja en un baile?

Me miró ceñuda; dos pequeños hoyuelos aparecieron encima de sus cejas. Supuse que se sentía recelosa. Luego dijo muy despacio:

—Eres su cuñado. Creo que esto te convierte en el acompañante más decente que pueda tener.

Me enderecé; tenía la sensación de que acababan de regañarme.

—No tengo ropa adecuada para asistir a un baile —dije.

Ella sonrió, y los recelos desaparecieron.

—Te juro, Haywood, que pareces una vieja solterona.

Dio media vuelta y salió del taller a toda prisa. No tuve tiempo ni de reaccionar. Por lo visto Estelle desistía con demasiada facilidad. Me habían entrado ganas de ir y me proponía hacerlo, porque si alguien necesitaba divertirse un poco, ése era yo, por más rígido que me hubiera vuelto mi trabajo. Además, no tenía ningún inconveniente en acompañar a Lily. Tan sólo esperaba que Estelle me rogara un poco más, para no mostrarme demasiado ansioso ante el acontecimiento.

Di dos vacilantes pasos hacia la puerta, confiando en que Estelle no se hubiera alejado demasiado. De pronto regresó tan rápido como se había marchado y, en lugar de las tijeras recién afiladas, sostenía en las manos un montón de ropa pulcramente doblada.

—Quería darte esto... —Agitó ante mí unos pantalones, y enseguida reconocí el traje de boda de Jack y su camisa blanca de pechera almidonada—. Puede arreglarse para que te quede bien, Haywood, si te decides a aceptarlo...

Yo creía que Jack había sido enterrado con aquel traje. Cogí la camisa y la sostuve en alto. No recordaba que Jack hubiera sido tan fornido, ni tan ancho de espaldas.

—Aquí tienes las ligas para las mangas. He tenido todo esto guardado en un baúl, y estaba enmoheciéndose. Creo que alguien debería sacarle algún provecho antes de que la polilla acabe con todo.

Tomé la ropa y pregunté:

—¿Qué más cosas suyas piensas regalar?

Como si de pronto sintiera frío, cruzó sus brazos sobre el pecho.

—Te lo regalo a *ti*, Haywood, no a cualquiera. Me ha resultado difícil saber a qué atenerme con respecto a ti. Sé cuánto le admirabas, y pensé que tal vez te gustaría tener... —Se tocó la falda, y sus enaguas crepitaron. Húmedos y brillantes, sus ojos no dejaban de contemplar las ropas de Jack—. Recuerdo el día en que lo vi con este traje. Jack era todo lo que una chica podía anhelar en su corazón. —Me miró con expresión inquieta—. Yo lo amaba, ¿me crees?

—Sé qué sentía él por ti.

—Si pudiera cambiar las cosas, lo haría. Si pudiera hacerle volver... Robert ha supuesto un gran consuelo para mí. Y no me pide nada a cambio. —Se le quebró la voz.

Observé las prendas que descansaban en mis brazos; la corbata larga de seda negra y nudo corredizo manchada aún del sudor de Jack, las ligas de raso fláccidas en mis manos. Me sorprendió descubrir que Estelle se había presentado sola, no para que le afilara las tijeras, ni para entregarme el traje de Jack ni para invitarme al baile, sino para pedirme que comprendiera por qué se había casado tan rápido con Bob. Sin lugar a dudas aquello había estado devorándole las entrañas.

Su rostro expresaba temor y esperanza a la vez. Tomé aire y pregunté:

—¿La gente de por aquí se arregla tanto para acudir a un baile?

Estelle rió tapándose la boca con la mano, con cierta frivolidad. Una lágrima le corrió por la mejilla, y enseguida se la enjugó, con tal rapidez que por un momento dudé de que la hubiera visto caer.

—Quizá habrá que cepillar un poco los pantalones —dijo, otra vez animada—. Tienes que probártelos para ver si hay que meter el dobladillo. He traído mi costura, por si acaso. Te cortaré el pelo ya que estoy aquí.

—No necesito cortarme el pelo.

—Claro que sí, Haywood. El azul de tus ojos es precioso, pero las chicas no pueden verlo porque siempre llevas el sombrero calado, o el flequillo peinado hacia adelante.

Me sonrojé.

—Estelle...

—Es la verdad. Creo que un hombre tan robusto como tú no tendrá problemas para encontrar una chica.

—Yo no busco chica.

—Vaya, ¿por qué no?

—Porque no. Venga, ve a buscar tu cesta de costura.

Me dedicó una gran sonrisa y dejó de criticarme. Había conseguido lo que quería de mí; no mi bendición, pero casi.

Me puse los pantalones y la dejé trabajar con los alfileres. Yo era unos cinco centímetros más bajo que Jack, de modo que Estelle tardó un poco en concluir su tarea. Mientras ella cosía, me ocupé de un cliente que me pidió que curvase una varilla para una rueda. Luego colgué el cartel de «CERRADO» y permití que me cortara el pelo.

Aquella noche, bañado, afeitado, y acicalado y vestido con el traje de Jack, me eché un vistazo en el espejo que había detrás de la puerta de mi habitación. El cristal necesitaba un buen azogado, de ahí que la cara se viera un poco rara, como desvaída. De todas formas, era mi imagen lo que reflejaba; yo, el mismo de siempre, aunque limpio y con el cabello recién recortado.

Me acerqué un poco más al espejo y me miré a los ojos. Eran azules; siempre lo habían sido, como los de Azberry, como los de mi madre, creo. A ninguno de los dos les había servido de mucho, y a mí tampoco. Los ojos sólo eran ojos, y servían para ver y nada más. Encontrar en ellos algo romántico era cuestión de mujeres.

Con todo, mientras me dirigía a la parte posterior para ensillar a *Dash*, no pude evitar torturarme pensando por qué una cosa resultaba atractiva para una persona y para otra no. ¿Por qué tenía que ser todo tan misterioso? ¿Por qué eran tan extrañas las mujeres? ¿Y por qué bastaba tan poco —un atisbo de encaje, un perfume a lilas— para enturbiar la mente de un hombre?

19

Aquellos bailes servían de señuelo para atraer clientela al nuevo almacén de piensos, semillas y mercancías en general del señor Fairaday, quien confiaba en que, dando coba a todos los agricultores del valle con bebida, música y un poco de fiesta, los animaría a efectuar allí sus compras durante la estación de la siembra.

Los carteles que colgaban por doquier indicaban que Fairaday tenía en existencia toda clase de semillas de algodón y también maíz, en saco o a granel, o en mazorca para engordar cerdos. Para las señoras disponía de semillas de jardín, flores y hortalizas. «¡ÁRBOLES FRUTALES DE LUISIANA! ¡LOS MEJORES FERTILIZANTES DEL MERCADO! ¡PIENSO PARA AVES DE CORRAL!», proclamaban los carteles para todo el que supiera leer. Pero había uno, no tan grande como el resto, que representaba su perdición. Rezaba: «SÓLO AL CONTADO».

Meses más tarde, la gente bautizaría el almacén de Fairaday como «la tienda de sólo al contado», y en general acudía a comprar cuando no le quedaba otro remedio. Sin embargo, aquella noche, en el salón de baile, nadie parecía percatarse de aquel pequeño letrero. Los asistentes sólo pensaban en divertirse, hacer los honores a la comida gratuita, bailar y vaciar uno tras otro todos los barriles de cerveza.

Tocaba una banda de cuerda con su cantante y animador. Tardé un rato en reconocer allí arriba a Pete Strickland, que voceaba las figuras de baile:

—¡Los pies al centro! ¡La espalda en la pared! ¡Masca tu tabaco y empieza otra vez!

Como cabía esperar, poco después vi a Ruth bailando en el corro con un tipo que vestía una elegante levita marrón de doble botonadura con cuello y puños de terciopelo negro y llevaba anudada al cuello una cinta de rayas rojas y blancas. Les di la espalda para evitar que me vieran, aun cuando sabía que no conseguiría esquivarla durante toda la noche.

Habían acomodado a los bebés sobre unos jergones debajo de una hilera de mesas arrimadas a la pared. Una mujer que fumaba en pipa cuidaba de ellos. Mientras Lily y Estelle se ocupaban de Em, Bob y yo fuimos a llenar de cerveza nuestros vasos en el pequeño barril que había junto a la puerta abierta del salón. Después de haber pasado un rato allí dentro, el fresco del exterior nos sentó bien a los dos.

Bob no parecía haberse fijado en que yo llevaba puesto el traje de Jack. Había dejado en casa el chaleco y la corbata de lazo y, dado el calor que hacía dentro del salón, me alegraba de haberlo hecho. En cambio Bob se había emperejilado: chaleco de raso azul y corbatín a juego, pelo engominado peinado hacia atrás y un rastro de agua de rosas.

Escupió un chorro de rapé al suelo y luego se metió en el cuerpo medio vaso de cerveza de un solo y ruidoso trago. Desde ese momento y hasta que terminó la noche, su rostro no expresaba otra cosa que satisfacción. Enseguida comprendí que tendría que ser yo quien se encargase de llevar a Em y las señoras sanas y salvas a su casa.

De todas formas, yo había decidido no emborracharme aquella noche, pues Lily estaba allí mirándome, incluso bailando conmigo, con la melena suelta cubriéndole la espalda, resplandeciente como el pelo de un alazán. Lucía sobre los hombros un chal con adornos de encaje, y debajo un vestido rosa, desechado por Estelle, con la cintura sisada y la bastilla recogida, pues incluso cuando Estelle no estaba preñada, Lily abultaba la mitad que ella.

Ninguno de los dos conocíamos demasiado bien los pasos de baile. Lily se reía cada vez que nos equivocábamos, divirtiéndose como Estelle había asegurado que necesitaba. Le brillaban los ojos de contento, y su forma de mirar me produjo tales palpitaciones que temí que el corazón se me saliera del pecho.

Hicimos las rondas, cambiamos de pareja, entrelazamos nuestras manos. Pese a lo mucho que Lily trabajaba en casa de Bob y Estelle, su piel poseía la suavidad de la seda. Yo estaba tan sonriente que hasta me dolían los carrillos.

Como era inevitable, Ruth se acercó a mí contoneándose para permanecer a mi lado sólo un instante, mientras Pete clamaba que siguiéramos la ronda. Poco después, quedamos trabados en un paso de baile. Ruth se ruborizó, agachó la cabeza y murmuró:

—Me alegro mucho de verte.

No me dio tiempo a responder, aunque de todos modos no tenía nada que decir. Había comprendido mi error de aquella Nochebuena, cuando sucumbí a la llamada de la carne ante las propias narices de

Pete, abusando de su confianza cuando él sólo me había ofrecido su amistad. Yo no conocía al hombre de la elegante levita marrón, pero le deseaba lo mejor. El problema estribaba en que la maldita Ruth pestañeaba coquetamente cada vez que me miraba, como había hecho por Navidad en la cocina de los Strickland.

Lily fingió no darse cuenta. Yo estaba tan afectado que no tardé en abandonar el corro. Ella me acompañó. Fuimos hacia la puerta, donde Estelle estaba de pie dándose aire con un abanico de papel.

—¿Ya os habéis cansado? —preguntó sonriente, y enseguida echó un vistazo hacia el exterior. Observé qué miraba. Bob, borracho como una cuba, se tambaleaba fuera junto a otros en su mismo estado.

—Me parece que Woody ha encontrado novia —dijo Lily con una risita.

—No es verdad.

—¿Dónde? ¿Quién es? —Estelle se mostró súbitamente interesada. Y Ruth escogió ese preciso momento para obsequiarme con una sonrisa y un aleteo de pestañas. Desvié la vista.

—¿Lo ves? —dijo Lily.

—¿Quién es esa chica, Haywood? —preguntó Estelle.

—Nadie. Ya os lo he dicho. No es nadie.

Las planté allí mismo y salí a respirar aire fresco. Bob aún tenía mi jarra, que llenó de cerveza en cuanto me vio. Me la tendió rebosante de espuma, y cuando me disponía a cogerla alguien me empujó por detrás y me hizo perder el equilibrio.

Salí disparado hacia adelante, y habría chocado contra uno de los barriletes de cerveza de no haber mediado la rápida intervención de tres tipos que hicieron rodar la cuba sobre su canto, permitiéndome así caer de narices contra el suelo. No estaba embarrado, pero la cerveza que se había derramado y la goteante piquera del barril lo habían humedecido. Las manos me resbalaron al intentar ponerme en pie para averiguar quién me había empujado. El tipo de la levita marrón me lanzó un puñetazo antes de que hubiera conseguido levantarme, pero lo esquivé.

Oí a Bob decir:

—Eh, un momento, amigo.

Quiso interponerse entre los dos, pero estaba demasiado ebrio. El sujeto de la levita marrón le hizo trastabillar al abalanzarse de nuevo sobre mí.

Esta vez, no logré zafarme con la suficiente rapidez, y descargó el puño sobre mi nariz; las lágrimas de dolor me cegaron. Recibí otros dos golpes antes de estar en condiciones de defenderme.

Aquel hombre se había formado una idea equivocada de mí, y yo quería decírselo, pero se comportaba como si estuviera loco de remate y no había manera de dialogar con él. Le asesté cinco directos en la barriga, y el individuo comenzó a tambalearse. De pronto alguien me zancadilleó, y caí de costado. El tipo de la levita y tres compinches suyos se precipitaron sobre mí.

Oí chillar a hombres y mujeres. Siendo cuatro contra uno, yo estaba llevando la peor parte. A continuación sonaron unos disparos; primero una detonación, y luego dos muy seguidas, como petardos de feria.

La pelea concluyó en ese momento.

Me arrastré por el suelo hasta ponerme en pie y entonces vi que Bob apuntaba con un Colt 45, modelo P, al sujeto de la elegante, y ahora arrugada, levita marrón. Un hongo de humo salía por la boca del cañón, sumándose a la nube de pólvora quemada que flotaba ya sobre nuestras cabezas. Miré alrededor para descubrir quién había sido la víctima. No vi ningún herido. Yo ignoraba que Bob llevara un arma, aunque desde luego estaba en su derecho. ¿Dónde se la habría escondido?

—Bueno —dijo Bob al de la levita—, esto se acabó. —Se volvió hacia mí—. Ponte detrás de mí, Haywood.

Lucía una sonrisa exangüe. Confié en que no hubiera nadie tan estúpido como para poner en duda que Bob haría servir el revólver, sobre todo harto de cerveza como estaba.

Me situé detrás de él y dije:

—¿Por qué no guardas el revólver, Bob? No ha sido más que un malentendido.

Entonces el de la levita, pese a que Bob estaba apuntándole, profirió una retahíla de insultos contra mí. Yo estaba dispuesto a reanudar la pelea, pero mi nariz comenzó a manar chorros de sangre, la cual manchó la camisa de Jack y salpicó el suelo.

—¿Qué ocurre aquí, Noah? —preguntó Pete Strickland, abriéndose paso entre el grupo de personas que nos rodeaban.

Estelle entró en el corro.

—Robert —dijo, y su voz delataba decepción.

Lily apareció en ese mismo instante e insistió en que usara un pañuelo con filigranas de encaje muy pequeño para contener toda la sangre que brotaba.

—¿Qué ha ocurrido? —preguntó mientras nos alejábamos de allí. Su mano apretaba la mía, que sostenía el pañuelo contra la nariz. No resultaba fácil hablar en tales condiciones. Meneé la cabeza a modo de respuesta.

Algunos hombres intentaban que la multitud se dispersara. Oí la voz de Pete Strickland que decía:

—Entrad de nuevo o volved a vuestras casas.

La gente empezó a desfilar de nuevo hacia el salón. Pete se acercó a Lily y a mí.

—Espero que no hayáis armado este alboroto a causa de Ruth —dijo—. Noah Steelman tiene planeado casarse con ella, y a menos que tú tengas el mismo propósito, preferiría que no te metieras en esto.

—No creía que estuviera metiéndome en nada, Pete —repliqué, y fue como si hubiera hablado un perro faldero, tan nasal y estridente sonó mi voz.

Alguien a quien no conocía, un hombre ataviado con una chaqueta blanca, hablaba con Bob, cuyo brazo asía Estelle. No vi el revólver por ninguna parte.

—No nos gusta que la gente venga armada a nuestros bailes —prosiguió Pete—. Ya sé que hace poco que estáis en la región, pero...

—Nos vamos, Pete —atajé, sujetando contra mi nariz el pañuelo de Lily y tomándola del codo con la otra mano—. Ve a buscar a Em —dije.

—Caray, no lo decía para que os marcharais, hombre —repuso Pete, de forma no muy convincente.

Aunque Bob parecía un poco más sobrio, le pedí que me dejara guiar las yeguas zainas. A decir verdad, andaban las dos tan parejas que estoy seguro de que nos habrían llevado a casa sin ayuda.

Estelle y Lily iban en la parte trasera, pasándose a Em de una a otra. Guardaron silencio durante todo el trayecto, excepto por arrullos que, por alguna razón, las mujeres gustan de hacer cuando están con niños pequeños. No eran necesarios, porque Em no estaba pataleando. Casi siempre dormía en los viajes; había adquirido mucha experiencia. También Bob dormitaba a mi lado y, cuando llegamos a

Lazy Bend, se hallaba prácticamente repantingado en mi regazo.

Estelle lo acompañó a la cama, y Lily entró a Emmy mientras yo desenganchaba los caballos y los almohazaba. No había terminado aún mi labor cuando salió Estelle. Había dejado ya de sangrarme la nariz, pero ella parecía sentir la necesidad de dar vueltas al asunto. Trajo un paño húmedo para que me limpiase la cara, y una vieja camisa de Bob de manga raglán con el cuello raído y el bolsillo roto.

—Ponte esto y deja aquí la camisa blanca —dijo Estelle—. Costará quitar esas manchas de sangre.

Obedecí. La sangre había empapado también la camiseta, pero pasé por alto el detalle y me puse la camisa de Bob por la cabeza.

—Ni se te ocurra volver esta noche a Brock —me advirtió ella—. Es muy tarde. Puedes dormir aquí.

—He de abrir la herrería por la mañana. Creo que llegaré sin problemas.

Esperaba que ella protestara un poco. En cambio, permaneció callada, como si meditara mientras yo me abrochaba los cuatro botones delanteros de la camisa.

—¿Conoces bien a esa chica? —preguntó finalmente.

Comprendí que se refería a Ruth.

—No supone nada para mí. Sólo confío en que ese Noah como se llame me crea. —Mi risa no sonó, sin embargo, muy alegre—. Un tipo rencoroso puede amargarte la vida.

—¿Temes que te cause problemas?

—No, qué va. Y menos después de haber visto el revólver de Bob. —Sonreí. Ella no. Remetí los faldones de la camisa en el pantalón—. Ruth vive en

Soda Springs, bastante lejos de aquí. Supongo que ese Noah vivirá también por allí.

—¿Se llama así? ¿Ruth?

Asentí con la cabeza.

Observó cómo conducía las yeguas al otro extremo del establo. Las dos andaban despacio, cansadas, resoplando un poco tras el largo viaje desde el baile. Fui a coger la cuerda de atar de *Dash*, que colgaba de un clavo junto a la puerta.

—No será por Lily, ¿verdad? —preguntó.

Me detuve y me volví. Estelle me miró a los ojos, y advertí algo en sus facciones que me aceleró el corazón.

—¿El qué?

—El motivo de que no te interese esa Ruth. O cualquier otra chica.

Intenté reír, pero no pude. Casi me ahogué en mi propia saliva.

—Qué tonterías dices.

—Se te nota a la legua. —Estelle meneó la cabeza—. Te he observado mientras bailabas con ella esta noche. Al principio me costaba creerlo, pero luego lo vi muy claro. Se te ilumina la cara cuando estás con ella.

—Por todos los diablos, Estelle. —Traté de aparentar que me lo tomaba como una broma, pero el rostro me ardía, y de repente el puente de la nariz comenzó a dolerme—. Lily es la mujer de Shot.

—En efecto.

—Y tú piensas que yo... crees que... —Me palpé el cuello; estaba sudando. Apreté la cuerda que sostenía en la mano. No soportaba la expresión satisfecha con que me miraba—. No estoy dispuesto a hablar de esto —dije.

Crucé la puerta y salí al patio con los caballos.

Estelle me siguió con el fanal del establo. El círculo de luz que arrojaba se mecía a la altura de mis talones.

—Puedes negármelo a mí, pero al menos reconoce que es cierto.

Caminaba detrás de mí, jadeando, procurando no quedarse rezagada.

—Te repito que no pienso hablar más.

Con su pericia para escudriñar la oscuridad, *Dash* vio que me acercaba con la cuerda y viró rápidamente hacia una esquina del corral.

—No hace falta. Ya has dicho suficiente.

Me di la vuelta.

—No te he dicho una mierda. —No quise contener mi lengua. Mi intención era obligarla a que se marchara y me dejase en paz.

Estelle se detuvo en seco y sostuvo la lámpara en alto. Pestañeé.

—Te has enamorado de ella —afirmó.

—Estás loca.

—No señor. Te equivocas. Lo he adivinado por tu manera de reaccionar. —Tenía una expresión febril con aquella luz que centelleaba en sus ojos—. Y mientras tanto, nos condenabas a mí y Robert, nos reprochabas que nos hubiéramos casado...

—Yo no os echo nada en cara —murmuré.

—Mientras tanto nos juzgas por...

—He dicho que no os echo nada en cara.

Levanté la voz por si no me había oído bien la primera vez. Estelle bajó el fanal. Continuó mirándome.

—Pero lo hiciste. Dijiste lo que te dio la gana para que me sintiera vil y repugnante. Hoy mismo, cuando te entregué el traje de Jack, te enfadaste...

—Sólo porque me sorprendió tu actitud. No esperaba que conservaras su ropa.

—¿Qué creías que había hecho con sus cosas?, ¿tirarlas a la primera oportunidad?, ¿quemarlas? —Pateó el suelo con fuerza—. Yo también lo quería. No eres el único que le echa de menos.

—Nunca dije que lo fuera.

—Pero lo pensabas, mojigato.

—¿Cómo? ¿Qué me has llamado?

—Hipócrita. Eres un hipócrita, Haywood.

Me quedé allí como un pasmarote, tratando de sentirme insultado, aunque no tenía la menor idea de qué significaban aquellas palabras. Estelle me había dado la espalda y se dirigía ya hacia el establo, llevándose con ella el fanal. La seguí.

—Está bien. Lo admito —dije—. Pero una cosa, Estelle... Estelle. —Cada vez caminaba más deprisa—. Que no salga de aquí, ¿de acuerdo? Es algo entre tú y yo, ¿de acuerdo?

Estelle se detuvo a la puerta del establo y sonrió, pero de un modo más apocado que feliz.

—No te preocupes —dijo—. Lily es mi amiga. No le diré que estás colado por ella. Ya tiene demasiadas preocupaciones intentando criar ella sola a Emmaline mientras Marion cumple condena.

Cuando se hubo marchado, giré sobre mis talones y di una patada a un terrón oscuro que tomé por caca de caballo. Percibí su olor acre. *Dash* sacudió la cabeza desde su rincón, retándome a que me acercara a él. Los otros caballos se hallaban en lo alto del risco, mordisqueando las matas de hierba que crecían junto al cercado. Alcé la vista hacia la luna y luego contemplé la silueta de Estelle, que avanzaba por el claro en dirección a la casa.

Había luz en la habitación que ocupaba Lily. Vi pasar su figura por detrás de la cortina. Tenía a Em en brazos y trataba de hacerla dormir. Le había visto hacer aquello un centenar de veces, siempre con la misma serenidad. Me sentí atraído por la visión, como si la ventana tuviera un imán que me forzaba a aproximarme a la cerca para mirar.

La noche se cerraba alrededor como si no existiera nada más, solamente yo apoyado en aquella cerca y Lily arriba, en la casa, paseando frente a la ventana, mientras el único hermano que me quedaba cortaba caña al otro extremo del río Brazos. Sólo deseaba que Estelle guardase el secreto.

Permanecí un buen rato junto a la cerca sin poder moverme, como si mis botas hubieran echado raíces fijándome al suelo. Me quedé como en babia, con la mente tan vacía como un desierto. Fue *Dash*, al empujarme con el hocico, el que finalmente logró sacarme de aquel trance. Me di la vuelta y le pasé la cuerda por la cabeza.

20

El tiempo había mejorado. Los árboles echaron brotes y luego hojas. Empezó a crecer la hierba, y pronto flores de todos los colores cubrieron los campos, como si algo o alguien allá arriba hubiera pintarrajeado el valle entero.

Los agricultores parecían hormigas, ocupados en sembrar, si habían esperado hasta las últimas heladas, o bien, si eran de los que se habían arriesgado como Bob, viendo brotar de la tierra los retoños de algodón y maíz. Llegaron las lluvias. No soplaba mucho viento. El suelo permanecía húmedo, y el maíz crecía a pasos agigantados. Las mujeres no tardaron en preparar espantapájaros.

Yo iba a menudo a Lazy Bend, ya que el trabajo en la forja había disminuido con la época de la siembra. Tanto había menguado que me preocupaba no poder pagar el alquiler. Hasta que recibí un talón de Wash Jones. Había arrendado las tierras de McDade y, una vez descontado lo que Shot y yo le debíamos por sus servicios en nuestros juicios respectivos, quedaba una suma de sesenta dólares. Me sentí rico, generoso incluso. Silas me cambió el talón y yo entregué la mitad del dinero a Lily. Me parecía justo, pues después de todo, la tierra nos pertenecía tanto a Shot como a mí. En su carta, Wash me informaba de que probablemente resultaría difícil encontrar un comprador definitivo, teniendo en cuenta cómo escaseaba el dinero.

Después de la noche del baile, Estelle y yo no habíamos vuelto a hablar de lo que yo sentía o dejaba de sentir por Lily. Nos mostrábamos amables el uno con el otro, pero nuestra relación ya no era como antes. Se había abierto una nueva distancia entre los dos, y también entre Lily y yo, puesto que Estelle no nos dejaba ni a sol ni a sombra, hasta el extremo de llamar a Lily con la excusa más tonta si juzgaba que habíamos pasado demasiado tiempo a solas. Apenas echaba de menos la proximidad de Estelle, pero sí la de Lily. Entretanto, Em crecía deprisa y aprendía a hacer cosas como darse la vuelta ella sola, sentarse erguida o andar a gatas, hazañas que Lily solía comentarme. Llegaron cartas de Shot e incluso una del hermano de Lily, que incluía un dibujo de una vaca que la hermana pequeña había hecho. Pero yo no podía compartir un solo minuto de alegría con ella, pues Estelle estaba siempre husmeando. Y eso que yo, en mi calidad de tío y hermano, quería estar al corriente de todo.

No dejaba de pensar en Shot desde que Estelle había puesto las cartas sobre la mesa. Recordaba cada día que habíamos pasado juntos, y, habida cuenta de que éramos los más próximos en edad, Shot y yo habíamos compartido casi todo, desde la cama y la ropa hasta las palizas que nos propinaba papá porque nunca nos delatábamos el uno al otro. Y eso que papá era de los que podía dejarte sin conocimiento si se lo proponía y estaba lo bastante bebido.

Un día papá la emprendió a puñetazos con Shot

por una travesura que yo había cometido. Y Shot habría acabado con varios huesos rotos de no haber mediado la intervención de Jack, que atizó a papá con una jarra de whisky y lo dejó tieso hasta la mañana siguiente. Papá despertó con dolor de cabeza pero sobrio, y dudo que recordara por qué Shot tenía el labio partido y la oreja grande como un repollo.

Aunque yo estaba resentido con Estelle, furioso a veces, por traerme a la memoria recuerdos de muchacho de que podría haber prescindido tranquilamente y por hacerme sentir culpable hacia Shot e incómodo con Lily; aunque me arrepentía de no haber reaccionado de otra manera aquella noche en el establo, en lugar de ponerme en evidencia como un muchacho; aunque habría preferido que, para empezar, Estelle no se mostrara tan entrometida, formulando preguntas que no le incumbían en absoluto, y aunque había acabado por sentirme cada vez receloso cuando la veía, no le deseaba ningún mal.

Estábamos a mediados de abril. La avena había madurado, y los precios habían bajado tanto que Bob había decidido sacar las bestias para que acabaran con las dos hectáreas. La tarde anterior habíamos cortado algodón, y Lily y un muchacho de unos doce años que vivía más abajo, hijo de un tal Wilson, habían echado una mano.

Fue él, el chico de Wilson, quien entró como un huracán en mi taller, congestionado y sin resuello, como si hubiera recorrido los once kilómetros corriendo.

—La señora Stevens está en cama y de parto. Quieren que vaya usted enseguida y que lleve un médico. La criatura sale con los talones por delante.

Yo no conocía a ningún médico por los alrededores, pues no había necesitado ninguno. Riley Davis me informó de que encontraría uno en el camino de Millsap, a quince kilómetros de allí. Puse a *Dash* a galope tendido. Cuando, después de localizar al médico, llegamos a Lazy Bend, la situación ya no tenía remedio.

Era una niña, Clarissa Marie. Estelle permaneció entre nosotros el tiempo suficiente para dar un nombre a su hija, pero sus entrañas habían quedado muy mal paradas. Bob estuvo a su lado, dándole la mano y pidiéndole que no se fuera. Sin embargo, se fue, en un abrir y cerrar de ojos; una melancólica sonrisa afloró a sus labios blanquecinos, y al instante falleció.

El médico le puso las monedas sobre los ojos para mantenerlos cerrados. La recién nacida rompió a llorar, como si notara que su madre comenzaba a enfriarse sobre la cama. Bob salió a toda prisa, como si estuviera envuelto en llamas, y desapareció antes de que pudiera detenerlo.

—Déjele —dijo el médico, dándome palmadas en la espalda, con la cabeza gacha—. Es un duro golpe para un hombre, pero se repondrá. Necesita tiempo para asimilarlo.

No fue un buen consejo. Debí hacer caso omiso y obedecer a mi instinto, pues no volvimos a ver a Bob durante un tiempo.

Pagué al doctor sus honorarios y lo despedí, aunque tenía la impresión de que era él quien estaba en deuda con nosotros. La vecina, la señora Wilson, ayudó a Lily a limpiar todo y amortajar el cadáver. No habían terminado aún cuando se presentaron otras seis mujeres para echar una mano. Fue como si el viento hubiera hecho correr la noticia del fallecimiento de Estelle.

Acudieron también algunos hombres, y como Bob no estaba, en cierto modo ocupé su puesto. Construimos un ataúd con tablas y clavos procedentes del viejo granero en ruinas, ya que no encontramos otra madera en casa de Bob. Una vez acabada la caja, la metimos en la casa, y las mujeres se encargaron de forrarla con un raso de color azul perlino que alguien había traído.

Entre tres hombres levantamos con cuidado el cadáver y lo depositamos en el féretro. El cuerpo pesaba ya como una plancha de hormigón. El predicador del templo metodista de Brock me advirtió que no tardase mucho en enterrar a Estelle.

—El cuerpo empezará a pudrirse —dijo meneando la cabeza, como si ello pudiera influir en que Estelle fuese o no al cielo.

Ya se había puesto el sol cuando la gente empezó a desfilar hacia sus hogares. Las mujeres dejaron la cocina repleta de comida: hogazas de pan, sémola de maíz, salchichas, pollo frito, morcilla de carne y natillas, además de mermelada de agracejos, pastelillos de patata, zanahorias estofadas, arroz con leche, fruta fresca, leche, queso y una botella de buen whisky de centeno comprado en la tienda, que me tentaba desde el fondo del aparador.

Rompí el precinto, hundí el corcho apoyando los pulgares y bebí un trago de la botella. Luego cogí un tazón de la alacena y vertí un poco de miel para suavizar el amargor.

Lily continuaba sentada en la silla, junto a la ventana, contemplando a la recién nacida mientras la amamantaba. Em dormía apaciblemente en su cuna, al lado del hornillo.

Me senté a la mesa y bebí mirando la nuca de Lily, que llevaba el cabello recogido en un moño.

Había permanecido muy callada —callada y rara— desde la brusca partida de Bob. La brisa que entraba por la ventana agitaba suavemente los mechones que le caían por el cuello, donde tenía un lunar, justo en el límite del cuero cabelludo. El bebé emitía pequeños gruñidos, como si fuera un cerdito.

—Creo que saldré a buscar a Bob —anuncié. Mi voz sonó fuerte y extraña en medio de la quietud.

Lily se puso el bebé al hombro y le dio palmaditas en la espalda. La niña dormía, con su carita arrugada y su cabeza de bellota.

—Tal vez decida regresar —aventuró Lily, meciéndose. La silla resonaba contra el piso de madera.

Escudriñé la oscuridad del exterior. Así permanecimos un rato, en silencio, yo contemplando la noche a través de la ventana, ella meciéndose en la silla.

—¿Crees que deberíamos escribir a la familia? Quizá Bob no se sienta capaz de... dije al cabo de un rato.

—¿Sabes dónde localizarlos?

—El padre de Estelle se llama León Odom. Vive en Rockdale. No será difícil dar con él. Es dueño de una desmotadora de algodón. Yo lo conozco.

Se puso en pie con el bebé apoyado contra el hombro, como si de un saquito de harina se tratara. Llevaba el vestido abotonado. Miró a Em, luego a mí. Unas sombras oscuras se marcaban bajo sus ojos hinchados.

—Pobrecilla —dijo—. Ni siquiera tiene una cuna. —Dos lágrimas le corrieron por las mejillas—. Robert aseguraba que le construiría una, pero nunca se ponía manos a la obra. No sé dónde vamos a acostarla. No puedo tenerla en brazos todo el santo día; hay trabajo que hacer. He de cuidar de Emmy, y la espalda me duele.

Estaba al borde de la histeria, y yo no sabía cómo remediarlo. La necesitaba muchísimo, ahora que Bob no estaba y todas las responsabilidades recaían sobre mí.

Me levanté, rodeé la mesa y tomé a la niña que, tras chillar y agitarse un poco, se acomodó en mis brazos, cansada y ahíta de la leche de Lily. Sentí compasión por ella y algo más, algo próximo a la admiración ante aquellos puños, nariz y barbilla nuevos y perfectos.

—Bueno, bueno —susurré, alzando la vista hacia Lily—, ya encontraremos una solución. No llores más. Todo se arreglará.

Me miró fijamente y luego se acercó para abrazarme. Su proximidad me impresionó, y recordé la última vez que ella había buscado consuelo en mis brazos. Había sucedido en Bastrop, hacía un año, en la cocina de la casa de huéspedes de la viuda Dillard. Entonces la sostuve con los brazos extendidos.

Esta vez fue distinto. La atraje hacia mí con la mano libre y sentí su corazón, sus trémulos hombros, todas sus curvas. Ella apretó su cara contra la mía. El pelo le olía a hierba recién cortada.

—Vamos, no es el fin del mundo —dije, sin saber cómo confortarla, notando que también mi corazón latía con fuerza. Otra parte de mí empezó a despertar, y fue la criatura que tenía en brazos quien evitó que perdiera la cabeza e hiciese algo que no debía.

Aparté a Lily de mí, le enjugué las lágrimas. Los ojos le brillaban, y pensé que estaba más bonita que nunca. Mechones ondulados le caían por el cuello y la mandíbula, y sus mejillas poseían el color de la nata recién hecha.

—Lo siento —murmuró.

—¿No podríamos improvisar una cuna con esa cesta? —Señalé la que Lily solía emplear para llevar ropa mojada de la tina al tendedero. La observó mientras yo la descolgaba del clavo de la pared.

—No debería ser tan egoísta. —Colocó en la cesta una colcha de bebé que Estelle había confeccionado con retales—. Al menos yo no estoy tan sola como ella. Su papá no la ha mirado ni una sola vez.

Puse al bebé boca abajo en la cesta.

—Tú no estás sola —dije.

Lily me miró.

—Sé que tengo a Emmy y que no hay razón para desesperarse tanto, pero te juro que a veces me pregunto qué provecho he sacado yéndome de casa, andando de un lado para otro para llegar a un sitio al que no pertenezco. —De nuevo se le empañaron los ojos. Agitó una mano como para indicarme que no podía seguir hablando sin lamentarse un poco más—. Son sólo tonterías. —Trató de reír, parpadeó y se secó la cara con el dorso de la mano—. Deberíamos intentar comer un poco; hay un montón de comida.

—¿Quieres mudarte? —pregunté, mientras ella hurgaba en los menudillos de un pollo—. No me importa marcharme si tú quieres. Podríamos probar en los pinares. Aún no hemos estado allí.

—A ti te gusta esto. Se lo dijiste a Robert. Me comentó que estabas ahorrando para comprar unas tierras por esta zona.

—Sólo eran fantasías.

—Sabes que podrías conseguirlo. —Cogió el pedazo de pollo y se sentó en el banco, de espaldas a la mesa—. ¿Por qué te portas tan bien conmigo? No te he causado más que problemas.

—¿Problemas? —repetí, sentándome también en el banco y apoyando el codo en la mesa.

—¿Ya no te acuerdas de San Antonio?

Desvió la vista y luego la posó de nuevo en mí.

—Eso ya no me preocupa —contesté.

Mordió un trozo de carne, lo tragó y se chupó los dedos.

—Es como si aquello no hubiera ocurrido de verdad. ¿Tienes tú la misma impresión?

La observé mientras masticaba, con los dedos separados en el aire, delicada como una mariposa, mirándome fijamente. Aparté la vista; tuve que hacerlo. No pasaba un solo día sin que recordara su blanca pierna asomando bajo el tipo de Tennessee en la posada de Markin. Me avergonzaba por ello, pero no podía evitarlo.

—Tal vez deberíamos escribir a la familia de Estelle. Supongo que tienen derecho a saber que tienen otro nieto.

Me levanté de la mesa. Me sentía más débil que si me hubiera pasado todo el día arando o cavando con el azadón.

—Y luego, ¿qué? ¿Te marcharás? ¿Regresarás al pueblo esta noche?

Me detuve.

—Eso había pensado.

—¿Y si vuelve Robert?

—Es lo que queremos, ¿no?

—Preferiría que estuvieras aquí si regresa. Te prepararé un jergón aquí, o puedes utilizar su cama si quieres.

—¿Tienes miedo de Bob? —pregunté, arqueando las cejas.

—Prefiero que te quedes; eso es todo.

La ayudé a tapar la comida que descansaba en el aparador y a trasladar a las dos crías a su dormitorio. Lily buscó unas mantas en una cómoda de la habitación de Bob y Estelle y las llevó a la cocina. Ni ella ni yo nos acercamos al cadáver.

Me entregó una vela de sebo, tan blanda que casi se derritió con el calor de mi mano. La coloqué sobre la tapa de una lata y la deposité en el suelo, al lado de mi cama. A la parpadeante luz de la vela, bebí otra taza de whisky de centeno antes de intentar conciliar el sueño.

Tardé un buen rato en serenarme. Procuré no pensar que Lily y yo nos hallábamos solos en la casa, que apenas nos separaban unos metros. Durante la noche oí llorar a la recién nacida; Em le hizo coro enseguida. Me hubiera gustado echar una mano, pero temía encontrar a Lily amamantando a una de las dos criaturas y perder la cabeza. ¿Qué podía hacer? Cantar. El recuerdo del día en que ella y yo habíamos cantado de camino a la casa que ahora ocupábamos me disuadió.

Soñé con un hecho que nos había sucedido a Shot y a mí cuando contábamos siete y ocho años respectivamente. Estábamos en el bosque, cazando al pie de los Knobs, cuando oímos un grito, un chillido horrible, agudo, espectral. No se trataba de un alarido humano. Caminamos hacia el lugar de donde procedía el sonido hasta llegar a un grupo de enebros.

Shot fue el primero en ver la serpiente de cascabel. Tenía la mandíbula desencajada y aferrada a un pequeño gazapo que berreaba; estaba tragándoselo entero y vivo. Matamos a la serpiente, partiéndola en dos con una piedra y la culata de una escopeta. Shot arrancó el conejo de las fauces de la cascabel, pero era demasiado tarde. El cuerpo estaba aplastado, y presenciamos su agonía, la sentimos en la palma de las manos. Permanecimos allí de pie, con aquel animal recién nacido que cabía en el puño de un muchacho y lloramos.

Supongo que el gimoteo de la hija de Estelle, proveniente del otro lado del porche, me provocó aquel sueño; no se me ocurrió ninguna otra razón.

21

Fuimos aplazando el funeral a la espera de que Bob se presentase. Como no aparecía, decidí ir a buscarlo. Primero cabalgué rumbo al sur por la otra orilla del río, hasta Granbury, donde eché al correo la carta para la familia Odom. El segundo día me dirigí al oeste, hasta Palo Pinto. Registré Weatherford dos veces, preguntando en todos los billares y cantinas. Nadie había visto a ningún individuo que respondiera a la descripción que yo daba. Al cuarto día, clavamos la tapa del ataúd, que habíamos dejado dispuesto en la pieza de recibo.

Visité a Silas Jones a fin de obtener su permiso para sepultar a Estelle en el pequeño cementerio de Lazy Bend, que se encontraba en sus tierras. Luego fui al taller para echar un vistazo. No había tenido tiempo de cerrarlo la mañana en que me avisaron que buscara un médico, pero todo seguía en su sitio. Alguien había dejado un dólar y una nota para explicar que necesitaba una varilla de hierro y había entrado a cogerla.

El fuego de la fragua se había apagado hacía tiempo, y tardé un buen rato en lograr que ardiera a la temperatura adecuada para curvar unos flejes de hierro sobre el cuerno del yunque. Puesto que comprar una lápida de piedra para la tumba de Estelle nos habría costado a Lily y a mí todos nuestros ahorros, soldé dos flejes en forma de cruz y añadí unas espirales a la base y la parte superior, como había visto en las tumbas alemanas que había en Bastrop, aunque mi obra no tenía tantas filigranas. Agregué una placa redonda en el centro y con el martillo y una cuña grabé estas palabras:

Estelle Odom Beatty Stevens.
Murió el 12 de abril de 1885.

Como ignoraba su fecha de nacimiento, añadí simplemente:

A los 21 años de edad.

Y en la parte inferior inscribí las siguientes palabras que Lily había escrito en un papel:

Vivir en los corazones
de quienes dejamos atrás
no es morir

Era lo mismo que rezaba la lápida de la madre de Lily, allá en McDade.

Esta tarea me ocupó lo que quedaba de día y parte de la noche.

La enterramos el viernes 17 de abril, sin Bob. Una luna diurna pendía sobre nosotros, fina y espigada como un rasguño en el cielo azul. Acudieron bastantes vecinos, a la mayoría de los cuales no conocía. La única canción que me sabía de las que entonaron fue *In the Sweet By and By*. Lily, en cambio, conocía todas las canciones y a todos los asistentes.

El pastor rogó:

—Que el Señor sea con nosotros y acepte este alma en el paraíso.

Apenas presté atención a su sermón, que, por otro lado, no me conmovió demasiado.

Me dolían los hombros y la espalda de cavar el hoyo porque, aunque había contado con la ayuda de varios vecinos, tardamos casi toda la mañana en concluir la tarea. Habíamos dado con arenas movedizas a poco más de un metro de profundidad, y tuvimos que volver a empezar en un sitio diferente.

Vestido con el traje de Jack, observé sudoroso cómo los pendientes que Lily lucía reflejaban el sol en las espiguillas que crecían a nuestros pies. Ella permanecía inmóvil, con los ojos cerrados y la pequeña Clarissa en brazos. Yo sostenía a Emmaline, que no dejaba de moverse y hacer burbujas de saliva. Tuve que esforzarme para no reír, pues no me parecía apropiado en aquel momento, cuando todo el mundo se mostraba tan solemne y lloroso.

Más tarde oí a algunas señoras alabar la generosidad de Estelle y su habilidad para rematar las esquinas de sus colchas. Una de ellas dijo:

—Daba unas puntadas pequeñísimas, y tenía los pies más menudos que haya visto nadie.

Y pensé que era una manera bien triste de ser recordado. En cierto modo, empañaba las palabras que yo había grabado en la placa de hierro.

Empecé a temer que Bob se hubiera metido en un lío, que quizá le hubieran matado o, peor aún, que estuviera pudriéndose en alguna cárcel. Habría sido muy propio de él buscar algún inocente con quien desahogarse. En realidad, lo comprendía, pues yo mismo había hecho otro tanto en el pasado, aunque tenía la impresión de que aquel Haywood era un individuo distinto al hombre que ahora era.

Habían sucedido muchas cosas en un año, aunque nada demasiado importante. Había cumplido veintiún años y continuaba como antes, viviendo el presente, sin haberme enriquecido aún, siempre confiando en que el futuro me depararía grandes novedades. Sin embargo, lo cierto era que se habían producido algunos cambios, aunque de manera tan paulatina que apenas se apreciaban a menos que uno se parase a reflexionar. Yo había cambiado.

Para empezar, ya no dependía de nadie a la hora de decidir cómo y por qué ejecutaba cada una de mis acciones. Aunque a veces vacilara, aunque esta vida fuera un poco como caminar sobre el agua, al menos era la vida que yo había escogido. Bien, al principio no, pero había resuelto continuar con ella. Y finalmente había llegado a sentirme orgulloso de mí mismo por trabajar toda la mañana en el taller y luego cabalgar hasta Lazy Bend para ocuparme de los campos de Bob hasta que se ponía el sol, aunque casi había decidido abandonar media cosecha de algodón si él no se presentaba pronto. Ocho acres de maíz y otros tantos de algodón representaban demasiado trabajo para un solo hombre a jornada partida.

Lily intentaba ayudarme, pero estaba muy atareada criando a las dos niñas, cocinando, limpiando y cuidando del huerto. Cada mañana, al despuntar el día, mis ojos se abrían al primer indicio de luz; a esas alturas, ella ya había amamantado a las criaturas y ordeñado la vaca. Tenía siempre el café a punto y unas gachas de maíz o carne frita si yo había conseguido cazar una pieza el día anterior. Lo único que yo echaba de menos era un buen achuchón mañanero por parte de Lily y levantarme de una cama caliente compartida por ambos; solamente eso impedía que ella pareciese mi mujer, las niñas nuestros hijos, y la casa nuestro hogar. Aunque me habría dado mucha vergüenza admitirlo, sentía cierto alivio pensando que, muerta Estelle, yo era el único que conocía mi secreto.

Mientras tanto, dormía en la habitación de Bob, a la espera de que se presentase en cualquier momento y desbaratase mis fantasías. Ignoraba qué ocurriría después, pues no cabía duda de que Lily no desearía quedarse sola en la casa con Bob, aunque él la necesitaba para que atendiese a Clarissa. Tendrían que llegar a un acuerdo, y yo no quería interrumpir mi ensueño para reflexionar sobre ello. Entretanto seguía caminando sobre el agua, como decía antes, disfrutando de la pequeña porción de felicidad que me había caído en suerte.

En junio, cuando el maíz maduraba en los campos y el algodón florecía, llegaron los Odom. Puddin, el chico de Silas Jones, les indicó el camino que les conduciría a la casa. Viajaban en un *buggy* con capota de lona negra provista en la parte trasera de una pequeña abertura a modo de mirilla, y tirado por una pareja de trotones negros que lucía en el cuello la marca de la caballeriza de Weatherford. Reconocí a la señora Odom, que sobresalía del *buggy* con su sombrero de ala ancha adornado con una larga pluma e impresionantes abalorios que centelleaban. Todo su atuendo —la pluma, los guantes, todo— era tan negro como Puddin.

No se acercaron a la casa —nosotros acabábamos de sentarnos a cenar—, sino que se dirigieron directamente al cementerio. El señor Odom asía del brazo a su horrorosamente vestida esposa, que caminaba levantando mucho los pies por entre los pensamientos y los hierbajos. Ni los vecinos ni yo habíamos tenido tiempo de pasar la guadaña por el cementerio.

Lily dijo:

—Es de muy mala educación que se comporten como si no estuviéramos.

Yo no había visto que se aproximaba por detrás. Llevaba a Em apoyada en la cadera. Clarissa ya estaba acostada; de hecho, se pasaba casi todo el día durmiendo.

Em mordisqueaba una galleta cuyos fragmentos parecían negarse a entrar en la boca y quedaban pegados a su cara. La niña eructó, se apartó un poco de su madre y arrojó al porche la pegajosa galleta, que aterrizó sobre el polvo acumulado en el suelo. Em me sonrió enseñando sus dos flamantes dientes.

—Ve a ver qué quieren —dijo Lily.

—Supongo que han venido para visitar la tumba de Estelle.

Bajé por los tres peldaños y me encaminé hacia el patio. Em comenzó a berrear, pues no le gustaba que nadie se marchara sin llevarla a cuestas. No me volví, aunque había olvidado el sombrero. El sol era como un enorme incendio anaranjado. También había olvidado la camisa y sólo llevaba puesta una camiseta, que después de muchos lavados se había vuelto de color rosa. Me coloqué bien los tirantes e intenté quitarme con la uña una mancha de nata que tenía en la barriga.

El señor Odom fue el primero en verme. Dejó a su señora junto a la lápida de hierro y se acercó a mí con la mano tendida y una sonrisa cortés en los labios.

—León Odom —se presentó, como si se dirigiera a un extraño—. Me dijeron que Robert Stevens vivía aquí.

Le estreché la mano.

—Soy Haywood, señor Odom. Veo que no se acuerda de mí. Soy el hermano de Jack.

—Sí, hombre, claro. Usted nos escribió la carta. Debo darle las gracias.

Incliné la cabeza y me pregunté por qué no me soltaba la mano. Vestía un traje estupendo, y un sombrero de seda.

—Bob no está en este momento —dije—. Bueno..., es que...

Miré hacia el camino. No se me ocurría cómo excusar su ausencia, pero al parecer poco importaba. Enseguida comprendí que a Odom no le interesaba mucho el paradero de Bob.

—Hemos venido para ver a nuestra nieta, Clarissa Marie —dijo con los ojos húmedos, de ternura, o chispeantes de ansiedad.

Yo le recordaba como un caballero muy afable.

—Está en la casa.

El hombre hizo señas a su esposa.

—La niña —exclamó, indicando la casa.

La mujer apartó la vista de la sepultura y permaneció inmóvil un momento, como si esperara que él fuera a sacarla de la maleza. Odom ni siquiera la aguardó. Echó a andar hacia la casa, en cuyo porche continuaban sentadas Lily y Em.

Hice un gesto a Puddin para que llevase el tiro al patio. Obedeció. La señora Odom vociferó algo que no logré oír, y al volverme vi que salía por su propio pie del camposanto. No parecía nada contenta.

Seguí al señor Odom, que se mostraba tan impaciente que llegué a temer que confundiera a la pequeña Em con su nieta. La niña recelaba bastante de los desconocidos, y pensé que comenzaría a berrear en cuanto él le hiciera una monería.

—Le presento a Lily —dije. Luego, dirigiéndome a ella, añadí—: Los señores Odom vienen a ver a Clarissa.

Lily adoptó una expresión circunspecta.

—Ahora está durmiendo. Tendré que despertarla —replicó.

—Hágalo, por favor. —El señor Odom se quitó el sombrero. Era casi calvo. De pronto distinguí con toda claridad que el brillo de sus ojos reflejaba alegría.

La señora Odom llegó resoplando, con el estrafalario sombrero sesgado sobre la cabeza.

—Cáspita, León, podías haberme ayudado a salir de ese lodazal. Los bichos estaban devorándome.

—Ahí no hay ningún lodazal —repuso Lily, sorprendiéndome con su insolente tono de voz, pues normalmente se comportaba de forma educada—. Haywood dedicó toda una tarde a cavar zanjas para desecar ese cementerio.

La miré ceñudo, intentando comprender por qué se erguía tanto y levantaba el mentón. No era propio de ella tomar antipatía a nadie con tanta rapidez.

La señora se dirigió a mí:

—¿Tú eres Haywood? No recordaba que estuvieses casado.

Estaba a punto de enmendar su error, cuando Lily dijo:

—Este otoño hará dos años.

La miré tan boquiabierto que cualquiera habría advertido mi perplejidad. Pero los Odom quedaron prendados de la ufana sonrisa de Lily. Sí, desde luego, sabía cómo sonreír para captar la atención de todo el mundo.

Alargó el brazo para cogerse del mío. No me importó. Acaricié su mano acomodándola en el pliegue de mi codo y me deleité en su suavidad, hasta el punto de que olvidé qué hacíamos los dos allí, en el porche.

—Lily iba a enseñarnos a Clarissa Marie —recordó el señor Odom.

Lily me soltó y dejó a Em en mis brazos.

—Duerme como un tronco; si no hacen ruido, pueden asomarse a verla.

—Podrían quedarse a cenar con nosotros hasta que se despierte —invité, y por la severa mirada de Lily adiviné que había metido la pata. Creo que me pasé de la raya representando la comedia de que estábamos casados.

La señora Odom se plantó delante de mí, y Em se echó hacia atrás, aferrándose a mi cuello. Pese a ir emperejilada con aquel sombrero y envuelta en nubes de perfume, la señora Odom tenía todo el aspecto de haber sido víctima de una paliza brutal. Me pareció lógico que Emmy se acobardase.

—Gracias, pero no hemos venido a compartir su comida. Cogeremos a Clarissa Marie y nos iremos por donde hemos venido.

—¿Cogerla, dice?

Lily se detuvo en seco. La señora Odom se volvió hacia ella.

—Sí, claro. Para eso hemos venido.

—¿Adónde piensan llevársela?

—A Rockdale, naturalmente. Suponíamos que nos veríamos obligados a discutir con Robert, pero al parecer ha desaparecido.

—¿Dónde han oído eso? —pregunté.

Observando atentamente cómo Puddin sujetaba el tiro, el señor Odom respondió:

—El señor Jones nos ha informado de que no se sabe nada de él desde hace tiempo.

—No me sorprende en absoluto que haya abandonado a su propia hija —agregó la señora Odom—. Estelle nunca demostró mucha cabeza para escoger marido.

Aquello me enfureció, pues su comentario incluía a Jack. El señor Odom debió de fijarse en la expresión de mi cara, pues se apresuró a intervenir:

—Vamos, Lucy. Siempre criticabas lo que hacía Estelle. —Me miró, sudoroso, con las manos trémulas, por lo que deduje que por alguna razón aquel hombre me temía—. Estoy seguro de que Robert atraviesa un mal momento. Mi señora y yo también estamos muy apenados. Estelle era nuestra única hija. Y en cuanto a la niña, Robert será bienvenido siempre que quiera visitarnos. —Del bolsillo de la pechera sacó un pañuelo con que se enjugó la frente—. Hago extensiva la invitación a ustedes dos, claro está.

—No pueden llevársela —dijo Lily, con ese brillo salvaje en sus ojos de mapache.

—¿Cómo dice? —La señora Odom se puso rígida.

—El padre de la niña no está, y nosotros no podemos permitir que se la lleven sin que él dé su aprobación. Así están las cosas. —Lily me miró y tiró de la correa de mis tirantes—. Haz algo, Woody.

—Discúlpennos un momento —me excusé, y juntos nos dirigimos al otro extremo del porche—. ¿Qué quieres que haga? —susurré—. No puedo impedírselo. Están en su derecho. ¿Crees que si Bob estuviera aquí sería capaz de criar a la niña?

—Mi padre lo hizo, y el tuyo también.

—Bob no es como tu padre ni, gracias a Dios, como el mío. Recapacita, Lily. Bob no aparece por ninguna parte, y la niña es nieta de esta gente. Tendremos que entregársela.

—Bien, pues yo no quiero saber nada, ¿te enteras? Nada de nada.

Me lanzó una mirada que me heló el corazón. Me arrebató a Em de los brazos y, tras pasar hecha una furia junto a los Odom y bajar por los tres peldaños del porche, se encaminó hacia el prado que se extendía más allá del establo.

Creí que se marchaba, que se iba definitivamente, y por un instante pensé en echar a correr detrás de ella para tranquilizarla, pero los Odom seguían esperando que los acompañara al dormitorio de Lily para ver a su nieta. Los conduje hasta la puerta trasera de la casa y la abrí. Entraron y exclamaron «¡oh!», «¡ah!» al ver a la criatura dormida en la cuna que yo mismo había montado, claveteado, lijado y pintado en el taller un domingo por la mañana. Me alejé un poco hasta la cisterna, eché una ojeada al establo y luego al cobertizo de los carros. Lily no estaba por allí.

—Oh, es una monada, una verdadera monada. —La señora Odom salió arrullando a la cría adormecida en sus brazos. Clarissa era una preciosidad, con sus rizos negros y sus mejillas de melocotón—. Como su madre. ¿Dónde tiene la ropita? ¿Y los biberones?

—No tiene biberones. Lily la ha... —Volví a echar un vistazo, esta vez hacia lo alto del peñasco—. Lily se ha ocupado de criarla personalmente.

—¿Quiere decir que ha sido su nodriza?

La señora Odom parecía horrorizada. Clarissa

rompió a llorar; su llanto solía ser muy suave, más de gatito que de bebé.

—¿Qué tiene eso de malo? —espeté. Empezaba a perder la paciencia—. Creo que debería usted darle las gracias. La niña vive, está sana, y la hemos querido como si fuera nuestra propia hija.

Clarissa comenzó a berrear. La señora Odom alzó sus estirados hombros.

—Pero la cuestión es que no es su hija.

Arrulló a Clarissa contra su pecho y me dio la espalda. La niña no dejaba de llorar.

El señor Odom levantó el baúl que contenía las ropitas del bebé. Estelle había confeccionado la mayoría de los vestidos, pero algunos pertenecían a Em. Odom se veía obligado a dejar el baúl en el suelo cada dos pasos para agarrarlo de nuevo. Parecía tan frágil que me ablandé y lo ayudé a subirlo al *buggy*. Rechazaron la cuna. Iban a tomar el tren de vuelta a Rockdale, donde Clarissa dispondría de muebles nuevos y una habitación para ella sola.

Por más que la acunaba la señora Odom, la niña no dejaba de gritar. Yo sabía que tenía hambre, pero preferí no mencionarlo por no demorar su partida. Cuando antes se marcharan, mejor. Además, Riley Davis vendía biberones con tetilla de caucho; yo los había visto en su almacén. Los Odom podían parar allí para comprar uno. Incluso después de que el *buggy* se hubiera alejado un buen trecho, oí llorar a Clarissa; su llanto nunca me había parecido tan ruidoso.

No encontré a Lily ni en el establo ni en el cobertizo. Todos los caballos pastaban en el prado. *Dash* me miró; sus orejas apuntaban al cielo. Luego desvió la cabeza en dirección al ruinoso granero de maíz. Hacia allí me encaminé y, antes de llegar, oí el parloteo de la pequeña Em. Estaba encaramada a una de las tablas podridas y avanzaba cautelosamente por ella sobre sus pies planos.

—Du-di —dijo al verme, y cayó de culo. A continuación reptó hacia mí con diabólica velocidad.

La cogí y me dirigí al otro lado del hórreo. Lily estaba sentada en el suelo, con la cabeza entre las manos, como si quisiera taparse los oídos. Entonces comprendí que también ella había oído llorar a Clarissa.

—Éste no es un buen sitio para dejar jugar a Em —dije—. Hay clavos oxidados y astillas por todas partes, y tal vez incluso viudas negras...

Lily me fulminó con la mirada y se puso en pie. No se molestó en sacudirse el polvo de las faldas.

—La niña no es tuya —espetó, y me arrebató a Em con tal brusquedad que la niña se echó a temblar—, de manera que no me digas cómo debo cuidarla. —Y se encaminó hacia la casa.

Al verlas partir noté que me subía un calor por la espalda. A punto estuve de echar a correr en pos de Lily para suplicarle que no se enfadara conmigo y me perdonara por haber permitido que se llevaran a Clarissa, pero recuperé mi orgullo en el momento más crítico.

El hacha que solía usar para destrozar el hórreo cuando necesitaba leña estaba enterrada en la cepa donde la había dejado. La saqué de allí y la hinqué con furia en un costado del desvencijado granero. La mitad de las tablas se derrumbó. El polvo me hizo toser. Empujé con el pie lo que quedaba de la pared posterior y permanecí allí, respirando con dificultad, buscando otra cosa que derribar.

Dash me observaba desde el cercado. Lo miré y dije:

—Al cuerno todo.

Agitó las orejas como si me comprendiera; después de haber trabajado tanto, nadie valoraba mi esfuerzo.

Agarré el caballo por el ronzal y lo guié hasta el establo para ensillarlo. Eché un poco de grano en el comedero para los otros animales. No estaba dispuesto a hacer nada más.

Puse el pie en el estribo, subí a lomos de *Dash* y me alejé de allí sin despedirme siquiera. De todos modos no importaba. Dudaba de que alguien me echara de menos.

22

Riley Davis me contó que los Odom se habían detenido en su almacén.

—De hecho, acaban de marcharse —dijo, asomándose al mostrador para mirar por la ventana que daba a la calle—. Con ese semental, podría alcanzarlos fácilmente.

A mí no me interesaba darles alcance. Sólo quería enterarme de si habían comprado un biberón a Clarissa. Riley dijo que sí, y entonces le pedí un biberón para mí, aunque de whisky y sin tetilla.

Me dirigí a mi habitación en la trastienda del taller, colgué el cartel de «CERRADO» en la puerta principal y me dispuse a emborracharme a placer. No resultó demasiado divertido; lo único que conseguí bebiendo fue entristecerme y sentir lástima de mí mismo. Consideré la posibilidad de acercarme a Weatherford para buscar un prostíbulo donde pasar la noche. Qué mejor que una mujer tierna para acabar con mis desdichas. Sin embargo las fuerzas me habían abandonado. Al final me quedé dormido en el jergón, con las botas puestas. Ni siquiera soñé esa noche.

A la mañana siguiente, Liam Brannon me despertó al aporrear la doble puerta exterior del taller. Dos de sus ponis de trabajo necesitaban herraduras nuevas. Como no tenía la fragua en marcha, Brannon me los dejó en la parte posterior para que me ocupase de ellos cuando me fuera posible.

Cuando atranqué de nuevo las puertas con los ladrillos que usaba a tal efecto, el sol estaba alto, y tuve que entrecerrar los ojos. Alcé la cabeza y dejé que la brisa me refrescase la cara. El cielo estaba vacío, sin nubes. Al recordar las últimas palabras de Lily el día anterior y la expresión de odio en su rostro, me sentí igual de vacío por dentro.

Tardé un rato en apilar el carbón y bombear el fuelle hasta que el fuego cobró vida. Introduje el primer poni en el taller. Al principio se mostró un poco asustadizo, y la piel le temblaba sin cesar, de modo que le hablé hasta que conseguí tranquilizarlo.

Pensé que tenía más habilidad para hablar con los caballos que con las mujeres, y también que los entendía mejor. Me preguntaba qué había pretendido Lily que hiciese para evitar que los Odom se llevaran a Clarissa Marie. ¿Apuntarles con una pistola? ¿Pelearme con el señor Odom a puñetazo limpio? Claro que no debía haberla regañado por dejar que Em jugase en el hórreo. Había sentido tal alivio al ver allí a las dos, todavía conmigo, que no había sabido cómo reaccionar. Ése era siempre mi problema; la manía de ocultar mis sentimientos.

Cuando terminé de herrar el segundo caballo, la gente estaba ya congregándose frente al almacén de Riley. Era día de correo, y las esposas y hermanas de los agricultores aguardaban allí la llegada del hombre que portaba la correspondencia desde la oficina de correos de Weatherford.

Aunque no esperaba carta, dejé el segundo poni

en el patio, junto a su pareja, y me acerqué al almacén tras decidir que no era conveniente ir a casa de Robert. Estaba allí escuchando a Daniel Porter, que explicaba que había obtenido nueve dólares con cincuenta centavos por cada uno de sus tres becerros en la subasta que se había celebrado en Millsap el día anterior, cuando noté un golpecito en el hombro.

Me di la vuelta. El individuo que me había tocado se apartó casi un metro de mí. Era un chaval, no tendría más de quince o dieciséis años. Flaco y larguirucho, lucía un sombrero de ala estrecha con la copa en punta y unas gafas de montura metálica que reflejaban el sol y le ocultaban los ojos. Vestía pantalones de dril, y tirantes de rayas. Su aspecto me resultaba tan familiar que me rasqué la cabeza tratando de recordar su nombre o dónde lo había visto antes.

—¿No es usted Haywood Beatty? —preguntó. Su voz sonó lúgubre y vacilante. Mantenía la distancia de un metro que nos separaba.

—Depende de quién quiera saberlo —respondí.

—Estoy buscando a mi hermana —dijo el chico, y me disponía a preguntarle cómo se llamaba ella cuando caí en la cuenta de que se trataba de Lily. Entonces recordé haberlo visto un par de veces en McDade subido a una carreta vieja. Seguía sin acordarme de su nombre, pero no cabía duda de que era un DeLony. Tenía los labios finos, la barbilla puntiaguda, como su hermana, y su mismo color de pelo. Incluso, como a Lily, un mechón le caía por el lado derecho de la frente.

Me pareció que no le apetecía demasiado hablar conmigo. Me acaricié la cara; necesitaba un afeitado. Debía de oler bastante mal, además. Miré hacia el camino de Lazy Bend y pensé qué sentiría yo al verla después de lo que me había dicho. Sus palabras todavía me atormentaban.

—¿Tienes caballo? —pregunté. El chico señaló una jaca canela con jarretes como de vaca y el lomo hundido, atada junto a la puerta de herrería. Reconocí el animal—. No habrás venido hasta aquí montado en esa bestia, ¿verdad?

El chico echó a andar hacia su cabalgadura sin responder. Ni siquiera dio muestras de haberme oído, aunque yo sabía que no había podido dejar de hacerlo. Le observé unos segundos y luego fui a ensillar a *Dash*.

En cuanto nos desviamos del camino, vislumbré a Lily encorvada en el huerto, arrancando hierbajos. Em estaba sentada a la sombra del olmo, en el sitio que yo le había acondicionado para jugar. Oímos claramente su parloteo por encima del atabalear de los cascos de nuestros caballos.

El hermano de Lily cabalgaba a mi lado, macilento y silencioso. No había pronunciado ni tres palabras a lo largo de los once kilómetros. Yo me hacía cruces pensando en el motivo de su aparición; ignoraba si simplemente tenía ganas de ver a su hermana o si había decidido llevársela de vuelta a casa. Sus gafas eran como dos enormes lunares sobre sus ojos. Como me inquietaba mirarlo, procuraba no hacerlo.

Lily se incorporó al oírnos, haciendo visera con el brazo. Permaneció inmóvil unos segundos, no mirándome a mí, pues debió haberme reconocido enseguida, sino al tipo de aspecto severo que me acompañaba. Cuando por fin lo identificó, levantó ligeramente los hombros y avanzó bamboleándose por entre los surcos del huerto en dirección a la verja.

Su rostro quedaba en sombra debido a la gorra que llevaba puesta, pero me pareció que no sonreía. Pasó por el fondo del cercado. Iba descalza. Puso un pie encima del otro y se abrazó a la estaca de la esquina. Los hermanos no cruzaron una sola palabra; simplemente se miraron uno a otro. Me resultó una manera bastante rara de saludar a un familiar.

Em se puso en pie y exclamó «Du-di», al tiempo que golpeaba las tablas. Me apeé del caballo.

—Traigo a alguien que quiere verte —dije a Lily—. Me lo he encontrado frente al almacén de Riley.

Lily tenía mal aspecto. Tal vez había estado toda la noche desvelada suspirando por la pequeña Clarissa. Sin mirarme siquiera, avanzó tres pasos mientras su hermano se bajaba de la jaca.

—¿Dane? —dijo, ladeando la cabeza, sacudiéndose la tierra de las manos.

El chico ató su montura a la cerca.

—Papá no sabe que he venido —dijo con su lúgubre voz.

Esperé, curioso. Me sentía fuera de lugar, como si estuviera espiándolos.

—¿Ha ocurrido algo? ¿Alguien se ha puesto enfermo? —preguntó ella con tono de preocupación.

Él negó con la cabeza.

—No, no ha ocurrido nada. —Retiró la mano de la silla de montar—. Me he hartado de esa tacaña con quien papá se ha casado, y de él también. Hiciste bien en marcharte. Si me permites quedarme unos días contigo, te echaré una mano. Ya sabes que no soy perezoso.

Miró hacia mí, cegándome casi con sus anteojos.

Me pregunté cuánto tiempo significaban «unos días».

—Claro que lo sé, Dane —dijo ella. Tendió la mano para acariciar al caballo—. Nunca has sido perezoso. Entra en la casa.

Emmaline empezó a armar alboroto. Dane la miró.

—No se parece a ti —observó.

—No, es verdad.

Tras coger en brazos a la pequeña, Lily hizo una seña a su hermano para que la siguiera, y juntos entraron en la casa, dejándome a solas con mis anhelos. Si ella me hubiera mirado una sola vez, le habría dado a entender que lamentaba haberle hablado como lo hice en el hórreo.

Pensé en el campo de algodón del otro lado del camino. No había terminado de limpiarlo; faltaba todavía la mitad del sembrado. Pero Lily no había abierto la boca para brindarme la bienvenida, decidí que quizá sería mejor dejar que crecieran los estramonios y que los bichos se comieran todo.

Dirigí la vista hacia el corral, preguntándome si Lily habría alimentado a los animales. Estaban todos en fila junto a la valla, observándome, y *Dash* tiraba hacia allí, considerando tal vez que su deber era acompañar a sus congéneres. Hubiera podido llevar el jamelgo de Dane al corral, desensillarlo y darle un buen cepillado, pero ¿para qué? Así no conseguiría que Lily me mirase con mejores ojos.

Como si hubiera adivinado mis pensamientos, Lily salió al porche, con Em apoyada en la cadera. Se había despojado de la gorra. Levanté la cabeza, y ella palmeó la espalda de Emmy, y miró hacia los árboles.

—Dane se alojará en tu habitación, bueno, la habitación de Bob y Estelle.

Asentí con la cabeza y escudriñé el camino en dirección a Brock. Supongo que mi rostro reflejó tristeza.

—Podría ayudarte mucho —dijo—. Ha trabajado en el campo desde que aprendió a andar.

La esperanza renació en mí. Lily no me echaba, sólo quería que no durmiese allí. Bajó los tres peldaños. Sus facciones se habían ablandado, y sus ojos mostraban una expresión melancólica.

—Siento lo que te dije ayer; eso de que Emmy no era tuya. Me porté muy mal.

—Yo también lo siento.

La niña tendió los brazos hacia mí.

—No tienes por qué sentirlo. Era justo que se llevaran a Clarissa. Supongo que me había encariñado demasiado con ella.

—Era inevitable. A lo mejor podríamos visitarla cuando hayamos almacenado la cosecha.

Em gruñó un poco. La cogí en brazos, y a Lily no pareció importarle. Incluso sonrió. La pequeña apretó su mejilla contra la mía y sonrió a su madre, haciendo ruiditos como si intentase hablar.

—Ella no sabe que no es hija tuya —dijo Lily—. De hecho es como si lo fuera...

—Pero no lo es. Yo no tuve nada que ver con eso.

—Lo sé —susurró—. Lo siento.

Me extrañó que dijese aquellas dos cosas, y en ese orden, como si se le hubiera escapado algo que no quería decir; que sentía que yo no hubiera engendrado a Em. Yo sabía que no había sido ésa su intención, y lo lamenté, así como también lamentaba los otros pensamientos que en ese momento me rondaban por la cabeza.

El viento agitó sus cabellos, y concluí que llevar el pelo suelto era tentador y poco conveniente.

Contemplé sus pies descalzos, los dedos rosados, los bonitos tobillos. Sin decir palabra, le devolví a Em y llevé a *Dash* hasta el corral, dándole una palmada en las ancas para que se apartara de en medio. Cogí a *Shorty*, el gran percherón de andares lentos, y lo guié hasta el cobertizo de las herramientas en busca del arado. Cuando me volví, el porche estaba desierto.

23

La llegada de Dane cambió las cosas. Yo volví a mi habitación en la parte trasera de la herrería, y ya no pude estar a solas con Lily y la pequeña Em. Mi ensueño se desvaneció hasta convertirse en un mero recuerdo que brillaba con fuerza en mi mente. A partir de entonces todo fue trabajar y trabajar; en los campos, cuidando de la cosecha de Bob, y por las tardes en la fragua, sometido a un calor cada vez más insufrible a medida que transcurría el verano.

Dane representó una gran ayuda para mí. Era un labriego experto, como Lily había comentado, pero no simpatizaba mucho conmigo. Yo ignoraba la razón. El chico se mostraba taciturno y no parecía fiarse de mí ni siquiera cuando se trataba de alimentar a aquel maldito jamelgo suyo. Lo cierto es que tenía la impresión de que Dane había acudido para salvar a su hermana de mis garras.

Lily parecía contenta de tenerlo allí y de que Dane le informara de cómo se encontraba sus otros dos hermanos, quienes obviamente se llevaban mejor que él con su nueva madrastra. Al principio hablaban mucho, pero nunca delante de mí, pues Dane se cerraba en banda cuando yo aparecía. En una ocasión en que no se percató de mi presencia, le oí decir:

—Papá sólo se casó con la señora Kennedy para hacerse con sus tierras, y ahora que las ha conseguido, no quiere que le incordien.

Yo sabía cuatro cosillas de su padre, básicamente a través de Shot. Al parecer Josh DeLony era un tipo rudo a quien bastante gente había terminado por evitar.

Un par de semanas después de que Dane llegara, él, Lily y Em comenzaran a asistir los domingos a la iglesia metodista de Brock. Yo los veía algunas veces desde el taller, o me cruzaba con ellos por la calle, cada cual en una dirección. Em solía exclamar «Dudi», y sonreír de alegría.

Un domingo del mes de julio Lily me convenció de que los acompañara. Me acomodé en un banco vestido con el traje de Jack, notando cómo todo el mundo me miraba. La noche anterior había extendido el pantalón debajo de mi jergón para hacerle la raya. Sin embargo, no había reparado en que la chaqueta tenía una protuberancia en la espalda, debajo de la nuca, debida al clavo de que había colgado desde el funeral de Estelle.

Al final me dolía la cabeza por intentar seguir las palabras del predicador. Lily estaba sentada a mi lado, y su perfume me llegaba en pequeñas oleadas al ritmo de su abanico de papel, por lo que me resultaba difícil concentrarme en el sermón. El hombre leyó un fragmento de la Biblia que me sonó más a latín o griego que a inglés, debido a aquellos giros arcaicos. Desde luego, nunca había oído a nadie hablar de aquella manera, ni siquiera a un abogado como Silas Jones. Cuando Em decidió que había llegado el momento de expresar en voz alta su impaciencia y los fieles se rebulleron molestos en sus bancos, la cogí en volandas y salí fuera, contento de tener una excusa para escabullirme.

No bien hubimos cruzado la puerta, la chiquilla dejó de alborotar. Se parecía mucho a mí; no le gustaban las iglesias ni las peroratas del pastor, ni que la encerraran allí, desaprovechando una mañana tan bonita. La dejé andar cogida de mi mano por el césped que se extendía frente a la iglesia. Pronto empezaría a caminar por su cuenta. Enseguida se cansó de la hierba y quiso aventurarse más allá. Yo solía no negarle nada.

Nos acercamos a las zainas atadas junto a los tiros de los otros feligreses. La yegua de la izquierda, *Razzie*, tenía los flancos hinchados por la progenie de *Dash* que llevaba dentro. Em chilló y le dio una palmada en el morro. La yegua soltó un bufido y la niña rió. Em tenía debilidad por los caballos, igual que yo. La verdad es que Em y yo éramos como dos gotas de agua.

Cruzamos el camino y nos dirigimos al almacén de Riley para comprar unas galletas de arruruz. A Em le encantaban, y sabía a simple vista en qué tonel las guardaba Riley. Casi se me cayó de los brazos al intentar agarrar una galleta con sus regordetas manitas.

—¿Cómo está la alegría de la casa? —dijo Riley, dándole un pellizco en la mejilla. Em estaba demasiado absorta en la galleta para prestarle atención.

Le pedí que me sirviera una cerveza. Hacía tanto calor que hubiera bebido un cántaro lleno.

Mientras accionaba la espita, Riley dijo:

—Le he visto entrar allí dentro y me he dicho: «ése no puede ser Beatty». —Depositó la cerveza en el mostrador—. Me alegra comprobar que no se ha tomado la prédica al pie de la letra. Algunas mujeres han venido aquí para clamar por la abstinencia, para pedirme que me deshiciera de los barriles de cerveza y todo el whisky. Les he dicho que ni siquiera Jesucristo Nuestro Señor era abstemio.

—¿No lo era?

—Qué va. Bebía vino como una esponja.

La cerveza había formado una corona de espuma que llamó la atención a Em. Introdujo los dedos en el vaso y los removió, produciendo más espuma.

—De lo quc estoy seguro —dije— es de que hace un calor de mil demonios para ir vestido así.

Me aflojé el corbatín y levanté el vaso para brindar. Los serios ojillos de la niña no perdían detalle de mis movimientos.

—De modo que Stevens ha vuelto —dijo Riley—. ¿Cree que se quedará?

Dejé el vaso sobre el mostrador, y Em se inclinó para meter los dedos otra vez.

—¿Cuándo lo ha visto?

—Esta mañana, mientras usted estaba en su clase de religión. —Consultó el reloj de pared—. Pasó por aquí hará cosa de una hora. Se dirigía a Lazy Bend. Llevaba un caballo distinto, pero era Bob, sin duda. Ya suponía que usted no se habría enterado.

—Pues tenía razón.

Me apoyé en el mostrador mirando hacia la calle. Los feligreses salían de la iglesia, y el predicador los aguardaba fuera para estrecharles la mano. Lily y Dane se hallaban a un lado, buscándonos a Em y a mí. Apuré la cerveza y cogí a la niña.

—Gracias, Riley.

—Recuerde a Stevens que todavía me debe doce dólares —dijo Riley cuando me marchaba.

Lily se percató enseguida de que Em olía a cerveza y que yo despedía el mismo olor.

—Jesús no era abstemio —dije.

Dane se limitó a levantar la nariz como hacía siempre, dando a entender que no valía la pena perder el tiempo conmigo; de manera que no le dejé guiar el carro. Ni siquiera se lo propuse, a sabiendas de lo mucho que le gustaba. Por otra parte, tenía prisa por averiguar si Bob estaba aún en la casa.

Vi el caballo que montaba, un tordo moteado, atado a la entrada del cementerio. A Bob siempre le habían gustado los tordos. Estaba arrodillado frente a la tumba de Estelle, con el sombrero entre las manos. Le había crecido mucho el pelo, y lo tenía tan grasiento que a la luz del sol parecía el pellejo de una mofeta. Frené a las zainas.

—¿Es ése Robert? —preguntó Lily.

—Riley Davis me ha comentado que ha regresado —respondí.

—¿Por qué no lo has dicho antes?

—No estaba seguro de que fuera cierto. —Lancé las riendas a Dane y me apeé del carro con cuidado para no lastimarme la pierna mala—. Id a casa. Me reuniré con vosotros enseguida.

—Quizá sería mejor que lo dejases tranquilo de momento.

Rechacé su sugerencia con un gesto y eché a andar colina arriba.

Bob, que nos había visto, se puso en pie. Se encaminó hacia mí y a mitad de la cuesta me estrechó entre sus brazos. Apestaba a whisky rancio, humo de cigarro y sudor de su caballo. Tenía los ojos almibarados, como si hubiera permanecido despierto tanto tiempo que el iris se hubiera derramado en la parte blanca. Me soltó.

—No me quedaré mucho tiempo —dijo, sujetando el sombrero—. Sólo he venido para decirte que lo que saques de la cosecha es para ti. Al fin y al cabo, has hecho todo el trabajo. Y el señor Jones ya está al corriente de que me voy de su casa. —Extrajo de su chaleco un pedazo de papel doblado y me lo tendió—. Aquí tienes. Le he pedido que redacte esto.

Cogí el papel. Era un cheque bancario girado a cargo del Citizens National por valor de 45,25 dólares, y firmado por Silas Jones.

—Éste fue el pacto que hicimos —dijo Bob—. Me paga cada tres meses por la cosecha. Ahora eres arrendatario suyo.

—Ya lo era. —Me guardé el cheque en el bolsillo de la camisa—. Acabará cobrándolo como alquiler de la herrería.

—Sí. Pronto los hombres como él dominarán todo el país, si no lo hacen ya. —Sonrió—. Tú y yo hemos tenido suerte.

—¿Dónde has estado, Bob?

Rió entre dientes, nervioso.

—Oh, por ahí. Pasé unas semanas en Nuevo México, pero es demasiado seco para mí. Además me metí en un lío, de modo que... —Soltó una estridente carcajada—. Tuve que largarme.

—¿Qué clase de lío?

—Un tipo intentó robarme jugando al póquer. —Su sonrisa perdió vigor. No se había afeitado desde hacía más de una semana, y las patillas le llegaban al mentón.

—Alguien resultó herido —aventuré y supe que había acertado antes de que él asintiera con la cabeza.

—El tramposo.
—¿Está muerto?
Asintió otra vez.
—Tardó un par de días en palmarla. Fue en legítima defensa, pero la justicia no opina lo mismo, naturalmente. —Desvió la mirada hacia la casa. Dane estaba ayudando a Lily y a Em a bajar del carro—. Estuve unos días en McDade. Averigüé que Charlie vive ahora en Lockhart. Se ha casado. Tiene una casita, además de una mujercita.
Miré hacia la colina. La cruz de metal que había forjado sobresalía entre las otras cruces de piedra.
—Los padres de Estelle vinieron a llevarse a Clarissa —expliqué, consciente de que él no preguntaría—. Ahora está con ellos en Rockdale.
Bob clavó la mirada en sus botas, con expresión ausente. Al cabo de un minuto sonrió de nuevo.
—¿Sabes a quién vi en casa de Charlie? A Bird Hasley. No ha cambiado nada; sigue siendo más malo que la tiña. Ha estado viviendo en Louisiana. Se dedica a la compraventa de caballos. Intentó engatusarme para que me fuera con él. Quizá no sea mala idea. No estaría mal poner tierra por medio entre Nuevo México y yo.
—El señor Odom dijo que podías visitarles cuando quisieras.
Frunció el entrecejo, apretó las mandíbulas y volvió a calarse el sombrero; sus ojos quedaron de nuevo a la sombra del ala.
—Quédate con *Shorty*. Supongo que si continúas trabajando el campo, lo necesitarás más que yo. Te vendo las yeguas; cien dólares por las dos. Ya me pagarás cuando te hagas rico.
—Quizá tengas que esperar un poco.
—Digamos que hago una inversión.

Nos miramos en silencio. No había nada más que añadir. Sentí compasión al ver el dolor reflejado en su semblante. Sin embargo, nada podía hacer para ayudarle. Bob tendría que aprender a superarlo, como lo había hecho yo cuando murieron Jack y Azberry.

Y fue en ese mismo instante, mientras miraba su tez morena y sus ojos tristones, cuando comprendí que por fin había enterrado a mis hermanos. No estaba seguro de en qué momento había ocurrido, pero esa parte de mí ya estaba en paz.

Bob me dio una palmadita en el hombro, y nos estrechamos la mano.

—Cuídate —dijo.

—Y tú también.

Parecía el final de algo, y los ojos se me empañaron.

Nos encaminamos hacia su caballo nuevo. Montó en la silla y empezó a descender por el sendero a medio galope. Las herraduras del tordo centelleaban cual espejos a cada paso. Antes de llegar al primer recodo, Bob se volvió en su cabalgadura y me saludó agitando el sombrero.

—¿Adónde va?

Lily había subido a la colina. Dane permanecía en el camino, frente a la casa. Los tres observábamos cómo se alejaba Bob.

—No lo sabe —respondí—. A algún sitio donde no existan los recuerdos.

—Entonces, ¿no piensa volver?

—Creo que no.

Estaba a mi lado, apaciguando las faldas que se agitaban con el viento que comenzaba a levantarse.

—¿Te ha dicho qué debo hacer con la ropa y demás cosas de Estelle?

—Quédate todo —contesté—. Utiliza lo que te vaya bien, o dáselo a los pobres.

Apretó los labios y alzó la vista hacia mí. Por sus ojos adiviné que creía había citado palabras textuales de Bob.

—En esta región no hay mucha gente más pobre que nosotros —replicó.

Metí los dedos en el bolsillo de la camisa y extraje el cheque.

—Me ha dado esto. —Se lo entregué y lo leyó con atención—. Te lo cederé para que te compres cuanto necesites. Se considera como dinero en metálico.

Tras examinar el cheque, escrutó mis ojos, mi rostro. Habría dado cualquier cosa por saber qué estaba pensando Lily en esos momentos.

—No pretendía parecer una resentida —dijo.

—Pero si tienes razón. Has pasado muchos apuros. Tal vez las cosas mejoren un poco a partir de ahora. Bob me ha regalado la cosecha. Asegura que Silas Jones está de acuerdo.

—Me alegro por ti. —Miró un instante hacia el camino por donde Bob se había marchado y se guardó el cheque en el bolsillo de la falda—. Ha elegido un buen momento para presentarse, cuando la cosecha ya está en marcha; de haberlo hecho antes le habría tocado trabajar.

—No es el trabajo lo que le asusta —dije.

Al mirar hacia la casa vi que Dane se había sentado en los peldaños del porche y afilaba un trozo de madera. Todos los domingos se sentaba allí con su cuchillo. De vez en cuando nos observaba, vigilante, con sus ojos de búho con gafas.

Eché a andar hacia el cementerio. Lily me acompañó. No había llovido en varias semanas, y el sol había secado casi toda la maleza. Lily se recogió las faldas, mostrando los tobillos, embutidos en unas medias blancas. Procuré no fijarme demasiado.

Nos dirigimos a la tumba de Estelle, ante la cual Bob se había arrodillado. Sobre la tierra pulcramente amontonada descansaba un puñado de zinnias de color naranja, idénticas a las que crecían junto a la casa. Lily miró hacia allí para averiguar de dónde las había cortado. Entonces vi el anillo de boda de Bob sobre una de las espirales que yo había fraguado en la cruz. Cogí la alianza y leí la inscripción grabada en la plata: «No dudes nunca que te amo.»

Introduje la punta de un dedo en el anillo. La pérdida de la esposa cambiaba a cualquier hombre, pensé. Yo había observado ese cambio reflejado en el rostro, las arrugas y la amargura de Bob. Igual le había ocurrido a mi padre, a quien se le había instalado aquella misma vejez en la mirada. La gente que conocía a papá afirmaba que había sido diferente en vida de mi madre, y yo lo creía. Suponía que así debía ser, porque ninguna mujer lo habría soportado tal como yo lo conocí.

—Supongo que era una persona triste. —Hablé en voz alta y luego casi eché a reír al ver que Lily me miraba con curiosidad—. Me refería a mi padre. Estaba pensando en él. Me figuro que se dio a la bebida porque estaba triste. —Devolví el anillo a donde Bob lo había dejado—. No era fácil sentir compasión por él. No le gustaba nada ni nadie. Sólo quería que le dejaran a solas con su botella y sus perros.

—Me acuerdo de la cantidad de perros que teníais.

La miré.

—Yo no he olvidado lo que te ocurrió con ellos la primera vez que te vi, el día que Shot decidió traerte a casa.

Un remolino rojo le subió por el cuello y le arreboló las mejillas. Me pregunté cuál sería la causa.

—Yo también lo recuerdo —dijo.

—Conseguiste que los perros se pusieran realmente furiosos. Me hiciste saltar de la cama.

—Bueno, de todas formas no eran horas de estar durmiendo. —Se rió, y su risa me sonó a música. El viento levantó las cintas de su sombrero y le acarició con ellas la cara. Hice ademán de apartarlas, pero ella esquivó mi mano—. No —susurró y luego se retiró las cintas.

La sonrisa volvió a aflorar a sus labios, pero yo había vislumbrado en sus ojos un resplandor oscuro. Sí, ella lo sabía. Probablemente sabía de mis fantasías, de mis perversos sueños nocturnos. Y durante todo ese tiempo me había dejado creer que era un secreto que yo guardaba para mí. Pero lo había descubierto. Ese «no», la rápida sonrisa y el resplandor la habían delatado.

—Bien, no te quedes mucho rato por aquí —dijo jovial, echando a andar despacio colina abajo como si nada extraordinario hubiera sucedido entre los dos—. Voy a preparar la cena. Tienes que comer algo antes de regresar al pueblo.

—Está bien —concedí, siguiéndole el juego. Las orejas me ardían bajo el sombrero.

Permanecí allí un rato sin motivo alguno. No era mi mujer quien estaba enterrada en aquel suelo, ni era mi costumbre visitar la tumba de Estelle. De hecho me quedé en el cementerio porque intuía que Lily no habría querido que la acompañase.

Una vez en el camino, giró hacia la casa, y cuando llegó al porche Dane dejó su cuchillo y se puso en pie. El chico la dejó pasar y luego me dedicó una mirada antes de entrar en la casa.

24

Hacia finales de agosto aparecieron en el valle los baptistas —«misioneros baptistas», los llamaba la gente—; evangelistas procedentes de Dallas que se habían presentado con el propósito de convertir a los pecadores.

Hacía tanto calor que el cielo bajaba hasta fundirse con la tierra, formando todas las tardes unas nubes de vapor que, aunque prometían lluvia, nunca llegaban a descargar. Lo único que se podía hacer era sentarse y esperar que la tierra conservase suficiente humedad de la primavera pasada para que la cosecha de algodón no se estropeara. Por esa razón reunirse al aire libre a orillas del río Brazos bajo los auspicios de Dios era una de las pocas maneras de distraer a uno de sus preocupaciones. Además, Lily deseaba que Em dejara finalmente de ser católica.

La diferencia estribaba al parecer en el sistema de remojo. Los metodistas que había en Brock pertenecían a una secta partidaria de rociar a los feligreses, algo semejante a lo que hacían los católicos en San Patricio, y ese método no convencía a Lily. Em tenía que ser zambullida. Lily estaba resuelta, incluso siendo una baptista descarriada como afirmaba ser.

Dedicó un día entero a preparar comida suficiente para toda una semana. Pidió a Dane que cargara el carro pequeño y me preguntó cómo llegar a Littlefield Bend, donde los evangelistas habían levantado un emparrado bajo el cual cobijaban a sus fieles.

—Supongo que no vale la pena que te invite a acompañarnos —dijo.

Negué con la cabeza. A mi entender, la religión era algo a lo que uno debía entregarse por completo, y yo albergaba serias dudas acerca de la solidez de mis convicciones.

—Nos veremos dentro de una semana —dije.

Me pasé los dos días siguientes peleándome con una plaga de gusanos que pretendían anidar en el algodón. Mezclé parafina y jabón a partes iguales con agua y vertí el veneno alrededor de cada planta. Si aquello no surtía efecto, mi próximo truco consistiría en empapar directamente las plantas en un jabón elaborado a base de pimienta de cayena. Había aprendido algunas argucias de los veteranos que solían pasarse al caer la tarde por el almacén de Riley.

El jueves ya estaba harto de rondar por la casa solo. Brock estaba desierto, de modo que no hacía falta abrir el taller. Cabalgué hasta Weatherford y estuve un rato en el Lone Star Saloon, bebiendo whisky barato y jugando a cartas hasta que me quedé sin un centavo, lo que no tardó mucho en suceder. Me había concedido solamente seis dólares para ir de parranda, lo que de todas formas ya no se me daba muy bien.

Regresé a Brock al anochecer y me dormí, sobrio, en el jergón. Ni siquiera conocía el camino a Faymon's, el «palacio del placer» de que había oído hablar a la gente en torno al tonel de galletas de Riley. De alguna manera, todo aquello había dejado de interesarme.

El viernes fui a caballo hasta la casa para echar un vistazo a los campos y comprobar si el veneno contra los gusanos había funcionado. Alimenté a los caballos y la vaca lechera, eché un poco de harina de maíz a las gallinas y después regresé al taller para ocuparme en fruslerías. Hice unas hormas de herradura nuevas y las colgué en la pared. Abrí una lata de sardinas y desenvolví una hogaza de pan —de ese que Riley vendía y parecía un taco de escopeta— a modo de cena. Jugué al solitario hasta que anocheció y finalmente me decidí a sacar el traje de Jack de debajo del colchón.

Pese a la hora, hacía aún demasiado calor para vestir chaqueta y corbatín. Sin embargo cepillé los pantalones y me puse el chaleco encima de la camisa blanca con lunares negros que había pertenecido a Bob. Llené una cebadera de avena y maíz para *Dash*, lo ensillé y, tras una breve parada en casa de Silas para pedir a Puddin que cuidara de la casa hasta mi regreso, partí hacia Littlefield Bend para unirme al resto de los pecadores. Me había hartado de estar solo.

La noticia de la reunión baptista se había extendido a tres condados, y acudía gente hasta de Palo Pinto. Cuando yo llegué, los cánticos y las prédicas no habían terminado aún pese a que había anochecido. Enjambres de insectos rodeaban unas farolas colgadas de unas varas. Había bancos de madera basta dispuestos bajo un emparrado de ramas de sauce y cedro; los hombres se sentaban a la izquierda; y las mujeres, engalanadas con sus rígidas faldas de domingo, a la derecha.

No conseguí encontrar a Lily y Dane por ninguna parte.

Vi a algunos conocidos. También los Strickland habían acudido. Alice y todas sus hijas estaban alineadas en el lado de las mujeres. Ruth no los acompañaba, y supuse que se había casado ya con aquel Noah Steelman que me había vapuleado, aunque por lo general se sabía cuando había boda en el valle, y yo no me había enterado de que se hubiese celebrado ninguna recientemente. Luego me dije que difícilmente me habrían invitado.

Las niguas molestaban a los congregados, a menos que fuera el Espíritu Santo lo que les provocaba aquellas sacudidas. El pastor cuya voz era ronca y cacareante, se hacía oír sobre los cánticos a base de gritos, instando a su rebaño a rendir cuentas ante el Salvador. Eso habían hecho ya algunos, que, llorando de rodillas, rezaban frente a la multitud en el banco de los penitentes. Me sentía como si hubiera irrumpido en el dormitorio de alguien. No pude evitar quedarme allí mirando.

Desfilaban de uno en uno. Unos sollozaban, otros se tambaleaban apoyados en sus acompañantes, y unos cuantos caminaban con decisión, la cabeza alta y una sonrisa ufana en los labios. Una mujer de morado, sentada ante un órgano de fuelle, con la falda del vestido recogida hasta las rodillas, pateaba los pedales y aporreaba acordes. *Con ternura y suavidad, Jesús nos llama...*, cantaban las voces.

No había presenciado nada semejante en mi vida; la gente estaba agitada, e incluso algunos yacían desmayados en el suelo. Y con cada nuevo candidato, los aleluyas subían y subían de volumen. A nadie se le ocurría avisar a un médico.

—Acércate con tus pecados, hermano —me animó una anciana de rostro dulce, tirándome de la manga. Casi tuve que arrancarle los dedos para lograr que me soltara. No bien lo hubo hecho, me batí en retirada. Todo el mundo parecía haber enloquecido bajo aquel emparrado.

Encontré una mesa larga con comida y sin nadie que la vigilara. Vencido por el hambre, piqué de plato en plato, saboreando los manjares allí expuestos; jamón, bizcochos, boniatos y muchas clases de bollos y pan. Alguien había llevado también una canasta de sandías.

Tuve que apartar las moscas. Ni siquiera las antorchas de petróleo clavadas en el suelo en torno a la mesa conseguían ahuyentar a los bichos.

—¡Woody! ¡Por aquí!

Me di la vuelta y vi a Lily acercarse por entre los tenderetes desmontados, ataviada con aquel vestido rosa pálido, con puntitos y flores, que hacía resplandecer su piel incluso en la oscuridad.

—Me había parecido verte —dijo—. ¿Hace mucho que estás aquí?

—Lo suficiente para que por poco me conviertan —respondí, y ella rió como yo había esperado y deseado—. ¿Dónde está Em? ¿Y Dane?

—Em está durmiendo. Y Dane está echando una mano al hermano Shaw. —Miré hacia el emparrado. Yo no había visto a Dane por allí—. Está casi resuelto a hacerse predicador —dijo Lily—. Anoche me contó que había sentido la llamada. Le he aconsejado que espere antes de tomar una decisión tan importante. En las reuniones evangelistas la gente se hace una idea, y luego, cuando todo vuelve a la normalidad, se da cuenta de que las cosas no son como pensaban.

—Ya me hago cargo —dije, escuchando el órgano, los himnos y el batir de palmas.

—En fin. Me alegro de verte aquí. El bautizo se celebrará el domingo. ¿Te quedarás hasta entonces?

En un principio había previsto pasar allí sólo una noche; ni siquiera había llevado ropa de recambio. Pero al verla con su vestido rosa, se me nubló el pensamiento. Además, acababa de afirmar que se alegraba de verme.

—Si tú quieres, sí —murmuré.

—A Emmy le encantaría —dijo. Por el modo en que bajó la cabeza, tuve la certeza de que si hubiera habido más luz que la de la media luna y las farolas del otro lado del llano, la habría visto sonrojarse.

Tenía la sensación de que Lily y yo nos pasábamos el tiempo ruborizándonos y fingiendo que no reparábamos en ello. Resultaba un poco violento, pero no podía soportar la idea de apartarme de ella.

Esa noche dormí en el suelo, junto a la tienda que habían improvisado extendiendo la lona del carro sobre una cuerda anudada a dos robles. Lily se refugió en su interior con Em, acostada en un jergón de colchas. Dane, cuando por fin se presentó en la tienda mucho después de que terminaran la música y el griterío, colocó su chaqueta a mi lado y se quedó profundamente dormido, roncando más fuerte que los sapos que croaban en el río.

—¿Quién hubiera pensado —sobre todo de haberme conocido un par de años antes— que habían de encontrarme en una reunión de evangelistas entonando himnos religiosos? De hecho, me gustaba cantar; en eso no había cambiado en absoluto. Y como el director, un individuo a quien la gente llamaba «hermano Henderson», voceaba las estrofas verso a verso, pues no había suficientes cancioneros para todo el mundo, pude seguir la letra. Lo que no acababa de convencerme era que hombres y mujeres estuviésemos separados. No dejé de desviar la vista hacia el otro lado del pasillo, donde Lily me devolvía la mirada. A ella no le hacía falta cancionero ni que el hermano Henderson dictase la letra.

El predicador jefe, un tal hermano Shaw, pronunciaba sus sermones a primera hora de la mañana, a las diez y media, a la una y media y al anochecer, de modo que la celebración se prolongaba durante casi todo el día. La gente se cansaba, lo que explicaba en parte los desmayos que sufrían, el alboroto que armaban y el hecho de que un sujeto comenzase a hablar lenguas desconocidas. El verdadero causante de estos fenómenos era el hermano Shaw, con sus febriles pláticas. «Palabrería —me diría Riley días después—. Pura y simple palabrería.» Pero en el momento quedé tan atrapado en aquellas redes como cualquier hijo de vecino.

Primero empecé a sudar. Luego me entró tiritera por todo el cuerpo. Era como si me hubiera dado un acceso de fiebre. El hermano Shaw se esgañitaba por encima del coro, clamando que para purificar el alma bastaba con acercarse al banco y hacer promesa de aceptar a Jesús; así el Señor cargaría sobre sus espaldas con todos los pecados, absolutamente con todos, insistió. Reflexioné sobre qué podía significar que todos mis pecados fueran perdonados; algo así como volver a nacer, concluí. Era ese empezar de nuevo que ya había buscado en San Antonio, esa nueva vida que perseguía desde que me marché del condado de Bastrop. Y yo estaba cansado, acalorado y sediento después de tanto cantar...

Pete Strickland me sorprendió al detenerse a mi lado y ponerme una mano en el hombro. No lo veía desde el día del baile, y por la expresión de su rostro deduje que había olvidado los motivos por los que se inició aquella pelea. Más tarde me enteraría de que Noah Steelman había dejado a Ruth en la estacada y se había ido al norte con una cuadrilla de vaqueros.

—Vosotros, los hastiados —aulló el hermano Shaw—, venid y libraos de preocupaciones, desprendeos de ellas.

Pensé en Azberry y Jack, en el violador de Tennessee, en mi pobre madre, a quien no había llegado a conocer, en mi padre con su botella de matarratas; en Shot, que se pudría en un campo de caña de azúcar al otro extremo de aquel río, en Estelle, que yacía en su tumba, en la huida de Bob, y en Clarissa Marie, huérfana. Todos estos pensamientos me desbordaron.

Se me empañaron los ojos, y la nariz empezó a gotearme. Pete permanecía a mi lado, risueño, palmeándome la espalda. Un brillo húmedo iluminaba su mentón y su frente. Me cogió del brazo izquierdo. Otra persona, un hombre a quien yo no conocía, me tomó del derecho, y entre los dos me ayudaron a avanzar por el pasillo junto a otros que, como yo, pugnaban por escapar del abismo de la perdición.

No vi a Lily. En ningún momento la busqué. Tampoco busqué a Dane. La promesa de salvación me mantenía en trance, temblando más de lo que había temblado durante los peores accesos de malaria, enfebrecido por la esperanza de que Dios y Jesús fueran la respuesta que yo buscaba. Las voces surgían alrededor como un coro de ángeles en ascensión:

—...venid, pecadores, venid a la casa del Señor...

25

El hermano O'Healey, Pete y Coop Mullholland —el hombre que me había encargado herrar los bueyes—, permanecieron conmigo casi toda la tarde, hablando del cielo, el infierno y la luz de una vida en compañía de Jesús. Comieron conmigo, se sentaron conmigo bajo el emparrado e incluso fueron conmigo cuando emprendí mi segunda y vacilante excursión hasta el banco para que el hermano Shaw me pusiera las manos y dijese: «Dios te bendiga, hermano.»

Por la tarde la gente confesó sus pecados; algunos se levantaban para reconocer que habían mentido o engañado a sus vecinos, para hablar de sus juergas de alcohol y cartas, de las palizas que propinaban a sus esposas. Sin embargo, nadie confesó haber robado un comercio a punta de pistola o pateado la cara de un conductor de diligencias para obligarle a bajar; haber pasado varios meses en la cárcel por un crimen que tal vez no había cometido; haber rajado la garganta a un hombre para después arrojarlo al río; nadie se culpó de codiciar para sí la mujer de su propio hermano...

Me puse en pie y, cuando la multitud se aprestó finalmente a escuchar a aquel desconocido, sólo fui capaz de musitar:

—He pecado.

—¿Estás seguro, Haywood? —me preguntó aquella noche Lily en la tienda, cuando la mayor parte de la gente ya se había acostado. Estaba meciendo a Em, aunque la niña dormía a pierna suelta como pude apreciar por su respiración—. ¿Te notas cambiado por dentro?

—¿Cambiado? ¿Quieres decir si he hallado la gloria? Eso mismo me ha preguntado Pete Strickland.

Lily esperó a que continuara. Sus ojos brillaban al claro de luna.

—¿Y bien? ¿Sí o no? —insistió.

—¿No me notas distinto? ¿Acaso no lo ves? ¿No parezco más ensalzado?

Las palabras me salían solas. Había estado oyendo cosas semejantes todo el santo día.

Ella me estudió y rió un poco, meneando la cabeza.

—Quizá. Sí. Puede ser. Ha sido tan repentino.

—Lo único que sé es que he estado sumido en aguas profundas sin una tabla a que agarrarme, y que ahora me siento firme como una roca, como si el mundo pudiera apoyarse en mí sin hacerme vacilar.

Lily achicó los ojos y ladeó la cabeza como si nunca hubiera escuchado disparates semejantes. Yo proseguí; rebosaba de charlatanería.

—He conocido en mi vida muchas tribulaciones. —Acababa de aprender esa palabra, y me gustaba emplearla—. Penas y tentaciones; penas labradas por la tentación. Ahora veo claro. Hoy, cuando el hermano Shaw me tendió la mano...

Lily asintió con la cabeza, esbozando una sonrisa.

—En el pasado —continué, atrapado aún por el sonido de mi propia voz— llegué a pensar que Dios era una mentira que la gente ideaba para convencerse de que la muerte no era una cosa tan mala, que no duraba eternamente. Creía que, si Dios existía, no prestaría demasiada atención a gente como yo, que yo no tendría que responder ante Él, y por lo tanto la magnitud de mis pecados carecía de importancia. Podía robar, mentir, blasfemar y engañar a mi hermano. Pensaba que sentía amor, cariño por ti, y no consideraba que tal sentimiento fuera pecado, aunque tú fueras... aunque...

Me interrumpí. Lily estaba mirándome como si la hubiera abofeteado; boquiabierta, los ojos como platos, arrugada la frente. Había dejado de mecer a Em y simplemente la sostenía en brazos, quieta y dormida contra su hombro.

—No he querido decir... —Solté una carcajada. Me encogí de hombros—. No estaba... yo no...

Lily se había puesto rígida.

—Pero ya no lo crees así.

Contuve la respiración y asentí. No podía apartar la vista de ella, y tampoco quería esquivar su mirada, por miedo a que advirtiera que estaba mintiendo.

—Eso está bien, porque me resulta imposible amar a dos hombres a la vez.

—No. —Negué con la cabeza, traté de tragar y emití un ruido como si me atragantara. Ella continuaba mirándome tan fijamente que casi me acobardé.

—Me alegro de que todo eso haya pasado —dijo.

Asentí, incapaz de hablar, como si hubiera enmudecido de pronto. De todas formas, bastante tenía con lo que había dicho ya.

—Es bueno que hayas visto la luz —añadió—. Mañana podrías llevar a Emmy a bautizar. No se asustará tanto si la acompaña alguien conocido.

Asentí de nuevo y no logré articular palabra hasta que las dos estuvieron ya dentro de la tienda.

—La abrazaré bien fuerte —musité.

No conseguí pegar ojo en toda la noche. Me revolvía una y otra vez pensando en cómo había babeado mi amor por ella, mezclándolo con el Espíritu Santo y la Salvación. Me sentía avergonzado, ridículo, y deseé poder retractarme de cuanto había dicho. Cuando el alba comenzó a despuntar, ya albergaba serias dudas acerca de mi conversión.

¿Podía realmente entregarme a Jesús? ¿Era eso posible para un hombre como yo? Y si hoy aceptaba y mañana fallaba, ¿quedaría marcado para el infierno más de lo que ya estaba? ¿Acaso bastaría un remojón en el río para lavar todos los pecados que había cometido en mi vida? ¿Podría eso limpiar mi alma de la sangre del hombre de Tennessee? La luz del nuevo día no me trajo respuestas afirmativas.

Para mí representaba un gran paso, y pensé en cómo Jack y Azberry, e incluso Bob, Bird, Charlie Goodman y los demás, incluyendo a Shot, se burlarían de mí si se enteraran. Incluso supuse que Lily debía de estar riéndose de mí, por más que a la hora del desayuno se comportó con toda normalidad.

La gente formó una fila en la orilla del río, pisoteando los juncos, y el hermano Shaw se quitó la levita para adentrarse en la fangosa agua que le cubría hasta la cintura. Dane y varios ayudantes más se remangaron los pantalones. Las mujeres, por su parte, se ajustaron las faldas a los tobillos mediante hilo de atar cerdos para que sus enaguas no flotaran en medio del bautizo.

Ruth estaba allí, atada como las demás, de tal manera que no podía avanzar más que a saltitos. Dane fue a ayudarla. La muchacha chilló ante el repentino frescor del agua y se aferró a su cuello en un abrazo letal, gimiendo:

—No sé nadar.

No había profundidad suficiente para ahogarse, y todos oímos cómo Dane se lo explicaba con voz grave y calmada. Pensé que sería un buen predicador. Entonces ella alzó la voz para decir al hermano Shaw que, si bien estaba preparada para recibir al Redentor, tenía un miedo terrible a meterse de cabeza en el agua. El hermano Shaw le explicó que sin un remojón completo el bautismo no serviría, y Ruth gritó aún más, hasta que Dane la cogió de la nariz y se zambulló con ella. Ambos salieron a la superficie empapados, y no hubo un solo hombre en la orilla, salvado o a punto de serlo, que no se fijara en la chica a quien la tela mojada de su vestido blanco transparentaba todas las curvas que Dios le había dado. Alice Strickland se precipitó hacia Ruth para cubrirla con una manta.

Nos llegó el turno a Emmaline y a mí. Entré en el agua, más que por mí, por ella, y por Lily, que nos observaba desde la orilla mordiéndose el labio y esperando con una toalla. Em lloriqueó un poco, supongo que al percibir mi propio nerviosismo.

Dane me tocó en el codo.

—Déjame la niña —dijo—. El hermano Shaw no permitirá que la bauticen.

—¿Cómo que no?

—Lo que oyes. Va contra las reglas.

—¿Qué reglas?

—Los baptistas no remojan niños.

—¿Lo sabe Lily?

Miré hacia la orilla, donde Lily se paseaba entre el resto de los allí reunidos.

—Supongo que sí. Y ahora, dame a la niña. Estás estorbando.

Dane trató de arrebatarme a Emmy, pero yo me resistí y chapoteé hacia el hermano Shaw, en torno al cual se arremolinaba la corriente.

—Me siento orgulloso de tenerte aquí, hermano —dijo el predicador cuando me acerqué a él—, pero tendremos que devolver la criatura a su madre.

Sonreía con los labios curvados hacia abajo, y lucía una mirada bondadosa. Adiviné por su rostro que lo que más temía en ese momento era perder un alma pecadora como la mía.

—¿No podría fingir que no se da cuenta? —sugerí.

Em se aferraba fuertemente a mí. Le palmeé la espalda para tranquilizarla antes de que empezara a berrear.

—Me temo que no, hermano —respondió, negando con la cabeza—. Lo siento. Cuando sea mayor y pueda venir por su libre voluntad... —El hombre conservaba aquella expresión que me hacía pensar que aún era posible llegar a un acuerdo.

—Estoy aquí precisamente por ella. —Alcé un poco más a la chiquilla, y Em dirigió la vista hacia el hermano Shaw—. Su *libre* voluntad ha hecho que la mía sea libre, ¿entiende? —El hombre miró hacia la orilla, donde la gente comenzaba a impacientarse—. En realidad, ella es católica por mi culpa —proseguí— porque, verá usted, fui yo quien dejó a la pequeña y su mamá en el sur de Texas con aquellas monjas que le rociaron la cabeza con aceite o con lo que sea que utilizaran...

—No puedo bautizar a esta niña —mascullό casi rechinando los dientes.

—Bueno, pues bautíceme a mí solo. Y si sostengo bien a la niña, tal vez eso baste para quitarle el catolicismo de encima hasta que sea mayor, como usted dice. Borrón y cuenta nueva.

—Ahí está el problema, hermano; no es más que una criatura. Y los niños no son pecadores a los ojos de Dios.

—¿Y ser católico no se considera un punto negativo? —pregunté.

El hermano Shaw me miró con severidad y luego observó a la muchedumbre que se impacientaba cada vez más.

—¿Aceptas a Nuestro Señor Jesucristo como tu Salvador? —dijo, aumentando el tono a cada palabra.

—Sí, acepto —respondí, casi sonriendo.

Levantó una mano y posó la otra sobre mi cabeza. A continuación cerró los ojos y pronunció estas palabras:

—Obedeciendo los designios de Jesucristo nuestro Salvador y atendiéndome a tu profesión de fe en Él, yo te bautizo en el nombre del Padre, del Hijo y del Espíritu Santo.

Entonces me sumergió en las frías aguas del río.

Em se debatió cual rana saltarina, empujando la mano que yo le había puesto sobre la boca y la nariz. Cuando salimos a la superficie, empezó a toser y escupir, y luego soltó el bramido más endemoniado que había emitido jamás. Lily, allá en la orilla, sonrió feliz. Yo sólo llevaba puesto el pantalón del traje de Jack, pues me había quitado la camisa para conservarla seca. Lily me la devolvió tras envolver a Em en la toalla.

Nos aguardaba un banquete francamente incomparable. Los primeros en disfrutar de él seríamos los recién convertidos. Vi un pastel de melaza que sólo podía haber preparado Lily y me apresuré a coger una porción, que al final entregué a Em para que se reconciliara conmigo. Tras dar un par de mordiscos, me puso buena cara otra vez. Oí únicamente un comentario sarcástico, pronunciado a mis espaldas, sobre el hecho de que el hermano Shaw hubiese alterado la liturgia incluyendo el bautizo de niños.

Dane se había esfumado, y advertí que Ruth tampoco estaba por allí. Se presentaron juntos más tarde, cuando todos habíamos acabado de comer. Dane, con las mejillas un poco más coloradas que de costumbre, evitó al principio mirar a nadie a los ojos. Me pareció distinguir en el pelo de Ruth unas briznas de hierba.

La gente comenzó a levantar el campamento y cargar los carros. Algunos hacían una pausa para felicitar a los convertidos, entre los cuales me contaba yo. Dos señoras se aproximaron para poner una flor tras la oreja de Em, pero a ella no le gustó y arrugó los pétalos con la mano; la niña estaba cansada e irritable. Mientras Lily trataba de calmarla, un hombre se acercó a mí.

—¿Es usted Haywood Beatty? —preguntó. Creí que pretendía expresarme sus parabienes. Tenía el pelo amarillo, lucía un sombrero color marrón de piel de castor, y su ropa estaba un poco polvorienta. Le tendí la mano, pero no me la estrechó—. Me llamo Dunkin —dijo—, G. W. Dunkin. He venido desde el condado de Lee sólo para encontrarle. Isaac Heffington era mi hermanastro.

Y antes de que yo pudiera pensar de qué estaba hablándome, el hombre sacó un revólver.

—¡Cuidado! —exclamó Dane en el momento en que Dunkin empezaba a disparar.

Me abalancé sobre Lily y empujé a ella y la niña al suelo, detrás del carro. Las balas astillaron la madera. Cuando calculé que había vaciado la recámara, di un salto y eché a correr hacia *Dash*.

La gente huía en todas direcciones, gritando. Por un momento creí que habían detenido al agresor. Pero enseguida lo vi correr detrás de mí, disparando. Había vuelto a cargar el revólver.

—¡No voy armado! —exclamé, lo que no le detuvo.

Los caballos, estacados en hilera, comenzaron a ponerse de manos y tirar de sus cuerdas. Subí a lomos de *Dash*, le clavé los talones y el animal salió de allí como una flecha.

Dash no se llamaba así por casualidad.[1] Era veloz y temerario cuando huía de algo. Pegué mi cuerpo a su cuello y le di rienda suelta, pues conocía bien el camino de regreso. En aquellos momentos yo sólo pensaba en llegar al taller para coger la vieja escopeta que guardaba en mi habitación.

El nombre de Dunkin no me sonaba de nada, pero sí el de Isaac Heffington. El tipo se había referido a Bose Heffington, el ayudante del sheriff de Lee County a quien Jeff Fitzpatrick mató en McDade; el mismo Bose Heffington cuyo cadáver había sacado yo del pueblo, hecho que provocó tanto la algarada de la pandilla de George Milton como la muerte de mis hermanos. Si ese Dunkin buscaba vengarse, como parecía evidente, no me pillaría desarmado otra vez.

Casi quince kilómetros separaban Littlefield

1. *Dash* significa «brío» en inglés. *(N. del T.)*

Bend de Brock, y ya casi habíamos llegado cuando me di cuenta de que tenía la camisa manchada de sangre. Estaba herido y ni siquiera me había enterado. No había notado el balazo. De pronto, sentía un dolor agudo y familiar encima de la clavícula izquierda.

Dash empezaba a echar espumarajos por la boca cuando entramos a galope en Brock. Silas Jones, que se hallaba en su balcón, exclamó:

—¿A qué viene tanta prisa? ¿Has oído al arcángel Gabriel? —Y echó a reír.

No respondí. Riley Davis dejó escapar un grito al salir a la puerta de su almacén. Casi caí del caballo. Me apresuré a dejar a *Dash* en su corral, entré en el taller por la trastienda y bajé la escopeta del anaquel situado encima del jergón. Cargué los dos cañones. Me temblaban tanto las manos que eché a perder un cartucho que cayó al suelo.

La herida en el hombro entorpecía mis movimientos. Me quité la camisa y casi grité al pasármela por el lado izquierdo. Hice un nudo con ella y me la coloqué debajo de la camiseta, sobre la herida, en un intento por detener la hemorragia. Me dolía muchísimo.

Al oír que un caballo se aproximaba por la calle, agarré la escopeta y crucé el taller hasta la puerta principal. Por fortuna el pestillo de madera estaba en su ranura, pues el hombre accionaba el picaporte desde fuera. Las dos hojas de la puerta y la pared traquetearon.

—Beatty —llamó con voz clara. Sólo nos separaba una plancha de madera—. Sé que está ahí dentro.

—Yo no maté a su hermano. Lo puse sobre mi silla de montar, pero yo no lo maté.

Por toda respuesta, disparó tres veces a través de la hoja de la izquierda, agujereándola muy cerca de mi cuerpo. Salté hacia el otro lado.

—¡Basta, Dunkin! ¡Se equivoca de hombre!

Una nueva bala penetró la puerta. Retrocedí, levanté la escopeta, bajé el percusor del primer cañón y lo dejé caer. En la puerta se abrió un boquete del tamaño de una rueda de carreta, pero quince centímetros a la izquierda de donde yo había apuntado. Corregí el ángulo de tiro, y el segundo cañón hizo fuego abriendo un nuevo orificio a la derecha. No ocurrió nada más. Silencio. Los oídos me zumbaban; por los agujeros de la puerta escapaba el humo de los disparos.

—Dunkin, lárguese de aquí. No quiero líos con nadie. ¿Me oye? Yo no soy la persona que está buscando.

Oí correr a alguien en el exterior y luego pasos que se acercaban.

—Beatty. —Era la voz de Riley. Me incliné tratando de ver algo por la puerta astillada—. Es mejor que salga —dijo.

Apoyé la escopeta contra la pared y levanté el zoquete de madera que servía de pestillo, todo ello con la misma mano. Mi brazo izquierdo había quedado sin fuerza. Riley me oyó desechar el pestillo y ayudó a abrir la puerta. La bisagra superior se rompió.

Dunkin yacía en el suelo con la ropa empapada en sangre. Sus ojos, muy abiertos, miraban inexpresivamente hacia el cielo sin nubes.

—Le ha dado al primer disparo —dijo Riley.

26

Estaba a punto de desplomarme cuando Riley me llevó a su almacén. Un cliente fue a avisar a un médico. Silas Jones mandó a Puddin en busca del sheriff.

—No debes preocuparte —me dijo Silas. Al entrar en el almacén, apoyado en el bastón, inclinó su cabeza de pato para sacar el frasco alargado de whisky que guardaba dentro de la caña. Apenas quedaba un trago—. Todos hemos sido testigos de lo que ha ocurrido hoy aquí —prosiguió—. Defensa propia. ¿No has visto tú lo mismo, Riley?

El tendero estaba acomodándome en una mecedora con brazos para que pudiera recostarme.

—Naturalmente. Beatty no ha tenido más remedio que disparar.

Noté que se me iba la cabeza.

—La justicia no pensará lo mismo.

—Claro que sí. —Silas dejó su bastón sobre mis rodillas—. Soy tu abogado y te aseguro que así será. Esto no llegará a los tribunales.

Yo confiaba en que tuviera razón. Incluso habría rezado para que así fuera, pero como había matado a otro hombre dudaba de que el Señor estuviera de mi parte. Sospechaba que el remojón en el río no había surtido efecto; al menos, no me sentía en absoluto salvado mientras esperaba en la mecedora de Riley a que el sheriff apareciera. Silas cogió una botella de oporto de uno de los estantes y me la ofreció.

El sheriff se presentó con un ayudante y un carro para cargar el cuerpo de Dunkin. Para entonces, casi toda la gente que había participado en la acampada, incluidos Lily, Em y Dane, había llegado a Brock y desfilaba ante la tienda para ver el cadáver. Lo habían levantado y depositado en el soportal del almacén de Riley. Algunas personas entraron en la trastienda para hablar conmigo. Nadie parecía culparme de nada.

Declaré ante el sheriff, y otras veinte personas más atestiguaron. No me arrestó. No podía creérmelo. Silas Jones me aconsejó que no me alejara demasiado por si el sheriff necesitaba formularme más preguntas.

A su llegada, el médico echó a todo el mundo excepto a Lily, que me ayudó a quitarme la camiseta para que el médico examinara el orificio que tenía en el hombro. También yo le eché un vistazo. No tenía buen aspecto. Me daba en la nariz que la bala estaba alojada en el hueso. Cuando el médico presionó alrededor de la herida, oí que algo rascaba.

—Puedo administrarle cloroformo. Le costará cinco dólares y tendremos que acostarle.

—Usted saque la bala y basta. No es la primera vez que paso por esto.

Casi había vaciado la botella de oporto y me sentía aturdido y valiente. El coraje desapareció en cuanto el médico empezó a abrir con escalpelo.

Pálida, Lily se mordía el labio mientras limpiaba la sangre que manaba formando un pequeño charco en mi codo.

—Creo que debería ir acostumbrándome a esto —bromeé, intentando animarla. Ella ni siquiera esbozó una sonrisa.

Me esforzaba por mantener el brazo quieto. Los ojos se me llenaban de lágrimas. Aquello dolía, y cómo. Creí que me desmayaba. Apreté los dientes para no gritar, y noté que el sudor comenzaba a brotar. Finalmente —me pareció que habían transcurrido horas— oí que el trozo de plomo caía dentro de la tina de agua teñida de sangre que había junto a la mecedora.

El médico me vendó, preparó un cabestrillo para el brazo y me mandó a casa al cuidado de Lily. Gracias a ella, Dane me ayudó a subir al carro. Tuvo que obligarlo; era evidente que no simpatizaba conmigo. Em quiso sentarse en mi regazo durante el viaje, y Lily trató de disuadirla pero yo sí quería cogerla; me alegraba de que no me guardara rencor por haberla zambullido en el río.

No dormí bien aquella noche. El dolor se intensificó gradualmente, como siempre sucede con una herida de bala; al principio era como el que produce una quemadura ligera o una picadura de avispa. El dolor comenzó a aumentar más tarde. Sé que gemí en sueños. Cada vez que intentaba moverme en la cama, me despertaba.

Despuntaba el alba cuando abrí los ojos y vi a Lily de pie a mi lado. Me habían acomodado en la cocina, sobre un colchón de plumas que Dane se había encargado de arrastrar desde el dormitorio de Lily. Ella sostenía en la mano una vela de sebo. Iba en camisón, y la oscuridad delimitaba el perfil de su cabeza.

—¿Te encuentras bien? —susurró—. ¿Quieres que te traiga un poco de agua?

En cuanto asentí, se puso manos a la obra, como si se alegrara de poder hacer algo por mí. Dejó la vela sobre la mesa, salió de la cocina y regresó un minuto después con un cántaro lleno de agua fresca de la cisterna. Tras depositarlo a mi lado sobre el suelo, se arrodilló junto a mí.

—Esta noche he estado pensando en la suerte que hemos tenido de que no te mataran —dijo, sirviéndome un vaso.

Intentó ayudarme a beber, pero yo no estaba tan lisiado. Me quedaba un brazo sano, de modo que le arrebaté el vaso de las manos. El agua se me escurrió por el mentón, y ella se apresuró a recogerla con los dedos.

—¿Te aprieta demasiado el vendaje? ¿Quieres que te lo afloje un poco? —Dio un tironcito del borde del vendaje; me llegaba hasta la mitad del tórax—. El doctor te ha adornado como si fueras un pavo de Navidad. —Rió quedamente, me palpó la frente con el dorso de la mano y pareció satisfecha del examen—. ¿Más agua?

Me incorporé un poco para coger el vaso. Ella continuó arrodillada, mirándome beber. Yo procuraba no despegar el brazo izquierdo para no forzar el hombro. Apuré hasta la última gota.

—Woody —dijo, tomando el vaso para servirme más agua. Le indiqué por gestos que no me apetecía más. Dejó el vaso sobre la mesa, al lado de la vela—. Woody, he estado pensando que ese hombre podía habernos matado a Emmy o a mí, si tú no nos hubieras apartado de un empujón. Y quiero que tú... Estoy tan agradecida por...

—No tiene importancia.

—No, déjame decirlo. Te has portado bien con nosotras. De veras. No sé qué habría hecho sin ti todos estos meses. Has sido... bueno, has sido como un padre para Emmy. Y en cuanto a mí, tú... —Inspiró hondo y me miró fijamente—. Cuando te vi escapar a caballo de aquel hombre horrible que te perseguía y disparaba... —Sacudió la cabeza y posó la vista en sus manos, entrelazadas en su regazo—. Al principio creí que se disponía vengar al hombre aquél de San Antonio, el que me... Se le quebró la voz.

—El que te hizo aquello.

Asintió con la cabeza.

—¿Cómo se habría enterado de dónde podía encontrarme? —pregunté.

—No lo sé. —Alzó la vista hacia mí—. Pero se parecía mucho a él. ¿Verdad?

Traté de acordarme de la cara del de Tennessee, pero lo único que conseguí recordar fue que roncaba y apestaba; también rememoré el calor de su sangre en mi brazo.

—No lo recuerdo —dije.

—Bien. —Se permitió esbozar una sonrisa y tiró una vez más de mi vendaje—. Habría sido poco amable por mi parte no decirte lo agradecida que estoy. Resulta que eres muy diferente de lo que creí en un principio.

—Tú también. —Mi voz sonó hueca, aunque yo no me sentía así; todo lo contrario.

Alargué el brazo derecho para acariciarle el rostro. Deslicé el pulgar por su mejilla y el perfil de su mandíbula. Su piel era suave como el plumón, y fina. Sus dedos se cerraron en torno a mi muñeca, pero no me detuvo. Luego nos miramos fijamente. La luz de la vela parpadeaba en sus ojos. Entonces los cerró.

Ignorando el dolor del hombro, mi boca se acercó a la suya como un imán. Sabía a trébol, o a té con leche. Se me erizó el vello; como si un rayo hubiera caído sobre mí.

Al ver que Lily no intentaba apartarme, le rodeé el cuello con el brazo y apreté la boca con más fuerza. Animado porque no ofrecía resistencia, la besé en el cuello, y ella echó la cabeza hacia atrás. Durante unos segundos fue como una figura de masilla. Estaba tan absorto saboreando su piel, palpando su suavidad, que no reparé al principio en sus palabras.

—Woody. —Parecía haberse quedado sin resuello. Yo lo había perdido por completo—. Woody, no. —Me puso la mano en el codo.

La había oído susurrar, sí, pero creí que no hablaba en serio. Continué besándola en el cuello. Sólo pensaba en el dulce aroma de su piel, el sabor de sus labios, el calor que desprendía, lo tierna que era, y en que me había devuelto el beso. Mi deseo había crecido hasta extremos tan inusitados que no podía detenerme; ni quise, ni lo intenté. El anhelo que durante tanto tiempo había ardido en mi interior me impedía pensar con claridad. Su mano se cerró sobre la mía como una prensa de tornillo.

—¡No! ¡Basta!

Logró zafarse, pero la agarré de nuevo para atraerla hacia mí. Hubiera podido tragármela entera. Ella continuaba forcejeando para liberarse y de pronto me dio un golpe en la herida. El dolor me traspasó como una flecha y me hizo recuperar la cordura. La solté, y ella se puso en pie a trompicones. Observé que estaba dolida, acobardada.

—¡Dios! —exclamé.

Lily dio media vuelta, abrió la puerta y desapareció.

Rodé sobre el colchón y volqué la jarra de agua al incorporarme. Salí tras Lily, que, después de cruzar el porche trasero y rodear la cisterna, corría por el patio de entrada sin rumbo fijo, huyendo de mí.

Ya amanecía, y todo estaba bañado por una luz grisácea y tenebrosa. El gallo de los Wilson cantó. La alcancé cuando se hallaba junto a la verja del patio. La agarré del brazo, pero ella se zafó mirándome con pavor; me odié por haber provocado en ella esa reacción.

—No corras —dije—. No pretendía hacerte daño. Deténte.

Reanudó la marcha hacia el cobertizo de los carros, y yo la seguí. Una zarigüeya hocicaba en la pila de la leña. Distinguí el brillo de sus ojos. En las ramas del almez, un chotacabras dejó oír su largo lamento.

Acudió a mi mente el recuerdo de aquella noche negra en San Antonio, en la posada de Markin, y la imagen de Lily bajo la mole de aquel tipo asqueroso. Yo había estado a punto de hacerle lo mismo; de hecho lo había deseado. Además, de no haberme detenido ella, habría traicionado a mi hermano, a alguien de mi propia sangre. Jamás nadie me había inspirado tanto desprecio como el que sentía por mí en aquel momento.

—No sigas corriendo, por favor —exclamé. Se había alejado tanto que ya no la veía—. ¡Lily! Por favor. No te tocaré, lo juro. Deja ya de correr.

Caminé colina arriba hacia el grupito de robles. Allí estaba ella, de espaldas a mí, con la cara vuelta hacia la pared posterior del cobertizo. Sabía que me había oído llegar. Me acerqué a ella hasta una distancia que juzgué prudente.

—No pretendía asustarte. Lo juro. Al ver que tú... he pensado que... que no había ningún problema.

Lily no se volvió. Alzó los hombros como para rechazar mis palabras. No emitía ruido alguno; apenas la oía respirar.

—Lily, por favor, mírame. No soporto que me odies.

—Vete —ordenó.

—No puedo. Lily... —Me situé ante ella para que se viera obligada a mirarme e hinqué la rodilla en el suelo. Nunca me había servido de algo. Incluso había revolcado en el fango como los cerdos. Ella volvió más la cara hacia la pared—. No sé qué me ha sucedido allí dentro. No me lo explico.

—Levanta —dijo.

—No he querido ofenderte. Daría mi vida por ti si fuera necesario.

—Levanta.

—Supongo que te amo; no sé por qué. He intentado olvidarte pero no lo consigo.

—Ponte de pie, Woody. —Se inclinó para tirarme del brazo y hacerme levantar. Fragmentos de tierra húmeda de rocío se me habían pegado a las rodillas.

Le cogí una mano.

—Nunca había sentido nada semejante, Lily. Te...

—No vuelvas a decir eso.

—¿Y si es verdad?

—No lo es. Sencillamente, estás confuso. A los dos nos conviene descansar.

—No es eso. Te equivocas.

Entrelacé mis dedos con los suyos. Ella retiró la mano.

—Basta, Haywood, basta ya. Sé que te sientes solo. También me ocurre a mí. Pero ésta no es la solución. —Estaba a punto de llorar—. Tú me inspiras ternura, es cierto, pero...

—¿Qué es ternura?

—Lo que yo siento. —Se llevó las manos al pecho. Dos lágrimas resbalaron por sus mejillas—. Te llevo en el corazón, Haywood, pero...

Me resultaba insoportable verla llorar por mi culpa. Posé una mano en su rostro. Ella me la apartó.

—¡No! ¿Es que te has vuelto sordo? Nunca sentiré por ti más que ternura. Estoy casada con Marion. Le amo. Es mi marido.

—No lo he olvidado.

—Además, es tu hermano.

—Tampoco lo he olvidado.

Me sujeté el brazo. El dolor era insufrible.

—Entonces ¿por qué me haces esto? —reprochó.

Me recosté contra la pared del cobertizo y miré al cielo. Los pájaros habían desertado. No sabía qué responder. Nada de lo que dijera podía cambiar lo que yo acababa de hacer a ella, a Shot y a mí mismo.

Lily me había besado. ¿O habían sido imaginaciones mías? Y durante los últimos meses, ¿acaso no me había sonreído, no se había ruborizado en mi presencia, no había coqueteado incluso, incitándome a seguir adelante? ¿O también todo eso había sido fruto de mi imaginación? Había dicho a los Odom que estábamos casados cuando no había necesidad de mentir. ¿Ternura? ¿Qué significaba eso?

La sentía cerca de mí, pero no me volví a mirarla. Entonces oí cómo sus suaves pasos se alejaban del cobertizo. Y supe, mientras permanecía allí solo, que nada volvería a ser como antes en mi interior.

27

El mundo está lleno de gente que se aferra a la vida. Yo me convertí en uno de ésos. Se levanta uno por la mañana y hace lo que debe hacer para seguir vivo. Se buscan satisfacciones allí donde se encuentran: en el sol que calienta la tierra; en un cielo repleto de nubes y que auguran lluvia; en una tierra rica y negra que obsequia con sus frutos. Cualquier cosa que uno encuentra en el camino se considera una ganga. Y los sueños quedan relegados a la noche, cuando dormimos.

Emmaline cumplió un año cuando los tallos de maíz empezaban a secarse. Mi hombro sanó a tiempo para la cosecha, aunque el cuello me quedó rígido para siempre; otra parte de mí que me dolía con los cambios de tiempo. Llenamos el henil hasta que rebosó de maíz, y aún nos sobró una parte que vendimos a Henry Brock y a Liam Brannon. Obtuvimos catorce balas de algodón de diez hectáreas, menos de lo que conseguían algunos en el valle, pero me sentía satisfecho.

No me enriquecí, desde luego, pero gané lo suficiente para liquidar mi deuda con Riley Davis y pagué cuarenta dólares a Dane por su trabajo. El chico desapareció con el dinero y al cabo de tres días regresó malhumorado y exhausto, como un gato viejo después de andar de ronda. Cuando comentó que había estado en Soda Springs, casi eché a reír, pues sabía muy bien quién vivía en Soda Springs: Pete Strickland, Ruth, claro. Recordé que a mí me había ocurrido lo mismo después de catar por primera vez la carne de mujer.

Curiosamente, Silas Jones comenzó a encariñarse conmigo a raíz del incidente con G. W. Dunkin. Accedió por escrito a venderme la casa, que me comprometí a pagar en el plazo de seis años. Firmamos el acuerdo después de que un gran jurado no consiguiera dictar un acto de acusación contra mí por matar a Dunkin. El viejo Silas no se había equivocado al vaticinar que el caso no llegaría a juicio. De todas formas, aquel asunto me granjeó una reputación que no me hacía demasiada gracia. Compré un revólver y a partir de entonces siempre lo llevaba encima.

Tuve que cerrar la herrería, pues ya no disponía de tiempo para atenderla y no podía pagar el alquiler. Trasladé mi cama a la casa de Lazy Bend, a una habitación que había sido anteriormente el salón principal. Apenas se había utilizado desde que Estelle fuera amortajada allí, y consideré que, puesto que la casa iba a ser mía, podía hacer lo que me diese la gana.

Lily no protestó demasiado por el hecho de que me instalara allí. La primera semana nos ignoramos mutuamente. Después comenzamos a comportarnos de manera muy parecida a como habíamos hecho siempre. Ella estaba ocupada, y yo también. Si alguna vez renacía en mí el deseo, lo sofocaba a base de trabajo.

Pasé fuera la Navidad, cortando postes de cedro en las colinas del norte y el oeste de Weatherford, y luego en el condado de Palo Pinto. Los rancheros del noroeste del estado estaban tendiendo alambradas de espinos por todas partes, y aquel invierno el precio del poste de dos metros y medio subió a dos dólares la pieza. Gané casi tanto en dos meses como en todo lo que quedaba de año, o como lo que obtendría en los dos siguientes debido a la sequía. Pero aún no sabía eso. De haberlo sospechado, habría comprado aquellas cuarenta y siete hectáreas de tierra.

A finales de enero regresé a casa, dispuesto a coger el arado para roturar los pastos de la parte cercana del río. Había previsto plantar más maíz aquel año. La tierra lo permitía.

Más arriba del pequeño cementerio, en el camino de Lazy Bend, me crucé con Dane, que cabalgaba despacio en su viejo jamelgo. El viento era frío y empezaba a arreciar.

Lo llamé en voz alta, y él levantó la cabeza. No llevaba las gafas. Como ignoraba hasta qué punto podía ver sin ellas, dije:

—Soy Haywood.

—Ya te veo —replicó, y tiró de las riendas. Sin embargo no aprecié cambio alguno en la velocidad de su jaca.

—¿Adónde vas? —pregunté—. Parece que se acerca una buena nortada.

—Está aquí.

—¿Quién?

Displicente, señaló con la cabeza hacia la casa.

—Tu hermano.

Me puse rígido; las orejas se me irguieron. Quedé tan aturdido que estuve a punto de preguntar qué hermano.

—¿Cuándo llegó?

—Hace aproximadamente una semana. Lily no se ha visto capaz de echarlo.

Su montura dobló el cuello e intentó darle un mordisco en el culo. Miré hacia la casa; una columna de humo salía por la chimenea y se disolvía en el viento.

—¿Se quedarán?

—No lo sé. —Se encogió de hombros—. ¿Llevas tabaco?

Levanté la lengüeta de mi bolsillo y le mostré la bolsa con papel y tabaco que guardaba dentro. Tenía la impresión de estar moviéndome entre brumas. ¿Shot allí? ¿Tan pronto? Ni siquiera me había acordado de que cumplía ese mes.

Dane negó con la cabeza al ver el tabaco que le ofrecía.

—Me refiero al de mascar. Iré al almacén de Riley a comprar un poco.

—¿Cenarás en casa?

—¿Por qué te interesa saberlo? —replicó.

—Por si lo pregunta Lily.

—No lo hará —espetó Dane.

Golpeó a su jaca en el jarrete y ésta echó a andar de nuevo a paso de tortuga. Me dirigí hacia la casa, impaciente por averiguar qué sentiría al ver a Shot después de tanto tiempo.

Metí a *Dash* en el corral, y el caballo empezó a intimidar a las trotonas como si no hubiera estado ausente dos meses. Ya había dejado preñadas a las dos; una pariría en marzo, la otra en mayo. Guardé la silla en el establo, y al salir topé con mi hermano, que entraba en ese momento.

No había cambiado, aunque aprecié algo distinto en sus ojos. No era dureza exactamente, ni esa emoción hueca que cabe esperar de un ex convicto, pero se le parecía mucho; era una especie de agotamiento. Y una profunda cicatriz le cruzaba el pómulo, una media luna de dos o tres centímetros. Seguía estando flaco y parecía más alto; el mismo diablo de siempre con su melena pelirroja. Sus ojos se avivaron al verme, y me agarró la mano para estrechármela. Estaba fuerte como un roble. Por su forma de moverse me recordó mucho a Jack.

—Maldito cabrón —dijo jovial, aunque no era propio de él soltar tacos como ése—. A ti te estaba esperando.

Le rodeé el cuello con el brazo, apreté con fuerza y le di un coscorrón. Él gritó entre risas y se zafó de mi llave. Se había vuelto muy rápido, y duro como el acero. No me habría gustado tener que pelearme con él. Amagó un izquierdazo y luego me clavó el codo derecho en la tripa, aunque no cargó el peso en el golpe. Yo estaba sorprendido de lo bien que me sentía al verlo. Lo levanté en vilo de un abrazo. El viento soplaba con fuerza alrededor.

Voluble como era, Emmy se había prendado de él enseguida. Se pasaba la tarde en su regazo como si se hubiera olvidado de mí, mientras Shot explicaba sus planes. Quería trasladarse al oeste de Texas, donde pensaba comprar cuarenta hectáreas de terreno tan pronto cumpliera los veintiún años, lo que ocurría al mes siguiente. Quería cuidar ovejas.

—¿Ovejas? —pregunté arrugando la nariz.

—Exacto. Ovejas de lana. Conozco a un tipo que tiene unas tierras allí. Vamos a ser socios.

Em dijo:

—«Ovegas». —Estaba en esa edad en que repiten todo cuanto oyen. Palmeó el brazo de su padre y empezó a parlotear cosas que nadie consiguió entender. Era la viva imagen de Shot y estaba más contenta que unas pascuas.

—Habilitarán esas tierras para criar ganado —prosiguió mi hermano—, y hay agua del río Conchos. También se pueden abrir pozos, el que quiera cavar. Sé que nunca podría sacar a Lily de Texas.

Se retrepó en la silla y sonrió ampliamente en dirección a Lily, que se ruborizó mientras seguía lavando los platos de la cena. Comprendí claramente que Shot siempre había estado entre nosotros.

—No tengo paciencia para cultivar la tierra, Woody. Me he hartado de hacerlo.

Desde luego, le entendía, considerando los meses que había estado trabajando como un esclavo para el estado. Me preguntaba qué pensaría Lily de dedicarse a cuidar ovejas. Ni siquiera conseguía ya que me mirara.

Era evidente que ella se alegraba de que Shot estuviera allí. Una mañana los observé unos minutos sin que ellos advirtieran mi presencia. Shot estaba sentado en la mecedora del porche, y Lily en su regazo. Ambos permanecían en silencio, muy juntos, y él la mecía. Hacía frío fuera, pero ninguno de los dos parecía notarlo.

Y a juzgar por los sonidos que cada noche salían de la habitación que compartían, seguro que la dejaría embarazada antes de la primavera. A veces eso me impedía dormir y salía al fresco para caminar un poco hasta serenarme. Una noche me topé con Dane allí fuera. Él también había oído el alboroto.

—Es repugnante —masculló—, absolutamente repugnante.

Comparado con lo que sentía por Shot, podría decirse que Dane estaba enamorado de mí.

Seguí adelante con el trabajo que me había propuesto. Dane me ayudaba algunas veces, otras no. Había entablado amistad con el chico de los Wilson, y ambos iban a cazar zorros, sabandijas, mapaches y osos hormigueros. Y a saber en qué otras diabluras andarían metidos.

Shot sí cooperaba en el trabajo. Construimos un nuevo hórreo a fin de disponer de más espacio para el año siguiente y roturamos el prado que había cerca del río para alternar el cultivo del algodón. Mi intención era dejar en barbecho el campo durante una temporada, y Shot me instó a sembrar el trébol de olor.

—Eso hará que los minerales se recuperen —dijo—. Y no dejes pastar allí a las bestias hasta que empiece a florecer.

Había aprendido ese truco allá en el sur, aunque nunca me lo dijo a las claras, pues jamás hablaba de su temporada en prisión, salvo para decir que el infierno no podía ser peor que aquello. La experiencia le había cambiado en ciertos aspectos.

Un día lo sorprendí en el establo hurgando en los cajones de grano. Al verme se comportó con timidez.

—¿Tienes algo de alcohol escondido por aquí? —preguntó.

—No.

—¿Cómo es eso? —Echó a reír, como si le costara creerlo.

—No quiero acabar como papá —dije encogiéndome de hombros.

Soltó un bufido de burla.

—No te pareces en nada a papá, Woody; no te

preocupes por eso. Papá nunca habría cuidado tan bien de mi familia como tú. Esperaba el momento de darte las gracias.

Entonces fui yo quien rió, aunque lo que había dicho no era gracioso. Hinché el pecho y meneé la cabeza.

—Ha sido lo más duro que he hecho en mi vida —reconocí.

—Supongo que sí. —Sonrió—. Iré al almacén a buscar una botella. ¿Quieres acompañarme?

—Creo que me quedaré para guardar las herramientas.

—Te has vuelto muy buen chico, ¿verdad? Lily me ha dicho que hasta eres religioso.

—Aquello no fue más que un capricho pasajero.

Y para demostrarle que no había cambiado tanto, le presté dos dólares para que comprara la botella; una suma insignificante comparada con la cantidad de dinero que acabaría prestándole a lo largo de los años.

Al rato, Lily me vio salir del establo.

—¿Adónde ha ido? —preguntó.

—Tenía sed —respondí.

Advertí que no le hacía ninguna gracia, aunque no se quejó. Más tarde, cuando estábamos sentados en el porche bebiendo el whisky de garrafa que Riley le había vendido, Lily lo llamó para que entrara en casa.

—Ahora mismo voy, cariño —dijo él con dulzura. El caso es que nos quedamos fuera hasta casi medianoche.

Estuvimos fumando mis cigarrillos y apurando su whisky, hasta que, borracho ya como una cuba, le cedí a *Dash* en compensación por haber perdido a *Mollie* en aquella apuesta. También le regalé el carro pequeño en que habíamos viajado Lily y yo y a *Sassy* para que tirara de él, pues al fin y al cabo había comprado todo con su dinero, o más bien con el dinero que él se había adjudicado de entrada. Creí que se echaría a llorar de agradecimiento.

Dane, bajo cuya ventana estábamos sentados, salió al cabo de un rato para decirnos que nos calláramos y nos acostásemos de una vez.

Shot cumplió años el 26 de febrero. El 27 cargamos su carro. Entre todos no tardamos mucho. Em rondaba por la plataforma y, riendo, nos arrojaba todo cuanto podía levantar, hasta que Lily le pegó en la mano. Entonces la chiquilla rompió a llorar, y sabía cómo hacerlo.

La saqué del carro y caminé con ella, consolándola mientras me despedía. Se había dormido en mis brazos cuando Lily la cogió.

—¿Escribirás?

Lily sonrió. Un mechón de cabello le bailaba sobre la frente. Reprimí el impulso de apartárselo, de tocar su mejilla por última vez. Shot estaba muy atareado ajustando los arneses de la mula.

—Seguramente no —respondí—. Ya sabes que escribir no es lo mío.

Extendió el brazo para cogerme del cuello. Procuré no conceder ninguna importancia a aquel gesto.

—Te echaré de menos —dijo, con la sonrisa flotando aún en sus mejillas—. Emmy y yo te echaremos de menos.

Hacía tanto tiempo que no llovía que el camino se había convertido en polvo. Al partir levantaron una gran nube. Les seguí a pie hasta que no pude aguantar la tos. Dane permaneció junto a la casa.

Ambos agitamos el brazo hasta que se perdieron de vista.

Los pies me pesaban como plomo mientras volvía por el sendero. Dane me aguardaba en los escalones del porche. Su cuchillo y un curioso mondadientes que estaba tallando descansaban a su lado. Había sacado su petaca de tabaco y estaba llenándose la boca con él. Me ofreció un poco. Negué con la cabeza y parpadeé para quitarme la arena de los ojos, que me ardían.

—¿Vas a quedarte a trabajar conmigo? —pregunté.

Se encogió de hombros, dejó de mascar.

—Por cuarenta dólares, no —respondió. Resultaba difícil entenderle con los carrillos tan llenos.

Reí entre dientes.

—Está bien. ¿Cuánto crees que vale tu trabajo?

Escupió al suelo una gran bola húmeda, me miró y sonrió. Creo que era la primera vez que lo veía sonreír. Tenía los dientes marrones del jugo de tabaco. Le apareció un hoyuelo en la barbilla, en el mismo sitio que su hermana.

—La mitad de lo que ganes tú —dijo. Comprendí que no hablaba en serio.

—Y un cuerno —repliqué, sonriendo a mi vez—. Antes te mando otra vez con tu papá.

—¡Ese bastardo! —Escupió un poco más—. No me quiere nada.

Me senté un peldaño más arriba.

—Estás convirtiéndote en un bribón de mucho cuidado, ¿lo sabías?

—Mira quién habla.

Reí otra vez y miré colina abajo.

—Tienes razón. ¿Sabes cocinar?

—Por un precio ajustado, sí —contestó, y volvió

a mostrar su sonrisa color chocolate; la segunda en un solo día.

Meneé la cabeza.

—Eres un tipo duro, DeLony, demasiado duro.

Dirigí la vista hacia el camino, donde el polvo comenzaba a asentarse.

NOTA DE LA AUTORA

Mi primera novela, *La inocencia de Lily*, trataba de lo acaecido en torno a los denominados «Linchamientos de Navidad de 1883», en McDade. Tales linchamientos y el posterior tiroteo culminaron el progresivo enfrentamiento entre una banda de forajidos locales y la población de McDade, Texas. Entre los forajidos, muchos de ellos emparentados entre sí, se contaban los muy unidos hermanos Beatty, dos de los cuales murieron en el tiroteo que tuvo lugar la mañana después de los linchamientos de Nochebuena. Otros dos hermanos, Haywood y Marion Beatty, salieron con vida.

En mi investigación no he conseguido averiguar gran cosa acerca de Marion Beatty, salvo que no estuvo presente en la refriega que se cobró las vidas de sus hermanos. Temiendo por su vida, Marion se dio a la fuga, y tres semanas después fue arrestado en Taylor, condado de Williamson, Texas. El 3 de junio de 1884, fue condenado a dos años de cárcel por robo. Sin embargo, de Haywood Beatty se sabe algo más.

Según el excelente libro de C. L. Sonnichson, *I'll Die Before I'll Run*, sobre las disputas sangrientas en Texas durante el siglo XIX, George Milton, que participó en el tiroteo de McDade como miembro del bando contrario, aseguró que Haywood era el hombre más valeroso que había conocido. Al oír los primeros disparos, sus compañeros huyeron, mientras que Haywood devolvió el fuego de sus adversarios, llegando incluso a cargar de nuevo su pistola al menos una vez. Pese a recibir diecisiete impactos, consiguió escapar por su propio pie.

Haywood Beatty fue arrestado y detenido como presunto asesino de Willie Griffin, que también falleció en la refriega. El jurado no se puso de acuerdo, y Beatty fue absuelto. Se trasladó al condado de Parker, al norte del estado. El 1 de junio de 1941, tras una enfermedad no especificada que le duró tres años, murió en casa de una sobrina, en Fort Worth.

El *Weekly Herald*, del condado de Parker, le calificó de «pionero del condado», y el *Democrat*, de Weatherford, publicó en su necrológica que fue «querido y respetado por todos aquellos con quienes tenía relación». Haywood no se casó y tan sólo le sobrevivieron sobrinos y sobrinas.

Su lápida sepulcral es una de las más grandes del cementerio de Cox. A veinte pasos hay otra lápida menos conspicua; lleva el nombre de G. W. Dunkin, y en su epitafio se lee: «ADIÓS».

EN ESTA MISMA COLECCIÓN

BIBLIOTECA DE AUTOR DE

SANDRA BROWN

1/01 **UN LARGO ATARDECER**
1/02 **UN NUEVO AMANECER**
1/03 **ODIO EN EL PARAISO**